U0667817

有女如彼

郭娟——著

谈谈女作家，聊聊文学中那些佳人

南方出版传媒

花城出版社

中国·广州

图书在版编目（ＣＩＰ）数据

有女如彼：谈谈女作家，聊聊文学中那些佳人 ／ 郭娟著. -- 广州：花城出版社，2018.11
ISBN 978-7-5360-8715-6

Ⅰ. ①有… Ⅱ. ①郭… Ⅲ. ①随笔－作品集－中国－当代 Ⅳ. ①I267.1

中国版本图书馆CIP数据核字 (2018) 第242360号

出 版 人：詹秀敏
责任编辑：林贤治　邹蔚昀
技术编辑：凌春梅
封面设计：林露茜

书　　名　有女如彼：谈谈女作家，聊聊文学中那些佳人
　　　　　YOU NÜ RU BI TAN TAN NÜ ZUO JIA LIAO LIAO WEN XUE ZHONG NA XIE JIA REN
出版发行　花城出版社
　　　　　（广州市环市东路水荫路11号）
经　　销　全国新华书店
印　　刷　广东新华印刷有限公司
　　　　　（广东省佛山市南海区盐步河东中心路23号）
开　　本　880毫米×1230毫米　32开
印　　张　8.625　1插页
字　　数　190,000字
版　　次　2018年11月第1版　2018年11月第1次印刷
定　　价　38.00元

如发现印装质量问题，请直接与印刷厂联系调换。
购书热线：020－37604658　37602954
花城出版社网站：http://www.fcph.com.cn

目 录

辑三

● 辑一

白娘子饮下雄黄酒……

白娘子游西湖，断桥边，雨丝风片，得遇许仙。两情相悦，结为夫妻……这一则佳话到这时候还是平滑流转，可是突然间起了波澜，是在端午节，他们夫妻畅饮，白娘子饮下雄黄酒，露出了她的原形——一条白蛇。许仙吓得昏死过去，这才引出盗仙草，引出法海和尚管闲事，白娘子水漫金山，引出雷峰塔……戏就越来越好看了。

所以白娘子饮雄黄酒而现原形，是这个故事发展的推动力。没有"惊变"，以后的故事就无从展开。

如果仔细寻找，所有的小说都含有这样一个推动情节发展的关键质素。在哥特式小说中，它多半是地下室里一具死尸；骑士文学中，它是路旁杀出个强盗，或天上掉下个美女给予骑士"温柔的杀伤"；在侦探故事中，它是扑朔迷离的疑案的底牌，虽然是在故事结尾处方才揭开，真相大白，但回想整个故事，都是围绕它进行的；弗洛伊德影响下的小说，这种关键质素当然是主人公潜意识中的某个"情结"……在一些蹩脚的故事中，它就是那所谓的"变戏没法，请个菩萨"，粗陋，但是也天真。

白娘子饮雄黄酒露出蛇形，对白娘子这个人物也无疑是一场"惊变"。在此之前，白娘子还不是和那些佳话里的女人一样，只是在那里美目盼兮，巧笑倩兮，分不出彼此；而这样的一变，就变出一个独一无二的白娘子了。这样她才可能敢与和尚斗法，做出那些勇敢乖张的事迹来。当然，娘子变了白蛇，许仙的确是要"惊变"，而对白蛇白娘子而言，这一变倒是回复她的本性，自自然然，并不足怪。

然而，如果没有雄黄酒，白娘子就不会酒后"失态"——失了女人态，现出蛇形。这又涉及到酒的作用。酒常使人失态，李白让高力士脱靴，武松景阳冈上打虎，贵妃醉酒……都属于酒后失态。不然的话，以常理论，李白再骄傲也还不至于让当朝权贵脱靴，武松再勇猛也会邀几个弟兄同去打虎，贵妃再娇憨也要注意恭德仪容；但是，失态却不是变态。这三位，如果没有傲骨、勇猛和娇憨做底色，那么李白喝了酒也许去替高力士脱靴子，武松可能绕着走，而贵妃根本不会喝醉。所以，失态倒是露出本性。即如白娘子现出蛇形。难怪有句话叫作"酒后吐真言"。

但是世上让人失态的不只是酒，金钱、权势、情感……都可以让人失态，所谓"酒不醉人人自醉"。

在《红楼梦》第三十六回，"绣鸳鸯梦兆绛云轩"，那个谨言慎行的宝钗却失态了。

那是中午在王夫人房里吃了西瓜后，宝钗黛玉一起回园子。宝钗约黛玉同去藕香榭，黛玉要回去洗澡，二人分了手。宝钗独自行来，不知怎的却进怡红院找宝玉。曹雪芹说是"顺路"，不知道去藕香榭或回自己的衡芜苑，是不是真的路过怡红院——懒得考据，只当是顺路吧，但是进了院子，却是"鸦雀无声，一并连两只仙鹤在芭蕉下都睡了"。可见怡红院在午睡。以宝钗那样有分寸的人，这时是要退回去的；不想她仍然往里走，"顺着游廊来至房中,只见外间床上横三竖四,都是丫头们睡觉"。丫头都睡了,主人必睡无疑了。然而,宝钗仍然往里走,直走到宝玉的卧室去。

宝玉在床上睡着,袭人坐在身旁,一边替宝玉赶飞虫蚊子,一边在为宝玉绣肚兜。宝钗惊赞那鸳鸯戏莲的花样绣得美,袭人就解释说绣得美才能引宝玉戴它,夜间被子盖不严也不怕了。又说绣了半天,要出去走走,请宝姑娘略坐坐。便走了。曹雪芹写道:"宝钗只顾看着活计,便不留心,一蹲身,刚刚的也坐在袭人方才坐的所在,因又见那活计实在可爱,不由得拿起针来,替他代刺。"一个小姐,坐在一个男人睡觉的床上,手里还在替他绣肚兜这种内衣……

这样的一幕被黛玉和湘云看见了:黛玉手捂住嘴不敢笑出来,湘云也要笑时,忽想起素日宝钗待她厚道,就掩口不笑了,还怕黛玉取笑宝钗,忙拉她找袭人去了。

黛玉是被湘云拉来向袭人道喜的。袭人有什么喜呢?原来中午吃西瓜时,王熙凤、王夫人在商量家政,王夫人提拔了袭人,月钱和赵姨娘周姨娘一样,这等于确定了袭人必做宝玉的妾。

那么,宝钗的"顺路"走进怡红院,不管人家午睡一直蹬蹬地走进宝玉卧室里,也是为了向袭人道喜吗?做喜鹊讨乖巧这类事倒是宝钗乐于做的。但是以宝钗的矜持稳重,以袭人在她眼里的重要程度,似乎不足以让她顶着毒日头走进睡了的怡红院……听了喜讯等不及地来报,那是急性子的湘云的行径。而宝钗是事不关己高高挂起,一问摇头三不知,作壁上观的主儿,她上心的事都是关乎自己的事。

让宝钗兴冲冲来怡红院倒的确是袭人受提拔这件事,却不是为向袭人报喜，而是自己心里高兴——以宝钗平素的察言观色，早认定袭人和自己是一路，都是劝宝玉进取功名，如今王夫人为宝玉选妾选的是袭人，那么以此推测，将来"宝二奶奶"的人选大有希望落在自己而非黛玉的头上。所以袭人的喜，也是她宝钗的喜，她是喜滋滋进了怡红院。并不是袭人绣的鸳鸯戏莲肚兜让她"不留心"坐在宝玉的眠床上，"不由得"替宝玉绣肚兜，——想想宝钗她扑蝴蝶都成了画中人了，却还机警地使出"金蝉脱壳"计，不惜陷害黛玉，真真是大煞风景，现在一对鸳鸯即使袭人手巧也不过是件绣品，怎么想也不至于令她左一个"不留心"，右一个"不由得"——实在是心里高兴，有点飘飘然为未来幸福所迷幻，这才终于失了态，超前地扮了一回宝二奶奶，让黛玉湘云看到一幕夫妻日常家居图景：一个睡在床上，一个坐在身边做针线，赶蚊子。

而袭人把宝钗一人撇在宝玉房里走了，也是蹊跷。宝姑娘来了，别人都睡着，袭人正应该沏茶泡水，陪着说会子话儿才是，却径自走了。不怕失礼，不怕臊了宝钗，也忘了她自己曾向王夫人进言，什么姐妹们大了不该再和宝玉一起厮混之类的话了，而且走时也笑，回来也笑，笑得很暧昧。不管袭人有什么深意，宝钗却似乎不在意，这可能是因为心里高兴得没在意，另一个可能是默许了袭人的深意。

总之，宝钗这一回失态，明明白白表露了她的心，她对于"金玉良缘"的绝对看重，并不似平日她在人前显得那样对宝玉远远的，淡淡的。然而宝钗的喜滋滋却被宝玉梦中大叫驱散了，"这里宝钗只刚做了两三个花瓣，忽见宝玉在梦中喊骂说：'和尚道士的话如何信得？什么是金玉姻缘，我偏说是木石姻缘！'薛宝钗听了这话，不觉怔了"。喜滋滋的白日梦被这梦中的喊骂惊破了，他们虽"同床"却终是"异梦"。

曹老先生写宝钗失态是有他的匠心深意的，也是幽默可喜的。人们理性的常态突然因了某一种"雄黄酒"而大大失态，就在一瞬间闪出他们裸露的人性，可爱也好，可怜可恶也罢，却都是可喜的，幽默的，因为人性的发现与体悟，总让我们的智慧感到"很受用"。能写出人物失态的作家是很智慧的，他一定得洞悉人性的深度，体悟的同时又高高地超越。智慧加上超然，才可能有真正的幽默感。而人的失态最令人感到幽默。

有的作家与自己塑造的人物贴得太近，有深切的体悟，却没有高高的超越。他死死拉住笔下人物，一分一厘的失态都是不可能有的。夏洛蒂·勃朗特对她的简·爱就是这样干的。

在《简·爱》的第十九章，罗切斯特扮作一个会看手相的吉卜赛老女人给来他庄园做客的一群太太小姐算命，最后轮到家庭教师简·爱。此时的罗切斯特与简·爱彼此之间都产生了强烈的爱的吸引力，只是两人都在试探、隐藏。这场算命游戏也正是罗切斯特对简·爱的一次试探。尽管简·爱没有认出算命人是罗切斯特扮演的，尽管罗切斯特千方百计想套出一句爱情的表白，简·爱的回答却自始至终非常理性，非常严谨，非常得体，没有一点闪失。结果弄得罗切斯特很失望，兴趣索然，当场揭下无用的面具，不和她玩了。

其实这场"戏"连读者也感觉着失望和兴趣索然。夏洛蒂·勃朗特是太在乎简·爱的尊严了，那尊严其实也是她自己的，她也太看重简的理性的头脑而到了夸耀的地步。在算命人那带着情感打击的追问下，内心的爱热得要冒火的简，十八岁的简，居然冰冷刻板像一块木板，不泄露丝毫真情。这实在写得太不自然了。她完全可以让简对大部分问题展示她的理性与自尊，哪怕只留一个问题让简在她强烈的爱情的冲动下有一次小小的短暂的失态。这样的失态对简这个人物是可爱的，增加魅力与亲切度的，对简心中隐秘的爱情是一次自然的泄露，也使后来花园里罗切斯特做最后的爱情摊牌前的一番蓄意作弄不至于显得过分的高视阔步的自信和一厢情愿，使简的激烈爆发的爱情大抒情不至于显得太突兀。然而夏洛蒂·勃朗特的强烈的自尊自爱扭曲了这个好情节，她让简·爱紧紧绷着，她把她弄得硬邦邦的，很是做作。夏洛蒂·勃朗特太爱她的人物了，她无法忍受她的人物有"不完美"之处，她和简贴得太近，她就是简，她不可能让简或她自己失态。

另一位英国女作家贞·奥斯汀的小说却是充满幽默与反讽。她让小说里的正面人物，特别是她心爱的女主角，都无一逃脱地通通失态。失态甚至成为情节发展的推动力。她让她那些可爱的女主角都是白璧微瑕，她爱她们，却不溺爱，始终清晰分明地了解她们的缺点。《傲慢与偏见》《爱玛》《劝导》里的小姐们，没有一个是完美的，但都可爱。读奥斯汀的小说会感到作家始终含着理性的微笑在某一高处望着她的人物，爱她的人物，同时也会轻轻地摇摇头。所以奥斯汀是理智的，夏洛蒂倒是冲动的。

当代中国女作家中还是夏洛蒂多，特别是专注于写个人的女作家都一味自恋，世上只有我最好，人与事合我心意才是对的，不合我心意的都是错的，是世界与别人出了毛病，让我如此痛苦。在这种情况下，怎么可能看见她和她的人物失态呢？虽然有时她们故意数说自己如何如何的不好，仿佛失态了，其实那却是当成一种堕落的潇洒态度给人看的，是正常态，也许还是美丽的态呢。

真想给她们倒一杯雄黄酒……

但在另一方面，大胆写性这方面，当代中国的女作家又仿佛早已喝下雄黄酒，现了蛇形。正吓坏了许多的许仙，气坏了许多和尚。只是不知道这些现了蛇形的"新白娘子"们是不是接下去也能有像"盗仙草""水漫金山"那样的大气魄大手笔？如果止于蛇，蠕动几下，就没太大意思了。

这迷人而又使人烦恼的雄黄酒啊……

奔向男人……以后

自古至今，中国文学创造出一个又一个女人大都是为了奔向男人的。女人经过努力，历尽波折，奔向男人——女人的一生就完结了。男人即是女人生命的目的与最终的结果。

这个简单的母题又衍生出形形色色的人间故事。

关于女人千里寻夫的故事是"奔"的一种，官家的，有舜之二妃，娥皇与女英；平民的，有杞良的妻，孟姜女。两方面都有感人的行径：前两位哭出了湘妃竹，又称斑竹；而后一位竟哭倒了秦长城。王宝钏倒是没有"奔"，她在家里等，家是寒窑，等是一等就是十八年，等的还是丈夫薛平贵。所以她的"等"也是一种"奔"。

那些才子佳人的故事，也还是通通落入这个俗套。什么《西厢记》《牡丹亭》《梁山伯与祝英台》《红楼梦》……终成眷属的就是喜剧，不成的就是悲剧，其间生生死死，感天动地，足折腾一番，男人还要赶考，求功名，女人就只见她全心全意奔向男人。她的活动天地不出后花园、大观园……

良家女子是这样，娼家的妓女从良也是要奔一个丈夫。原来看见严蕊的词"若将山花插满头，休问奴归处"，以为她要奔向自由，现在想想，她的归处多半还是要奔向一个男人。比如，那男人就叫李甲吧——严蕊转换为杜十娘。杜十娘欢天喜地跟了李甲"把家转"，如果没有遇见那个孙富，她的命运就是一出喜剧了。然而她不走运，命运在瓜洲渡口大江边打了一个转弯——李甲在金钱与道统重压下一趔趄，一心一意奔过来的杜十娘便扑了空，栽进大江去。临死前的一番话可谓字字血泪，"妾椟中有玉，恨郎眼内无珠"，足以警醒那无数正奔向男人的女人们。

然而，不奔向男人又向哪儿？女人们还是奔，知道是去撞大运，是赌博。

连七仙女下凡嫁董永，白娘子断桥遇许仙，甚至蒲松龄《聊斋》聊出来的狐鬼，都一齐奔向男人……民间传说中还有美丽的田螺姑娘，天天从田螺壳里钻出，给那个小伙子做饭。后来小伙子趁姑娘做饭时偷偷把田螺壳藏起来，姑娘再也无法钻进壳里，只好嫁他。嫁他之后呢？没有下文，自然是幸福度日一类。

其实外国文学也大致一样。安娜·卡列尼娜从卡列宁奔向渥伦斯基，后来奔向火车自杀了；娜达莎命运好，在"奔"的过程中从骚动的少女变成安详的妻子；简·爱奔向罗切斯特又逃走，再奔回来，终成眷属；包法利夫人从丈夫奔向情人也一无所获……

女人奔向男人以后，终成眷属以后，就是幸福度日，在家里团团转，不再奔什么了吗？

娜拉从她的"玩偶之家"出走了；

子君离开她自由恋爱建立起来的家，留下盐和干辣椒、面粉、半株白菜、几十枚铜元，但是没留下口信和字迹，走了；

鲁迅在演讲中谈到"娜拉走后怎样"，要手中有钱，要有本领可以找到工作……但他始终担心在家里渐渐丧失了飞翔的能力的笼中鸟还会适应外面的风雨雷电吗？他在小说《伤逝》中，借男主人公涓生不断地揣想子君以后的命运遭际。

当代文学中的女性也还是有人不断奔向男人，有一部小说还拍成电视连续剧，很长，因为剧中的女人奔向好几个男人，从一个奔向另一个，她的命运就向好的方向前进一步，当然也历尽坎坷，备受折磨，但还是一步一步修成正果。不能不说当今女人进步了。不像杜十娘遇上一个李甲就愤而投江，这个女人却是"蹚过男人河的女人"。这种奔向男人的"奔"法儿很应该推广。其实，这个女人并不是奔向男人，是奔向她人生的更广阔的天地，更高的境界。她眼里很可能并没有男人。至少不是全心全意地满眼只看见男人。

她是田螺姑娘，会给男人做饭，但不同的是，她始终自己藏好她的田螺，不让男人偷去。

田螺是什么？

还有一个民间传说更有一点意思了。

它说的是唐朝开元年间，有一个崔姓书生进京赴考，途经襄阳卧佛寺。时天已暮，于是借宿寺中。见一只老虎跑进寺内，蜕皮变成一个美貌妇人，自云愿为其妇。崔生哄她入睡，便出去寻找，在井台边寻到虎皮。于是将虎皮扔入井下。妇人醒来找不着虎皮，只能随崔生而去。崔生金榜题名，授县尉，旋升县尹。六年过去了，妇人已生有二子。后来崔县尹任满回家，又经卧佛寺，把扔虎皮的事告诉了妇人，以为妇人与自己相随多年，当无异心。妇人听罢大喜，催他把虎皮取回来。虎皮竟毫无损伤。妇人披之，化为虎，大吼一声，顾视二子而去。

这故事很有意思。夫妻二人生有二子，夫君又是个县官，而且看起来他们感情也好，共同生活了六年了。然而，仍然把这一切都舍了，披皮化虎而去。

这个民间传说要传达的是什么？

那虎皮象征什么？

还有那另外一个传说中的田螺，代表什么？

它们都象征了、代表了女人必须牢牢抓紧，一旦丢掉就找不回自我了的性命攸关的东西。

那是什么呢？在不同的女人那里又变幻为具体的不同——但都是性命攸关的东西。如果女人把握住这个，是不是奔向男人就无所谓了。

女人与群鸟

在文学作品中，女人常常与群鸟相伴。这个现象很值得玩味。女人与花相伴是很自然的，"人面桃花相映红"，花儿与女人可说是互文见义，彼此不分的。那么鸟儿呢？因为鸟儿小巧轻灵，就有"小鸟依人"这样的话形容女人，又用"燕语莺声"比喻女人婉转动听的嗓音和歌喉，也还恰切。但女人与鸟有更深的渊源，探寻此事，会很有趣。

翻开典籍，一群鸟从中扑棱棱飞出来……

> 湘江斑竹枝，锦翅鹧鸪飞。
> 处处湘云合，郎从何处归？

从李益《山鹧鸪词》中飞来的锦翅鹧鸪，据《本草纲目》载，"性畏霜露，夜栖以木叶蔽身，多对啼，今俗谓其鸣曰行不得也哥哥"。鹧鸪双栖，啼叫的又是"行不得也哥哥"，怎不激起闺中少妇对外出郎君的思念而泪洒湘妃竹？——鹧鸪在此是劝喻远行人的。

> 月落星稀天欲明，孤灯未灭梦难成。

披衣更向门外望，不忿朝来喜鹊声。

这首《闺情》写思妇彻夜难眠，早上忽听得喜鹊叫，披衣向外望，却不见夫君归来，不由得恼恨喜鹊叫她空欢喜。"不忿"是唐人口语，恼恨、厌恶之意。——喜鹊本是喜幸物，此处反衬出思妇的悲苦。

子规，又叫杜鹃、杜宇，其鸣声近于"不如归"，被人视为思归鸟而频繁进入思妇离人的歌吟：

> 无情杜宇闲淘气，头直上耳根底，声声聒得人心碎。你怎知，我就里，愁无际。
> 帘幕低垂，重门深闭。曲阑边，雕檐外，画楼西，把春醒唤起，将晓梦惊回。无明夜，闲聒噪，厮禁持。
> 我几曾离这绣罗帏？没来由劝我道"不如归"！征客江南正着迷，这声儿好去对俺那人啼！

在曾瑞这支"带过曲"中，淘气的杜鹃不分白天黑夜不管人家心情的啼叫使思妇焦躁烦恼；而在另一首诗中：

> 江南二月试罗衣，春尽燕山雪尚飞。
> 应是子规啼不到，故乡虽好不思归。

——子规鸟因燕山大雪阻隔而不能飞到北方为江南的思妇唤回丈夫。

还有鸿雁和黄莺：

打起黄莺儿，莫叫枝上啼。

啼声惊妾梦，不得过辽西。

莺儿在春天鸣叫，歌唱青春与爱情，令思妇备感惆怅；而鸿雁传书，更关乎别离，李清照前有"云中谁寄锦书来？雁字回时，月满西楼"，后有"雁过也，正伤心，却是旧时相识"，如果我们知道《一剪梅》作于赵明诚负笈远游之时，《声声慢》写在他死后，就多少体味了这词的沉痛，"怎一个愁字了得"。

除了思妇，寂寞宫女也常与群鸟相伴——

白居易笔下"入时十六今六十""一生遂向空房宿"的上阳白发人，"宫莺百啭愁厌闻，梁燕双栖老休妒"。

宫女在寂寞中老去，"玉颜不及寒鸦色，犹带昭阳日影来"，却不敢吐露内心的悲苦，怕被能学人语的鹦鹉听见——

寂寂花时闭院门，美人相并立琼轩。

含情欲说宫中事，鹦鹉前头不敢言。（朱庆馀《宫词》）

鹦鹉羽毛华丽绚烂，常配美人。记得潇湘馆里也有一只鹦鹉，学着林黛玉那样叹气，会吟"侬今葬花人笑痴，他年葬侬知是谁"。而《红楼梦》第二十六回写到秉绝代姿容、具稀世俊美的林黛玉一哭，那附近柳枝花朵上的宿鸟栖鸦都忒愣愣飞起远避，不忍再听。

精卫填海，来自更遥远的古代传说。女孩的父兄被大海淹死了，女孩愤而化作精卫鸟，终日不停地衔石填海，倔强执著得近于疯狂。

精卫鸟的传说涉及到女人与鸟的关系中最深的渊源和情结，可说是神话原形。《关雎》古老，唱颂爱情；爱情却不是鸟儿意象的本质。鸟的本质只能是飞翔。飞翔意味自由。自由的意思是超越局限。

想想那些羁于闺阁，幽闭宫中的女人多么缺乏自由，她们终日倚窗凭栏望着外面的世界，最让她们羡慕的就是那飞翔的鸟。所以鸟儿并不比斜阳脉脉流水悠悠以及春花秋月更能牵扯女人的愁怨，是鸟儿的自由令她们感伤。而笼中鸟的意象用于女人不言自明：黛玉的鹦鹉何尝不是她自己寄人篱下、不得自由的对应物？当然还有比笼鸟更惨的一种鸟，是绣在锦缎上的鸟，张爱玲在她的小说《茉莉香》中以她天才的比喻写出旧时代妇女遭禁锢的惨烈。

鸟儿的隐喻也可以在外国文学作品中找到。

英国的白朗宁夫人在《奥萝拉·莉》中写到笼鸟：

　　　　一种笼鸟的生活，在笼窝里，
　　　　成天跳来蹦去数着窝里的栖木；
　　　　这便是鸟的活动与快活。
　　　　天啊，多么愚蠢的生活！

《简·爱》是女人写的关于女人寻求自由的小说——从本质上看。当罗切斯特提出违法结婚，简从她爱的人的怀里挣脱出来："简，冷静点，"他说，"别像只发狂的鸟一样挣扎。"简说："我不是鸟，没有网能缚住我；我是自由的，有自己的意志，我得离开你了。"在这部小说里，勃朗特寻求的是女人的自由和道德的自由。这个主题潜藏在爱情故事里，借助鸟的喻体得以展现。当他们最初在一条洒满清冷月光的路上相遇，罗切斯特从马上摔下，跌伤了脚；而简"还是个弱小的孩子，像一只红顶雀跳到我的脚边，提议要用它那小翅膀把我驮起来"。在男主人公眼里，简因为弱小和精巧而被看作红顶雀和小鸽子，而在简那里，如果鸟因在笼中，她就声称"我不是鸟，没有网能缚住我"。最后，在自由中，他们终成眷属，这时他们再次变成鸟——双目失明的罗切斯特"像一只高傲的老鹰给锁在木架上，不得不请求一只麻雀替他觅食"。现在，麻雀虽弱小，却找回了它的自尊。

女人渴望自由飞翔，有时不待变鸟就自己飞走了。嫦娥奔月，这个古老的故事在民间广为流传，原来炼丹服药的道士故事已为人们忽略、淡忘，记住的只是一个美丽女人从家里飞出、飞到月亮里去。后世文人对这个飞走的女人有种种揣想，鲁迅在小说《奔月》中说，嫦娥奔月是因为过不惯清苦的生活、吃腻了乌鸦炸酱面才飞走了，按说她应该是个不怎么样的角色；可是鲁迅并没有责怪之意——前面也许有，但他写到后来似乎不忍心破坏这个美丽的神话，笔锋一转，写羿气得冲月亮连射三箭，而月亮"却还是安然地悬着，发出和悦的更大的光辉，似乎毫无损伤"，而最终还让羿决定吃饱睡足后打马去追。也有人说月亮里的嫦娥很无聊，整日寂寞地跳长袖舞；还说"嫦娥应悔偷灵药，碧海长天夜夜心"——然而民间不大理会这些说法，反正一提起嫦娥奔月，在我心里激起的感受是自由的和美的。

无独有偶，在西方的传说中，在家受了丈夫气的妇女，咽不下这口恶气，就抄起一把扫帚骑上飞了。她们披着长发，在夜空神秘地飞行，速度极快，很像彗星，因此显得戾气森森，又因为是负气出走，所以看上去怨气十足，总之很古怪。乔伊斯在《尤利西斯》中描写过她们："穿红色短袄的女巫们，嘻嘻哈哈地骑着扫帚从天空飞过。"据说这些女巫最厉害的一手是能把男人变作粪便——大概以此报复男人们总是把她们当秽物或装男人坏脾气的垃圾筒。

可见，无论东方西方，在相当长的时间里，女人们变鸟要逃离的是男性的牢笼。当这个世纪之初，娜拉勇敢地出走，她响亮的关门声震动了世界。现在妇女可以乘车船飞机去她想去的地方，她不再需要变鸟。古代思妇因距离而生的绝望可以终结。

然而，鸟儿还将在文学中陪伴女人，同时也陪伴男人。毕竟人与自由的关系正如精卫与大海，总有一些自由在我们举手够不到的地方闪闪发光；而我们攥在手中的自由有时也会被公然抢走、被暗中贪污；还有我们一不小心也会重进牢笼，为金子，为地位，为虚名，为我们不肯割舍的一切大大小小的欲望。因此——

鸟儿仍在我们羡慕的眼光中飞翔。

书中的"颜如玉"

"书中自有黄金屋，书中自有颜如玉。"这本是宋真宗所作《劝学文》中的话，后来就成了古人概括的读书目的论，和前些年的"学好数理化，走遍天下都不怕"是一个意思。这意思，今天看来需要修正。读书人得到金钱与美女似乎不如古代那么容易了。不然怎么都嚷嚷知识贬值，知识分子失落呢？不过古代的读书人就真的那么幸运吗？——比较可疑。如果说，读书人自古至今都多多少少感觉到不合时宜、不如意，于是向书里面寻梦造梦，梦金钱梦美女，那么用这一句形容倒是恰切。

读书人虽说没机会"挥金如土"，视金钱如粪土的清高还是有的；但面对美女就不大容易免俗了。所以书中才会有那么多的"颜如玉"。

观赏书中的美人是惬意的事。

西施、昭君、貂蝉、玉环，这是在中国家喻户晓的四个大美人——怎么个美法？书上形容说："沉鱼。落雁。闭月。羞花。"

西施浣纱，水中鱼儿望见她的美貌都不好意思多看了，纷纷沉到水底去了——也可能是惊艳，一口气没喘匀就沉底了，她的美让鱼儿都忘了怎么游水了。昭君的美则招引天上的大雁翔集在她身旁。貂蝉呢，她姣好的容颜令皎洁的月亮躲进云彩里去。而玉环的美貌让花儿自愧弗如。

这四位美人不仅美，还有用，全被帝王用了。西施成全了"美人计"，使越王勾践报仇雪耻；昭君和番，安靖了汉朝边患；貂蝉让英雄为红颜一怒而中离间计；玉环虽集三千宠爱于一身，终为了唐明皇的江山而命丧马嵬坡。后世读书人指责帝王一到紧要关头就把美女给卖了，其实帝王也是万不得已，不然美色岂肯予人？留着自己受用不好吗？而说到底，美女的命运总逃不过在帝王的股掌之间被这样或那样地用了，只是盛世与乱世的用法不同而已。——楚王好细腰，宫女多饿死。这是太平时代的事。

不过，四大美女的美还是虚写，正面的交代只说西施是捧着心蹙着眉的病态美，玉环是丰盈的胖美人，另两位就不见眉目。相比之下，还是曹植写洛神最美——

什么"翩若惊鸿，婉若游龙""仿佛兮若轻云之蔽月，飘摇兮若流风之回雪"，什么"明眸善睐""环姿艳逸"，"忽焉纵体，以遨以嬉。……攘皓腕于神浒兮，采湍濑之玄芝"，什么"神光离合，乍阴乍阳。竦轻躯以鹤立，若将飞而未翔。践椒途之郁烈，步蘅薄而流芳"，什么"凌波微步，罗袜生尘"……

曹植笔下的洛神，有一种灵动的美，飘忽的美。仿佛稍纵即逝，转瞬飞逸。这不是人间的俗美，不为世人所羁绊，是自由的美，存在于建安才子的意想之中，也存在于后代读书人不断的冥想中。后代文人周清原梦中为九天玄女召去命题公主小像，写下"冰雪消无质，星辰系满头"，很是奇丽，这属曹植《洛神赋》的遗风。而这一派上溯可找到宋玉《高唐赋》《神女赋》中"朝行为云，暮行为雨"的巫山神女以及《诗经·蒹葭》中的"所谓伊人，在水一方"。

与神逸之美不同，俗世的美别具风味。

《陌上桑》里的罗敷，是个采桑的美女，她从陌上走过，就令"耕者忘其犁，锄者忘其锄。来归想怨怒，但坐观罗敷"。既是世间美人，就免不了世人的纠缠。"使君谢罗敷，宁可共载不?"——要带她去兜风。罗敷很干脆，"使君自有妇，罗敷自有夫"，又盛赞自己的夫君一通，了结了使君的纠缠。这里有人间的生趣，见出美人的脾气、个性。这一类美人太多了，散见于书中各处，有时是"烂嚼红茸，笑向檀郎唾"的天真烂漫，有时是"舞低杨柳楼心月，歌罢桃花扇底风"的轻歌曼舞，有时是"美人卷珠帘，深坐蹙蛾眉"的幽怨委屈……不同心境下读书，会欣赏不同的美人。

最集中、大量地写到美女的是《红楼梦》。

曹雪芹把林黛玉叫"颦儿"，说她"病如西子胜三分"，又比宝钗为杨贵妃，可见他是在书里读过那些"颜如玉"的美人的。他深知美的传统，又加上自己的心得，于是创造出大观园中美丽如云的美女群落。

黛玉的美，是那种脱俗的仙逸，目下无尘的清洁。是文人雅士欣赏的，而贾府的焦大，如鲁迅所言，可能并不喜欢。不过林黛玉的美也还是具有一定的普泛性，因为恶俗的呆霸王薛蟠居然惊艳——二十五回宝玉与王熙凤"魇魔法姐弟逢五鬼"，大观园内闹得天翻地覆，这时插入一段有趣的描写:

别人慌张自不比说，独有薛蟠更比诸人忙到十分去:又恐薛姨妈被人挤倒，又恐宝钗被人瞧见，又恐香菱被人臊皮——知道贾珍等是在女人身上做功夫的，因此忙得不堪。忽一眼瞥见了林黛玉风流婉转，已酥倒在那里。

宝钗的美，是深藏不露的含蓄，守拙藏愚的遮掩。她爱穿半新不旧衣裳，所谓"颜色上伊身便好，带些黯淡大家风"。也不爱打扮，然而唇不点而红，眉不画而翠。宝钗的美是"冷香丸"的幽香，冷森森甜丝丝地暗中袭人。谁说她不张扬？她不经意地闲话"冷香丸"的制法，花儿、朵儿、霜儿、雪儿的炮制，透着逼人的富贵奢华。

湘云严格说来不算美人，她还是个娇憨淘气的女孩。爱打扮成小子的样儿，穿武士装，越显得蜂腰猿背，鹤势螂形，比扮女儿妆更俏丽。芦雪庵割腥啖膻，作诗却是锦心绣口，自比"真名士自风流"；又醉眠芍药花，"香梦沉酣，四面芍药花飞了一身，满头脸衣襟上皆是红香散乱，手中的扇子在地下，也半被落花埋了，一群蜂蝶闹嚷嚷的围着她，又用鲛帕包了一包芍药花瓣枕着。……"被人推唤挽扶，还唧唧嘟嘟作睡语说酒令，什么"泉香而酒冽，玉碗盛来琥珀光……"

大观园还有那么多的俏丫鬟、美优伶……难怪贾宝玉醉迷花丛，终日在脂粉堆里无事忙，心恋着黛玉，见宝钗雪白酥臂就看成了"呆雁"，又惦记着去配湘云的麒麟，撕扇子供晴雯一笑，喜出望外侍候平儿理装、香菱换裙……忙得有时难免顾此失彼，得罪美人，自己也气得要"焚花散麝""戕宝钗之仙姿，灰黛玉之灵窍"，因为"彼钗，黛，花，麝者，皆张其罗而穴其隧，所以迷眩缠陷天下者也"。

《红楼梦》是写大繁华，大虚无，大热闹，大寂寞的一部书。在这样的大背景中，曹雪芹还写了贾宝玉见龄官划蔷，识分定悟梨香院，用情渐渐专一，可见曹雪芹还是有所执的。他让贾宝玉阅尽秀色玉颜之后不浮于滥，不流于俗。

看来看去，古书中的"颜如玉"，最常见的还是人们常说的两种：大家闺秀、小家碧玉。大家闺秀谨慎呆板，小家碧玉怯生生的小器，总体观之，都毫无生气，半死不活的。因此不美，无从记住她们的容颜。

中国古书中缺少那种野性难驯的美人，大概女人们都早已被三从四德驯得服服帖帖，低眉顺眼了，即使有一两个头角峥嵘的，也不入诗书，或干脆被打在另册。《红楼梦》写了一个尤三姐，可是连戏子柳湘莲也看不起她。

但是中国的道学家对书中的美人也不放过，明明是思慕美人的诗词，偏要说成是寄心于君王。所幸的是，也许正由于道学家的牵强附会，才留下这一群"颜如玉"。如果他们删了改了，今人将到哪里去欣赏美人？不过，既然是"颜如玉"，道学家就真舍得删吗？

而一些文人也是两副面孔，他们作诗作文往往慷慨激昂，都是经国济世的高调子，一作词就香秾艳俗，仿佛换了一个人。在诗文里正经，在词里放荡，让人一时觉得他们严肃而活泼，一时又看他们是假正经。总之挺有趣。

外国的叔本华憎恶女人出了名，他死后，人们在他的遗物中发现了治梅毒的药方。

其实，爱美之心人皆有之。人们有时不敢直视美，是因为都有着时代的或个人的隐衷。

病中的女人

女人自西施一病而后皆以"抱心"为美，纷纷"效颦"。林黛玉就是一个"病美人"，整天离不了药罐子，想那潇湘馆必定是长年弥散着中药味儿。连胖乎乎的薛宝钗也要吃冷香丸。

其实中国文人的审美趣味就带着那么一种病态。以畸为美，从女人的"三寸金莲"到园艺的"病梅"，体现着文化底蕴中颓废一面。贾宝玉用《西厢》曲文戏言林黛玉：你是那倾国倾城的貌，我是多愁多病的身，也正体现这种颓唐趣味。

鲁迅先生曾讥嘲过这种颓废病态的审美心理，说是"秋天薄暮，吐半口血，两个侍儿扶着，恹恹地到阶前去看秋海棠"——血只可吐半口，吐多了，一命呜呼了还怎么风雅？另外还须有一些闲钱，不至于一病就挨饿。有了这两个条件才可以病得雅致。

而女人的弱不禁风尤其引人怜爱，并满足了一些孱弱男人的妄自尊大之心。

文学作品中常写病中的女人，倒也并不都是男作家的妄自尊大心理在作怪，而是因为"病"这一因素，与战争、恋爱一样，最能充分展示人性。

拿《红楼梦》为例，曹雪芹就多次让他的大观园里的姐姐妹妹生病，用"病"来表现人物的种种心态与情态。

不用说林黛玉是头一号的"病美人",病是这个人物的常态。黛玉的病,与其说是身体的病,不如说是心病,是爱情病。宝玉说的真切,如果不是为了黛玉对宝玉的爱情"不放心""但凡宽慰些,这病也不得一日重似一日",而因宝玉送旧帕子表白爱情而"一时五内沸然炙起",在那帕子上写下"眼空蓄泪泪空垂,暗撒闲抛却为谁?尺幅鲛绡劳解赠,叫人焉得不伤悲"等诗句后,"……还要往下写时,觉得浑身火热,面上作烧,走至镜台揭起锦袱一照,只见腮上通红,自羡压倒桃花,却不知病由此萌"。可见曹雪芹写黛玉的病就是写她的爱,而贾宝玉一趟一趟地探病,也就是对黛玉的爱情的回应。

薛宝钗是一个丰满健康的女孩,但她却要吃"冷香丸",她吃药倒不是为了治病,却是在炫耀富贵,她对周瑞家的漫说"冷香丸"的制作方法——要春天的白牡丹花蕊十二两,夏天的白荷花蕊十二两,秋天的白芙蓉花蕊十二两,冬天的白梅花蕊十二两。将这四样花蕊,于次年春分那天晒干,和在药末子一处,一齐研好,又要雨水那天的雨水十二钱,白露那日的露水十二钱,霜降那日的霜十二钱,小雪那日的雪十二钱。把这四样水调匀,和了药,再加十二钱蜂蜜,十二钱白糖,丸了龙眼大的丸子,盛在旧瓷坛内,埋在梨花树底下。若发了病,拿出一丸,用十二分黄柏煎汤送下。——直听得周瑞家的连呼"阿弥陀佛"。

王熙凤是个厉害角色,病中也强撑着,所谓"倒驴不倒架"。七十二回"王熙凤恃强休说病",正说的是她病了一个月了,也不请医生,连平儿问一句也动气,说是咒她。就在这病中一日,王熙凤虽不是日理万机,却也理了好几件事:先是和平儿一道向贾琏要"回扣"——因为贾琏手头周转不灵,刚替老太太过生日花了几千两银子，又要送南安府里的礼，又要预备娘娘的重阳节礼，还有几家红白大礼，至少要二三千两银子，他向老太太的心腹丫头鸳鸯一半玩笑，一半认真地通融，要将老太太查不着的金银家伙偷着运一箱出去押些银子来，好将眼下的用度支腾过去，半年后赎回。鸳鸯也玩笑似的没有应承就被小丫头喊走。贾琏求熙凤再向鸳鸯说和，王熙凤推说万一老太太知道了，把她这几年的脸面丢尽了。贾琏便说事成谢她。平儿于是提醒，妻妾二人就提出要一二百两银子做"回扣"。贾琏说她们"也太狠了。……烦你说一句话，还要个利钱，真真了不得"。又点王熙凤有私房钱，熙凤火了，辩白自己的私房钱也不是赚贾家的。说"如今上上下下背着我嚼说我的不少，就差你来说了，可知没家亲引不出外鬼来"。

这一场夫妻之间的"经济战"刚收场，又来了熙凤的陪房旺儿媳妇求熙凤给儿子说媒。王熙凤答应了，同时叫她男人把她在外面放的账通通收进来，少一个钱也不行。又对贾琏念穷经，说不是她靠放账弄点钱，家里的用度、大事小情的开销早不知怎么办了。还举了王夫人为贾母过生日送寿礼没现钱而急了两个月，最后当了些没要紧的大铜锡家伙四五箱子，弄了三百两银子的例子，而她自己也是卖了金自鸣钟送的寿礼。

偏偏屋漏逢连夜雨，宫里夏公公打发小太监来"借"一二百两银子买房子，这也是得罪不起的。贾琏躲起来，王熙凤打理，话里话外，这夏公公已"借"过了一二千两银子了。熙凤一面假意叫旺儿媳妇去外面找贾琏支钱，旺儿媳妇领会主子意思，说正是外面支不到才来找奶奶支的。王熙凤于是让平儿拿她的两个金项圈去押四百两，一半交小太监拿走了，一半给了旺儿媳妇拿去办中秋节。这里，王熙凤既要让小太监知道贾府的银子也不是多得到处都是，又要撑起面子让他看见二百两银子在贾家不过是过个节的用度，这样宫里的元春娘娘才会有脸面。好在一二百两银子还是小数目，贾琏出来说，昨儿周太监开口就是一千两，回答稍慢了些，那太监便不自在，将来得罪人处不少。于是感慨"这一起外祟何日是了"？

王熙凤在病中处理这么些棘手的事，足见她刚强泼辣，同时她的病也使整个贾家财政亏空，入不敷出，与走向破败的象征对应。贾家的危机不单是经济上的，同是这一章，写到贾雨村降官的消息传来，引起贾琏怕受他牵连的一番忧虑；写到旺儿家的儿子在外面仗势滋事，总之，使人感到贾家里里外外，上上下下，危机暗伏，"病入膏肓"。

可见通过写"病"，曹雪芹能写出这么多的内容，人物的性情、命运、整个故事发展，都包含其中。

外国的作家也不放过写人物"生病"。自古希腊悲剧的"命运"观念到了近现代不再能用来解释人物与事件，不再成为人物与事件转折或发展的动力与标志，除了"死亡"，还有"病"这一因素担当起"命运"的角色。同样，外国作家写人物的病，也是为了写人物的精神。

福楼拜写包法利夫人读到藏在一篮杏子底下的情人的绝交书，眼见鲁道尔夫的蓝色马车急驰而去，她的浪漫理想终于破灭了。她病倒了。病了四十三天。病中的爱玛"不说话，也不听人讲话，甚至显得并无病痛。——就仿佛她的整个身子和灵魂经过种种烦恼之后，完全进入安息状态"。而当她被搀扶着走到花园尽头，她向很远很远的地方望去，"可是天边什么都没有，只有山丘上一堆堆烧着的野草在冒烟"。

托尔斯泰让安娜·卡列尼娜在婚外恋情发展到高潮，她本人承受巨大压力的时候，得了一场伤寒，几乎死掉。这一场大病是安娜精神的痛苦与矛盾激烈冲突的结果。一个生机勃勃而久受压抑的女人在获得爱情的巨大幸福时强烈的情感满足，一个饱受上流社会道德礼法教育的贞淑女子要冲决束缚时而感到的不道德与羞耻，一个善良女人因不忠实丈夫而时时感觉着不安与负罪，一边是挚爱的情人，一边是同样挚爱的儿子，她无法割舍其一却必须做出选择……这种种激烈的冲突击打之下的安娜，也只有病倒了。然而，病后的安娜仍然有不可化解的矛盾，所以弄到自杀了事。

写"病"也不都是这样沉重的，到了医疗条件相当好的现代，疾病已不那么可怕了，所以写"病"也似乎不再能轻而易举地产生多么严重的情势叫读者震动，因此现代派作家写"病"显得不像以往作家那么严重，而有点"漫不经心"。比如卡夫卡《变形记》，一开始就让主人公变成大甲虫，这种精神病态成为现代派作家笔下的最主要病症，而现代人是被诊断为精神残缺的。从这个意义说，所有的人，无论男女，都是病态的。现代文学作品写人的精神与灵魂，就不能不写人的病态。当然，这种病态已是广义的病态了。而写"病"的目的，还是鲁迅几十年前说过的，要"引起疗救的注意"。

"徐娘"风韵

人们常说，徐娘半老，风韵犹存。这句话，人们有时候是正着说，有时候是反着说，于是调子也不一样。有时是透着一丝凄凉，过了花季的女人，风韵犹存，其实只是残存；有时倒是一份自得，矜持着，带一点傲慢，"却道天凉好个秋"。再说"半老"是多老，也不好界定。大约那种不年轻也未到老年而又有魅力的女人都可以叫作徐娘。

少女是人见人爱的，然而懂得欣赏徐娘风韵的人却不是很多。

许多作家似乎更乐意写少女。少女清新美好，纯洁可爱，作家容易讨巧——因为好写，读者也爱看。写少女，总要写爱情，少女的初恋，格外动人。川端康成的《伊豆的舞女》，屠格涅夫的《初恋》，陀思妥耶夫斯基的《白夜》……都是抒情诗风格的写少女的名篇。

其实，少女的美往往因为青春易逝而珍贵，而徐娘的风韵却是因为她的美内涵丰富。就像安娜·卡列尼娜的美是一种成熟的风韵，吉蒂的美是一份单纯的可爱——吉蒂嫁给列文生孩子之后，会有安娜那一种魅力吗？也不一定。这靠个人修炼，全看她如何使用她的岁月了。然而这时的吉蒂显然要比在列文与渥伦斯基之间选择爱情时的她，有了更多的生活体验与感悟，心灵较复杂了。

而复杂的人性几乎就是一种珍贵的美——对于作家说来。

成熟深邃的作家一定更爱成熟复杂的女人。

女人到了做"徐娘"的阶段，比盲动的青春和无欲的老年更多一种自觉的焦虑。她的人生在取与予的权衡中展示各种各样的矛盾与冲突，光阴流逝使这冲突日益激烈，有时她会不择手段，然而这也是权衡后的孤注一掷。托尔斯泰的安娜·卡列尼娜，曹禺的繁漪，都是这样的典型。即使是受命运摆布的女人，被动的承受中也浸渍了生活的酸甜苦辣。像鲁迅笔下的祥林嫂，浓缩了旧中国妇女最惨痛的生涯……

只有思想成熟的作家才能体察这么复杂的女人，只有技巧成熟的作家才能写出这复杂的人性。徐娘这样的女人，从思想与技巧两方面向作家提出要求。写少女，往往可以写理想，写激情，写浪漫；而写徐娘只能是写实的。这无疑是比较难的。

所以，曹禺在二十几岁就写出《雷雨》中最有光彩的女性——繁漪，实在是很有才华。繁漪压抑的病态的热情，母亲的责任，乱伦的羞耻，女人的嫉妒……种种冲突汇聚于一身，充分展示了人性的复杂与幽深。比之于四凤，显然，四凤的形象要简明得多，形象负载的内涵也轻一些。另一个女性形象，《北京人》里的愫方也是一个不年轻的女人，在她身上有中国女性最善良温柔的光芒，她可说是曹禺钟爱的女性。曹禺是一位理解，珍爱，并最终写出成熟女性的风韵与魅力的优秀作家。他不仅写出了复杂性，同时难能可贵地写出了诗意。因为一般地，少女更容易成为一首诗，而成熟女人更像是散文，甚至是杂文。

而对读者来说，懂得欣赏徐娘的风韵也需要人生的阅历，思想的成熟。比如年轻人初读《红楼梦》，像贾宝玉一样只愿意与小姐丫鬟们厮混，女儿是水做的，多么清爽，多么有诗意，而那些嫁了男人的女人都被污染了，变浑浊了。上起太太、姨太太，下至嬷嬷婆子老妈子，都是不喜欢见的。看到她们出场，就翻书页跳过去。于是只读到一部风花雪月的《红楼梦》。而随着年龄增大，渐渐的，那些不受待见的徐娘们生动起来——王夫人的假慈悲，薛姨妈的机心圆滑，赵姨娘的愚鲁，来旺妇的仗势欺人，李嬷嬷的倚老卖老，还有周瑞家的，王善保家的……每个人都牵扯着上下左右的关系网，言语行动都事出有因，从她们身上可以读出一部更为深刻严峻的《红楼梦》。于是更领悟了古人关于不同年龄读书的不同情形：隙中窥月，庭中望月，登楼对月，的确是境界不同，所见不同。读书如此，阅人亦如此。

所以，徐娘的风韵并不是人人读得懂的。

嫉妒与女人

　　嫉妒与女人在汉语中显示着难分难舍的关系："嫉妒"二字，一色的"女"字边，仿佛认定了"嫉妒"为女人所独有。

　　屈原遭放逐而赋《离骚》，本来是要抒发宫廷政治黑暗，权力倾轧，却偏以香草美人自喻，而用"众女嫉余之蛾眉兮，谣诼谓余以善淫"来打比方。大概还是出于将小人与女人画等号，将内帏嫉妒与宫廷倾轧相提并论。而后宫里嫔妃们的嫉妒也的确与政治权力搅和在一起，因为得宠与失宠，往往关涉着后妃身后一大群皇亲国戚的荣辱沉浮。所以皇宫里的女人嫉妒起来很是可怕，与阴谋相连，而且很残暴，如吕后炮制的"人彘"。不过这样一来，嫉妒已变为了味儿。

　　后来唐才子骆宾王写《为徐敬业讨武曌檄》也有"蛾眉不肯让人""掩袖工谗，狐媚偏能惑主"一类句子，据说武则天看后大笑，想来应该是笑文人还是把她当个女人来揣测机心。要说她嫉妒，该是在她叫"武媚娘""憔悴支离为忆君"的时候，写"不信比来长下泪，开箱验取石榴裙"的同时，会嫉妒那些得宠的嫔妃；而当她成为则天女皇，君临天下，"嫉妒"这种小女子的情感想必不会有了。

　　平民女子的嫉妒不过是围绕一个男人，所以史书不载。文学作品中最著名的嫉妒倒是莎士比亚的悲剧人物奥赛罗的嫉妒。奥赛罗因嫉妒而掐死了妻子苔丝蒂蒙娜。大概女人总在嫉妒，随时随地嫉妒，反而成为一种常态被人忽略；而男人一嫉妒就成新闻，所以奥赛罗倒成为嫉妒的典型。

在女人对男人的恩恩怨怨之中，"嫉妒"因为男人而产生，最终却指向另一个女人。嫉妒是女人嫉妒女人。在文学作品中总是看到这样的场面：女人发现自己的爱人与别的女人在一起，愤怒的女人冲上去与那"婊子""贱货"拼命，却将男人闪在一旁观战，仿佛他是个被勾引被诱惑的无辜者。

在非常古老的《诗经》中，在民间的诗歌中，女人却不是这样的宽容男人。《氓》有"女也不爽，士贰其行。士也罔极，二三其德"的句子，指责男人三心二意。《有所思》中的女子"闻君有他心"，一怒之下，把她准备赠送那男子的"双珠玳瑁簪，用玉绍缭之"的礼物一把火烧掉，连灰烬也撒在风里，发誓"从今以往，勿复相思"，这么决绝的姿态真的很有尊严。

王熙凤在《红楼梦》里是个厉害角色，又得贾母宠爱，平日里比贾琏还风光几分。过生日是老祖宗想着张罗的，同辈姐妹妯娌谁有这种荣耀？不想在好日子里撞见贾琏与鲍二家的鬼混，于是"变生不测凤姐泼醋"那一回，凤姐大闹一番。先是痛打鲍二家的，又一头撞在贾琏怀里撒泼。贾琏"倚酒三分醉"，逞起威风来，拿着剑要杀凤姐。凤姐跑到贾母老祖宗跟前告状，贾琏拿着剑也追了过来。结果这一桩案子，由贾母、邢夫人、王夫人断的，让贾琏酒醒后向熙凤赔不是。贾母又笑道："什么要紧的事！小孩子们年轻，馋嘴猫儿似的，那里保得住不这么着。从小儿世人都打这么过的。都是我的不是，他多吃了两口酒，又吃起醋来。"说得大家都笑了，结果，王熙凤也不能再追究贾琏。大概就是这一次凤姐知道了贾母王夫人们的态度，于是在尤二姐的问题上她变聪明了。她知道任凭她在贾府老太太、太太面前多有面子，贾琏在外面纳妾也不是过错。于是她装出老太太、太太们喜欢的女人的"贤惠"，欢迎尤二姐进门，实际上是把尤二姐骗进贾府，进了她的圈套，随后又以笑脸相迎贾琏的另一个妾——秋桐。之后，她借刀杀人，坐山观虎斗，挑唆秋桐合伙逼死尤二姐。这一来，因熙凤嫉妒而弄出的尤二姐吞金，前后布置，用心诡诈，足可与宫廷政治阴谋媲美了。

然而，纵使熙凤歹毒，她其实也是男权社会的被损害者，她无法与男权的道德规范拼命，只好和比她还弱的尤二姐算账。可见女人嫉妒女人也是逼出来的。

嫉妒，实在是失败者的行径。而嫉妒者，不一定都是女人。

木兰从军与梁祝化蝶

花木兰替父从军，一直被看作是女人扬眉吐气的经典故事而广为传颂。这个坐在家门口纺纱织布的女人，是因为扮作了男人才得以驰骋疆场，建功立业，最终扬眉吐气的。扮作男人才是这个木兰替父从军故事的关键所在。

中外文学作品里面很有一些女扮男装的例子。

莎士比亚笔下也出现过一个"花木兰"：在《威尼斯商人》中，最光辉、最智慧的人物是那位女扮男装——扮作法学博士，从狡诈凶狠的犹太富翁手里救出丈夫及其朋友的富家女鲍西亚。这个戏也让西方的妇女抖了一把威风。

中国的花木兰见于乐府歌辞。乐府辞一般来源于民间，所以花木兰的故事多半是有真实的本事为底本的。一个女孩扮成男人替父从军的奇异经历在民间流传，久而久之被采进乐府，谱曲演唱。人们爱这个故事，也许因为觉得奇特，也许感慨木兰的孝道，但是人们一定更钦佩这个女孩子竟做了男人的事而且做得很好。扮作男人，去做男人做的事，一定是古代妇女在因性别而受了种种限制之后生出的最自由的梦想。对超越性别的梦想，是花木兰故事千年流传不衰的最根本的心理依据。

如果中国的花木兰故事只是在"流传——接受"的过程中，

朦胧地体验并传达了女性超越性别获取自由的美梦；那么莎士比亚却是有意让女人在性别置换当中足足过一把瘾。

"雄兔脚扑朔，雌兔眼迷离。双兔傍地走，安能辨我是雄雌？"——《木兰辞》以兔的雌雄难辨说明女扮男装的不易被识破，不知有没有说服力，但战场上临危历险，军情急迫，没工夫细辨男女是真实的。然而，在《威尼斯商人》中，鲍西亚穿了男人的衣服、沙着嗓音说话以及将姗姗细步换作男人的阔步，凭这些小把戏居然蒙骗了未婚夫，实在令人难以置信。——伟大的莎士比亚岂会出这样的纰漏？实在是他在故意卖个破绽，将这个女人比男人强的故事在子虚乌有的既定假设里淋漓尽致地演义起来。鲍西亚是莎士比亚替女人做的自由展示才干的美梦一场，她潦草的男性装扮实在是无法真的混进男人的社会、男人的天地——莎士比亚在此留下破绽，正是为自己最终留下现实主义的诚实态度。毕竟，女人做律师还要再等上几百年呢！

其实女人自己的雄心是小小的。她们扮成男装，更多的时候是为了追求爱情。

忘了祝英台是先扮了男装，后爱上她的梁兄的，还是恰好相反，不过这个爱情故事与女扮男装有关。

也是莎士比亚，在《第十二夜》中让爱上了公爵奥西诺的维奥拉女扮男装，这样她可以追随公爵，做他的侍从和朋友，为他送递情书，为他分担爱情的烦恼与痛苦，最后，当公爵陷入爱情的绝望中，维奥拉现出女性原形，使公爵爱上了她。

比较起来，梁祝的爱情进行得相当麻烦而黏滞。本来情势已到了该像维奥拉那样脱去男装露出女人的时候，祝英台仍然在谨慎地试探，曲折地隐喻，含蓄地暗示；而梁山伯也傻得可以，只认兄弟，不识男女。所以他们只有化蝶了事。

化蝶的事，很缥缈。庄生梦蝶，不知是不是蝶梦庄生，很是虚无。爱情到了这地步，花非花，梦非梦，恍惚迷离，实在不是人间的事了。而蝴蝶的意象，历来与灵魂有关。

问题是祝英台为什么不能脱去男装，配成一对相爱的情侣，非要双双化蝶呢？——有耸人听闻的说法：梁祝的故事是隐藏着同性恋的悲剧。所以一旦英台变为女人，两人就非死即伤。他们只在同性别的前提下才保有和谐的关系。蝴蝶是不朽的灵魂，而灵魂总该挣脱了男女性别的羁绊而自由缠绕缱绻了吧？所以梁祝化蝶。

如果将西方人关于蝴蝶的见解拿来应用，就很有意思了。他们据说是从蝴蝶的形状上看出男女性器官合二为一的特征的，于是将蝴蝶当作双性的象征。这样，梁祝的化蝶就更加别有深意了。

西方人对于什么双性、同性的研究很信以为真。有人认为莎士比亚是精神上的同性恋者。因为他的作品中有好几位女人扮男装，而且，他对于女性的了解那样深刻透彻，细致入微，几乎使人感觉不到性别差异带来的天生的障碍。还有人做了统计，莎士比亚写下一百五十四首十四行诗，一百二十六首都是献给一位神秘美少年的。这位美少年在莎士比亚十四行诗第二十首中被称作"女主人"，并说他有女人的脸庞和柔肠，而造化误将他做成男人……这些研究也许太前卫了。

关于莎士比亚，柯勒瑞治曾说，伟大的脑子是半雌半雄的。一个纯雌的或纯雄的脑子都不适于创作。这种看法比较容易接受。毕竟，莎士比亚让维奥拉扮男装是为了最终仍然作为女人被公爵爱上，鲍西亚的扮男装，还是为了搭救丈夫。

花木兰扮男装替父从军，本来是无奈的事。她归来后极尽梳妆打扮之能事，"开我东阁门，坐我西阁床。脱我战时袍，着我旧时裳。当窗理云鬓，对镜贴花黄……"这样的铺陈之中，让人感觉着一股怨气，同时也是重做女儿的洋洋喜气。

梁祝就是一对爱而不能爱的男女，他们在不能相爱的重重阻隔中，不免要想：如果我们俩都是男人，就超越了"男女授受不亲"，可以相伴相携；如果我们俩化作一对飘飞的彩蝶，世间人谁还会拘管我们灵魂的缠绕追随？

而最根本的还是，在男女不平等的时代，女人的确渴望像男人那样自由地生活。她们对男人拥有的自由无比羡慕，所以她们女扮男装。

最能说明这一点的是那本著名的《镜花缘》。在这部小说里，女人变成男人。原先女人所受的一切不平待遇通通落在男人身上。七尺男儿林之洋入宫被裹脚，男人留守家中，女人出外干大事……传统中习见习闻的种种合乎礼法的一切，放在男人身上，显出怪诞荒唐，让人深思，难道这一切发生在女人身上就对了吗？谁指定女人天生要承受这一切？

楼上的女人

在文学作品的许多场景中，女人的位置是被安排在楼上的。

当朱丽叶在楼上的窗边喃喃低语"罗密欧啊，罗密欧！为什么你偏偏是罗密欧呢"，罗密欧正隐蔽在窗下，怦怦跳动的一颗心做如下独白："……我在这夜色之中仰视你，就像一个尘世的凡人，张大了出神的眼睛，瞻望一个生着翅膀的天使，驾着白云缓缓地驰过了天空一样。"

恋爱中的男子轻易将俗世平凡女人幻化成生翅的天使，这情形无论在东方西方都随处可见。中国民间流传最广的爱情神话就是仙女下凡。文人、士大夫心仪的是凌波的洛神。洛神，仙女与天使，都不是人间的尤物。她们高高飞在云端，让男人仰望。所以，文学作品中的恋爱场面都被设计成罗密欧与朱丽叶的模式，男人不停地在女人楼下徘徊，以诗以歌"道情"，等待半个月亮爬上来，姑娘的纱窗快打开。

可见女人在楼上，并不是偶然随意的安排。

在《战争与和平》中，当安德烈公爵颓唐消沉如一棵满身旧伤面对春天了无生趣的老橡树，绝望地哀叹"我们这一生已经完了"的时候，他听见楼上的少女娜塔莎被春天的月夜迷醉而轻轻歌唱，听她用几乎是含泪的声音赞美："多么美呀！……这么美的夜，从来没有过，从来没有过。……索尼亚，你可知道？就这么蹲着，把膝盖抱得紧紧的，整个人都缩得紧紧的，——这样就会飞起来了。你瞧！"少女生平第一次为春夜的美好所打动，激动不已，安德烈公爵则被这个少女打动了，"他的心里忽然有一种春天万物复苏的喜悦感觉。他一生中那些美好的时光，一下子涌上心头。"当他再次走过树林，那棵老橡树奇迹般地透过坚硬的百年老树皮，在没有枝杈的地方，钻出嫩绿鲜亮的叶子。原来的伤疤，旧时的怀疑和悲伤的神情，都一扫而光了。

这个只听见声音的楼上的少女，本身就是青春、新生的象征。她是春天的精灵，在上界飞翔，让沉寂的生命焕发、高扬——这使人联想起歌德在《浮士德》中，让美丽的甘泪卿引导着浮士德抵押给魔鬼的灵魂最终向着天堂飞去。类似的例子还有引导但丁游历天国，达到至善境界的贝雅特里奇，这个女人是作为信仰和神学的象征出现在《神曲》中。

女人在文学中获得的最高位置，大概是由雨果赋予的。纯洁美丽的艾丝美拉达在善良正直的"丑人"迦西莫多的陪伴下，最终站在巴黎圣母院之上。这说明了什么？在她脚下，是邪恶伪善的副主教和教会，是可笑可悲的法庭审判，是花花公子沙多倍尔轻浮调笑的贵族客厅，是巴士底狱、隼山刑场，是"圣迹区"的贫民窟……她在这一切之上，下面的险恶再也无法损害她，法庭休想裁判她，她是站在教堂的钟楼之上，那么她比教会更接近天国！雨果一定是出于这样的象征意义考虑，才将艾丝美拉达放置在巴黎圣母院之上，而不是仅仅为了顺便描写这座华美宏伟的哥特式建筑。

女人在文学中被提升，基于她的美与善，也缘于她的母性。

母亲与大地、民族、国家间早已形成固定的指代关系。日本有粗朴憨野的地母，中国有苏生万物的风姨，俄罗斯的大地、河流则被诗人直呼为母亲而深沉忧伤地反复吟唱……

作为象征的女人已不是现实中的女人。一般地，浪漫主义作家激动地将女人捧为女神（或贬为女魔，考察这个情形也会是有趣的），而现实主义作家冷静地试图将女神还原为女人。但优秀的作家总是恰到好处地同时写出女人性与女神性。

托尔斯泰不愧是大手笔，他不仅写了如春天一样纯洁生动的娜塔莎，也写了她在青春冲动与寂寞中受诱惑放纵感情的经历，写了她的悔恨与受挫的骄傲、自尊，最后写她为人妻为人母，变成一个老母鸡式的家庭主妇。他写了女人的一生。

司汤达让于连去爬公爵小姐从楼上窗户里放下的梯子，这个情节已不是单纯的罗密欧式的爱情场景。爬到上流社会中去，于连的野心与抱负使这个传统的爱情场景复杂化了。与此同时，公爵小姐——女人的社会属性、阶级属性呈现出来，女人也因之复杂化了。

契诃夫在《带阁楼的房子》里运用的"阁楼"意象，已不是用来暗示任何空间的、精神的、心理的高度；"阁楼"在这篇小说中，倒是一种反讽，用以暗示住在阁楼上的贵族女青年莉季娅所代表的民粹派对于创伤深重的俄国农民施以皮毛疗救的做法，是无济于事的贵族式的垂怜，在给予与缺乏之间是无法沟通的疏离和隔膜。

现实主义大师巴尔扎克从来不让他笔下的女人远离尘嚣，他将她们紧紧嵌在一定的历史背景与现实人物关系之间，写美写丑皆不夸饰，所以至今我们隔了一个世纪之遥回望那些女人，贝姨、高老头的女儿、老处女、娼妓……依然在她那个年代的生活背景下生动地行走、言笑。巴尔扎克最拿手的就是在金钱的诱惑中剖析女人，他让各种女人在金钱关系中第一次淋漓尽致地表现自己。不过，大师亦有失漏。尽管巴尔扎克忠实于现实，其主观的标准、价值、好恶也使他对于贵族及贵族女人总难舍一脉温情。这也正说明客观写实之难。

自巴尔扎克以降，后世作家对于女人的认识不断深入。其实认识女人也即认识男人，最终决定对"人"的理解程度。

劳伦思在性爱中分析女人，是一个全新的角度，无疑加深了文学对于女人的理解。不过同时，他却在这个新角度上将女人作为性角色的意义推向极致，女人的性爱成为一种新宗教。

将女人不真实地搁置在虚幻的高度，似乎是古今难免的。

其实，女人自己并不喜欢被人捧至高处。一来不自在，二来也寂寞，总之无趣。聪明女人更是警醒，因为知道有时候捧得高是为了摔得重。夏洛蒂·勃朗特将罗切斯特的疯妻安排在桑费尔庄园的阁楼上，也许下意识里正是对这种虚幻的"高处"心怀疑惧。惊人的是，二十世纪美国女权主义批评家桑德拉·M.吉尔伯特与苏珊·古巴尔，不无道理地指认：阁楼上的疯女人正是那个对男权社会充满愤怒和不平的女作家——夏洛蒂·勃朗特本人。

媒婆与班昭

    将东汉博学的女才子，《汉书》的续写者，皇后嫔妃的老师——班昭与媒婆拉在一起，似乎是亵渎了一位，折杀了另一位。

    其实，媒婆不可小觑。

    媒婆从事的"营生"可以说相当重要。"男大当婚，女大当嫁"。然而在中国古代，男女是"授受不亲"，终身大事全凭"父母之命，媒妁之言"打发。而父母之命一般只是定下个抽象的原则，具体的操作全由媒婆一手包办了。

    所以中国旧小说里，哪里有媒婆，哪里就有才子佳人的风流韵事。而看来看去，才子佳人都是郎才女貌那一套，呆板得很；媒婆却是个个活灵活现，生动极了。

    媒婆很可能是古代社会中活得最舒展的女人。当所有的女人恪守着妇道，像坐牢似的给拘在家里，大门不得出，二门不能迈的时候，媒婆却可以走东家，串西家，广阔天地大有作为，替人保媒拉纤，独得一份自由。

    媒婆都具备一张利嘴。《水浒传》中专门有一个生动诙谐的段子形容媒婆这张嘴：

    "开言欺陆贾，出口胜隋何。只凭说六国唇枪，全仗话三齐舌剑。只鸾孤凤，霎时间交仗成双，寡妇鳏男，一席话搬唆成对。

解使三重门内女，遮么九级殿中仙。玉皇殿下侍香金童，把臂拖来；王母宫中传言玉女，拦腰抱住。略施妙计，使阿罗汉抱住比丘尼；稍用机关，教李天王搂住鬼子母。甜言说诱，男如封陟也生心；软语调和，女似麻姑须动念。教唆得织女害相思，调弄得嫦娥寻配偶"——你看有多厉害。

媒婆的厉害不光在嘴上，她们谙熟世道人心，个个狡黠聪明，诡计多端。

冯梦龙编《古今小说》开卷第一篇《蒋兴哥重会珍珠衫》，就是一个叫薛婆的媒婆"作法"，搅乱几个男女的生活……而《水浒传》中，西门庆遇潘金莲，靠的也是媒婆王婆从中撮掇。

薛婆替风流公子陈大郎说合蒋兴哥的娘子三巧儿，用的是细水长流的渗透法。她先是在蒋家楼头虚张声势地卖珠子首饰，引得足不出户的三巧儿招她上楼。又借故将珠宝首饰撂下，说明天来取，却一直过了三天才来。这必然引得三巧儿询问。于是她讲她女儿给一个离家在外的商人做小，养了儿子，很得宠。话说到这儿便止住。三巧儿的丈夫蒋兴哥离家外出做买卖，一年的归期已到，却不见他归来。薛婆轻描淡写地这么一说，不信这三巧儿心里不嘀咕——接下来两人买卖首饰，价钱都满意。渐渐的，两人从喝茶到饮酒，成了离不开的玩伴。那薛婆时不时用攻心术瓦解三巧儿："官人出外好多时了……亏他撇得下大娘。""依老身说，放下了恁般如花似玉的娘子，便博个堆金积玉也不稀罕。""大凡走江湖的人，把客当家，把家当客。"又提起她女婿，"朝欢暮乐，哪里想家？或三年四年，才回一遍，住不上一两个月，又来了。家中大娘子替他担孤受寡，哪晓得他外边之事？"那薛婆伶牙俐齿，又半癫不痴地常与丫鬟们打诨，上上下下都喜欢她。

一来二去，成了三巧儿的至交。夏天她嫌家里热，三巧儿就邀她来与自己同住，彼此说话解闷。二人夜里絮絮叨叨，薛婆便将街坊秽亵之谈，自家少年时偷汉之事说与三巧儿听，勾动那妇人的春心。经过这样春去夏来到了立秋了，终于在牛郎织女相会的七夕，趁着夜雨，灌醉丫鬟门人，将陈大郎引到三巧儿床上。

比较起来，王婆的办事效率高得多，更像是一个专业媒婆。虽说是专业的，却不主动揽生意。她不露声色地觑着西门庆像热锅里的蚂蚁一日四五回来喝茶吃果子眼望着武大家门，心里盘算着，单等西门庆自己提出来。看王婆与西门庆细说如何安排那十件"挨光事"，又看事态发展真不出王婆所料，不能不让人觉得她简直就是个运筹帷幄又事必躬亲的大导演和演技派大明星。而且，她又比那个薛婆狡猾得多，从头到尾始终给自己留后路，往脚底下抹了不少油，随时可以溜掉。她早惦记起西门庆的谢媒钱，却沉住气等西门庆先开口；她说那十件"挨光事"，每一件都有两种可能，成与不成并不一口说死，十足的买卖人生意经；后来西门庆与潘金莲在她的店铺里做成好事，本是她一手策划的结果，她却要来假撇清一番。怎奈最后她遇到的是武松这个不好惹的，被关进监牢，但比起被割了头的西门庆和潘金莲，已经算幸运的了。这大概也与她凡事都留一手不无关系。

而媒婆都是能赚大钱的。王婆从西门庆那里，前后当赚取十五六两银子，外加一些绫罗绸缎；而那个薛婆，竟收了陈大郎一百两银子，三巧儿也送了她三十多两。

虽然王婆与薛婆都是媒婆中的坏典型，但媒婆毕竟也会成就许多好姻缘，不然媒婆这行当不会存留那么久。然而，文学作品中的媒婆形象的确大都是反面角色和插科打诨的丑角。

大约是那句话：好事不出门，坏事传千里。媒婆做成的好姻缘只管幸福度日去了，而夫妻不和睦的一定会打闹得四邻不宁，尽人皆知。最终人们会把这不幸福的婚姻归罪于媒婆头上。

而文学作品的作者们，即文人们，在婚姻生活中一定有很高的期望值，期望越高，失望也越多。所以，他们也气恼地怨怒天下所有的媒婆。

封建正统人士一方面将男女婚姻大事一半交与媒婆，另一方面，他们对抛头露面，伶牙俐齿，走东家串西家的女人，还是充满了不屑。

也会有人对媒婆的高收入既羡且妒……

我们宁愿相信媒婆还是做过一些好事的，虽然古代婚姻那种方式即使产生好婚姻也不过是撞大运撞出来的。

也许"红娘"就是人们对成就了好姻缘的媒婆的一种爱称。虽然一般文学作品中，红娘总是姑娘家，媒婆多是老婆子，但想一想，封建道统对于青年女子的拘管比对老婆子来得严厉得多，不大可能让尚未婚嫁的小女子东走西串去替人做媒，所以红娘很可能就是好媒婆。而这种对好女人的礼赞总会将她的年纪弄成妙龄女郎的做法，也正是男文人的习惯。

然而文学作品中写的媒婆就差不多都是一些王婆、薛婆这等角色。从这类角色看，媒婆黑心而财迷，这样，纵然巧舌如簧，能言善辩，智多计奇，马到成功，终不是好角色，用不到好地方。

而媒婆尤其让女人厌恶的是：她总是为男子帮忙，算计女人。虽然也并不是因为心里存有男尊女卑的念头，实在是因为男人给钱自然替男人效力。

那么将班昭与媒婆拉在一起，就是忽然想起了班昭拿自己的才华去作《女诫》，用什么"女德""女容""女言""女工"来束缚女性，替男人帮忙帮凶，实在也是聪明才智用得不是地方。她所谓的"女言"，其实是让女人"不言"——不敢说话，通通钳口沉默。真是女人堆里的叛徒。和那媒婆属一个性质。

班昭让天下女人都不敢出声，独留她自己一人在那里喋喋不休地大讲《女诫》。

然而媒婆滔滔不绝地说媒是为了男人的钱，班昭的喋喋不休地说教却不是为了钱，她是女才子，她为了男人给她的名誉与地位。班昭的名气是够大了，隔着一千八百多年，从东汉一直到现在，让我们都知道她这个女人，让一些人看见这里把她与媒婆相提并论会很不满，很替她抱不平。

可是，班昭与媒婆不是真的很相像吗？

——越看越像。

女人的衣裳

"云想衣裳花想容"大概是李白最恶俗的一句诗了。也难为他，御用的赋诗相当于命题作文，还不管诗人当时的心境如何，更要小心体察圣意，难有好诗也是自然的。即如这一首《自度曲》是为杨玉环作的，写心情吧，贵妃的心思不便揣摩；写身世，容易牵涉时政；写感情呢，又像打趣皇上，不怎么得体；也只好写容貌写衣裳。其实，比起那写盛赞容貌、细夸衣裳的御诗，李白这一首还算清爽。

若说中国古代妇女的衣饰也真是啰嗦得可以，一层层一片片，什么大袄、中袄、小袄，什么花边、罗带、三镶三滚以至于七镶七滚，再配以凤钗翠钿的一大堆头饰，浑身上下披挂得满满的，以至考古学专门设有"衣饰"这一项——放弃了写作的沈从文就转而研究古代服饰。

女人的啰嗦复杂的衣裳也热闹到文学中。古代文学作品一写到女人，总要竭尽笔墨，从头到脚详细周全地描写她的衣着打扮，样式、颜色、里三层外三层，真要令人生出"只见衣裳不见人"的感叹了。各种说唱艺术将这一套发展到极致，成为必备的路数，也都是陈词滥调，落入俗套子。连优秀的作品也不免染上这种习气。

《陌上桑》写罗敷的美就用了这种笔法："头上倭堕髻，耳中明月珠。缃绮为下裙，紫绮为上襦。"——好在还算简洁，没有铺陈得太隆重。不过这样的实写，总显得笨拙，不及下面的"耕者忘其犁，锄者忘其锄。来归相怨怒，但坐观罗敷"，虚写的灵转。

不过有趣的是同一篇中，罗敷盛夸夫婿以拒绝使君调戏一段，洋洋洒洒的文字竟很少提及衣着打扮："东方千余骑，夫婿居上头。何用识夫婿？白马从骊驹；青丝系马尾，黄金络马头；腰中鹿卢剑，可直前万余。十五为小史，二十朝大夫，三十侍中郎，四十专城居。为人洁白皙，连连颇有须。盈盈公府步，冉冉府中趋。"这段描写比写罗敷要生动得多。写他的威风、气派，写他获取功名的经历，唯独不写衣裳。这大概是因为在古代，男人有作为，而女人的作为只在于装扮好了供男人欣赏。所以文学作品写女人首先要写她的"悦目"，衣裳是用来悦目的。

所以，《孔雀东南飞》中的刘兰芝，能织素裁衣，弹箜篌，诵诗书，仍然被恶婆婆休回家，她用来抗议不平与冤屈、维持尊严的，也还是将自己打扮一通："鸡鸣外欲曙，新妇起严妆。著我绣夹裙，事事四五通。足下蹑丝履，头上玳瑁光。腰若流纨素，耳著明月珰。指如削葱根，口如含朱丹。纤纤作细步，精妙世无双。"《红楼梦》里的尤二姐吞金，狠命直脖方咽下去，终不忘"将衣服首饰穿戴齐整，上炕躺下"。等丫鬟发现，——"却穿戴得齐齐整整，死在炕上。"等贾琏来看，"只见这尤二姐面色如生，比活着还美貌"。还有杜十娘在沉百宝箱，决意一死的早上，"时已四鼓，十娘即起身挑灯梳洗道：'今日之妆，乃迎新送旧，非比寻常。'于是脂粉香泽，用意修饰，花钿绣袄，极起华艳，香风拂拂，光彩照人。"不论是刘兰芝还是尤二姐杜十娘，这一番郑重的打扮都是为了强调自己的尊严。

古代社会对女人是讲究"恭德仪容"的。有没有德，是男人立的标准，判断也随男人高兴。女人无从把握，经常无罪获咎。最后似乎只有衣裳打扮是她们抓得住的，能说明自己的。当然，这些女人不管幸或不幸，还算是繁华或浮华生活中的人。却还有另一些女人——

"遍身罗衣者，不是养蚕人。"养蚕织布的妇女却穿不上罗衣。

"夫因兵死守蓬茅，麻宁衣裳鬓发焦。"山中寡妇穿着麻布粗衣。

更有烟花场上渴望自由朴素生活的妓女，要洗净铅华与不洁，"若得山花插满鬓，休问侬归处"。

从女人的衣裳也是可以写出女人的内心。只看是不是大手笔。

应该感谢曹雪芹的是，他没有将大观园里那么多的太太夫人，小姐丫鬟的衣装细细写来，让读者受罪。令人佩服的是，他一旦写衣裳，必然不是闲笔。

写宝钗的爱穿旧衣裳，暗合了她"守拙藏愚"，中庸之道，不张扬的心性与处世之道。

写"呆香菱情解石榴裙"一节，是要写香菱的天真爽直，更写了宝玉爱惜女儿，善待女儿的款款之情以及他的"惯会鬼鬼祟祟的使人肉麻"。

在第四十九回"玻璃世界白雪红梅，脂粉香娃割腥啖膻"，曹雪芹几乎是盛写一场冬季时装大赛：先是宝琴披了一领用野鸭子头上的毛做的金翠辉煌的斗篷，因为是老太太送她的，而且宝玉还没得着，可见老太太是多么疼她。也暗示王夫人、薛姨妈、宝钗这一支在贾府的地位。又引出众姐妹一番议论，各见性格。

宝钗打趣妹子自然是为了抚慰众人，但同时也不无醋意："我就不信我那些儿不如你。"由此可以想见以往她与黛玉一处总显得没有嫉妒的大度，实在是可疑的。史湘云因与宝钗好，又喜欢宝琴，就跟人家掏心窝子，大讲一通在贾府的处世哲学，惹宝钗笑她："说你没心，却又有心；虽然有心，到底嘴太直了。"一时又来了宝玉黛玉，这两位一直是老太太的宠儿，现在众人要看宝玉，特别是黛玉是不是嫉妒宝琴。宝玉不会，黛玉就保不准——湘云暗示这意思，丫鬟琥珀快嘴道出。宝钗忙打圆场，而黛玉居然一点不快也没有，赶着宝琴叫妹妹，很是亲热。宝玉看着蹊跷。原来宝钗此时已用小恩惠收服了黛玉。黛玉对宝玉说："谁知她竟真是个好人。"由此见出黛玉是个实心人，比不了宝钗的心计深沉。后来宝玉在贾母前替黛玉要了燕窝。他和黛玉的贴心丫鬟紫鹃说，黛玉吃宝钗送的燕窝，也"太托实了"，可见宝玉心里倒还有数——一领斗篷引出这么多。但写到这儿，曹雪芹似乎来了兴致，将众人的装束一一写来，笔法颇似那种铺陈的古法儿：黛玉穿着掐金挖云红香羊皮小靴，罩一件大红羽纱面白狐狸里的鹤氅……又写众姐妹都是一色的大红猩猩毡与羽毛缎斗篷，独李纨穿一件青多罗呢对襟褂子——合她的寡妇身份，宝钗依然不穿新鲜颜色，类似李纨穿了一件莲青色但实际上很讲究的"斗纹锦上添花洋线番靶丝"的鹤氅；邢岫烟家贫，"仍是家常旧衣，并无避雪之衣"；史湘云虽是后母不待见，却有贾母给她的"一件貂鼠脑袋面子大毛黑灰鼠里子外发烧大褂子，——里面却打扮成小子样儿"，正合她豪放性格。这个场面可说是漫夸贾府的豪奢气派，极写大观园里一群年轻人的欢会，并不是无端的赘墨闲笔。而且这淋漓酣畅的冬装大赛并没有冲乱曹雪芹的冷静，就在这一片笑闹之中，他不经意地写了黛玉和宝玉说，近来心里只管酸，眼泪却像比往年少了些——大观园的悲音已悄悄响起。

俄国大文豪托尔斯泰也是一位会写女人衣裳的高手。他让安娜穿着一身黑色天鹅绒衣裳，从那群满身都是花边、丝带、网纱、花朵，姹紫嫣红的妇人中脱颖而出，又通过吉蒂的眼睛，看出安娜的魅力还并不在于她衣裳的颜色，她的魅力在于她的人总能盖过衣裳。

孔尚任的《桃花扇》写李香君与苦盼已久的侯朝宗相见，突然变了颜色，因为此时的侯朝宗已穿着清朝服装，降清了。这也有历史根据：清初女人的衣裳还保留显著的明代遗风，叫作"男降女不降"。这算是女人在穿衣这种小事上显出的大义吧？

女作家张爱玲专门写过一篇散文叫《更衣记》，讲述衣裳与时代的细致隐秘的关系，又幽默地说，"再没有心肝的女人说起她'去年那件织锦缎夹袍'的时候，也是一往情深的。"还说"男性如果对于衣着感到兴趣些，也许他们会安分一点，不至于千方百计争取社会的注意与赞美，为了造就一己的声望，不惜祸国殃民"。

大概正是因为男人掌握着更重要的大事，才不理论穿衣戴帽这类琐事；女人没机会到社会上一逞"雌"威，只好在衣裳上面下功夫。久而久之，爱衣裳的习惯就形成了。今天全世界的服装业主要的还是大赚女人的钱。不过，描写衣裳对于今日作家而言，远不如古代那么重要了，毕竟，女人的天地宽了，女人的内涵更丰富复杂，不是单单写她的衣裳就能写出她整个的人。不过，有才华的作家还是可以在女人的衣裳上做出好文章。

谁愿意试一试？

女人的眼泪

　　女人爱哭，大概是由于泪腺比较发达，感情比较脆弱的缘故吧。反映到文学中，就随处可见女人的泪痕悲色。然而，习见习闻之下，反倒想不起来哪一位女士哭得比较著名，单是留下女人爱哭的总体印象。

　　相反，"男儿有泪不轻弹，只是未到伤心处"。——等到男人伤心落泪，一哭就哭得很有名堂，甚至哭得青史留名——

　　仓颉造字，夜有鬼哭。为什么会哭呢？是料到了"人生识字忧患始"而发出的悲谶？

　　申包胥往秦乞师，鹄立秦廷，痛哭七日七夜，终于搬来救兵……

　　阮籍于歧路痛哭而返，他找不到一条通向自由的途径。

　　刘备的江山，都说是哭来的……而诸葛亮吊孝，虚情假意，似悲实喜也好，英雄惺惺相惜也罢，总之是苦辣酸甜，情绪复杂，哭得一张一弛的，真的只有京剧才表演得到位。京剧那种程式化的哭，无论是小生或老生，都哭得像打嗝，咳嗽，倒气儿，就是不像真哭。而女人的哭大都近于真实的哭，虽然也有哭出腔调，像歌唱一样的。

　　想起来有几个女人也是因为一哭而出名的——

舜帝之二妃，女英与娥皇，追随被放逐的舜，半路上听到舜死于苍梧，便泪雨倾盆，打湿千竿万竿的竹子，居然化生出竹子新品种，后世人叫作湘妃竹。

湘妃竹后来种在林黛玉的潇湘馆，就暗示着这位馆主暗撒闲抛，点点斑斑的"还泪"生涯。

孟姜女哭得声势浩大，哭倒了长城；窦娥感天动地，哭出六月雪……

女人的眼泪多半是为男人流的。这也是没办法的事。古代女子一生的悲欢都取决于男人，她的天地就是一个家那么大，如何让她为国计民生，天下兴亡这类大事动感情？像孟姜女哭出了黎民徭役之苦，窦娥冤申诉着百姓的冤屈，恰巧是个人的悲伤与民众的积怨汇通融合在一起，所以她们的哭声才能穿越时代，让今天的我们听到。而那些个人的恩恩怨怨招惹出的眼泪，就只有打湿相关的人了。如果碰巧遇见诗人，还会在诗词中流下一些痕迹——

"昔时横波目，今作流泪泉。"
"夜深忽梦少年事，梦啼妆泪红阑干。"
"枕前泪共阶前雨，隔个窗儿滴到明。"
"还君明珠双泪垂，恨不相逢未嫁时。"
"与君别后泪痕在，年年着衣心不改。"
……

而像曹雪芹那样，追怀、记录那"千红一窟（哭），万艳同杯（悲）"的女儿愁怨，倒真可称为女儿的知己。宝玉说女儿的眼泪是最洁净的，死后若得女儿眼泪把他飘了去是再好不过的了。

女人的本事似乎就只是哭。然而，物极必反，女人的眼泪又恰恰是她的武器。有几个男人经得起女人的哭天抹泪呢？假如当初楚国派个女人去哭秦廷，也许不必等上七天七夜。

据说有时候女人的眼泪相当于鳄鱼的眼泪，沾不得。

但是到了现代社会，眼泪已救不了女人，"莫斯科不相信眼泪"，全世界也不相信眼泪。这倒说明女人的社会地位提高了。

其实，女人也并不是一味地只会流泪。比如，女娲补天，又抟土造人，干那么多活儿也没累哭了；夏娃和亚当偷吃智慧树上的果子，被上帝逐出乐园，也从不曾听说她因悲观而落泪。

实在是，太阳之下，有手有脑的女人，干吗要哭呢？

女孩不宜：《海的女儿》

《海的女儿》也许是安徒生童话中最残酷的一篇。它是关于女人在爱情中被剥夺得一干二净的故事。安徒生旨在歌颂女人的善良无私，但他完全是站在男性立场讲述这个小人鱼包装的女人故事。

在遇见王子之前，大海上回荡着小人鱼无忧的歌声。

为什么在她搭救了王子并爱上他后，她却开始失去自己？这里的确含有一个寓言。小人鱼至善至纯，她只有一个弱点，那就是她为爱情而活着。而这是足以致命的弱点。为爱情不惜牺牲自己，而牺牲了自己的小人鱼，爱情如何附丽？

为什么小人鱼必须做出牺牲？这涉及到故事的另一个关键：小人鱼与王子所处的地位是不平等的。王子的高度是天然的。这里也含有一个寓言。小人鱼每一次牺牲都是为了向王子的高度靠近。

王子自始至终的不知情使他无辜。如果小人鱼可以开口说话，他将被牵扯到故事的中心，他将介入小人鱼的命运，他难逃干系。然而小人鱼无法说话，无法与王子交流。这里又是一个寓言。解读这三个寓言，足以拆散这则小人鱼的童话，看见童话背后的真实的女人。

把爱情看得比生命还重要，并不是小人鱼个人的弱点，而是社会和男人加给她们的弱点。在女人的生活只能由男人供养的时代，女人一生是否幸福全看她能不能嫁个好丈夫，女人的成功就是说她婚姻的成功。关于这一点，同时代的英国女作家简·奥斯汀的几乎所有作品都可以提供佐证。她小说里最大的风波都是由嫁个好丈夫这个理想引起的。而时至今天，女人嫁得好重要还是干得好重要，仍然是辩论的话题。所以小人鱼的爱情至上，背后实在是掩藏着生活的辛酸。

小人鱼以不断丧失自我为代价，一步步靠近王子的时候，她以为自己正靠近爱情。爱情是虚幻的，牺牲是真的发生的。不平等早已注定了：只有女人去适应和服从男性社会的一切法则，不断地丧失自我，不断地牺牲，牺牲被视为理所当然。在这个背景下，男女之爱对于男人是占有，对女人而言却是投入与奉献。这与个别男人无关，这是男性中心的文化的特点。男性社会决不会俯就女性的。更不屑倾听女性的声音。

而这就是小人鱼被规定为不能开口说话的原因。小人鱼很可能不仅说了，而且是喊了，然而整个男性社会听不见女人的申诉。听见了也装聋作哑。他们于是可以无辜地安心地享用女人奉献的牺牲——在这个童话里，牺牲就是小人鱼所有的一切及爱情。

读出小人鱼爱情故事背后藏着的寓言，起码是三十岁的女人。女孩不行。

女孩只看见纯洁无私的爱情，为爱情牺牲的狂热与浪漫。也许将来她们会用小人鱼的伟大爱情模式去写自己的故事，准备着为爱情毫不顾惜地把自己牺牲掉。

当然，小人鱼也许可以不用开口就被王子爱上，那她的命运将是幸福的。牺牲变为获得。这情形其实就是安徒生另一篇童话里的灰姑娘。受后娘虐待的灰姑娘在仙女的魔法指挥下骑南瓜去参加舞会，被王子爱上，改变了悲惨的命运，从后娘家的厨房走进王子的华丽宫殿，过上幸福生活。

即使是这个结局幸福的童话，也是女孩不宜的。

小人鱼与灰姑娘的共同之处在于，都想借助爱情改变自己的命运，不同的是，一个不幸，一个幸运。而幸与不幸都与她本人无关。她们都不过是听天由命，全看"王子"——男人的意思了。现代女孩不应该活得这么被动。

不过据说现在的女孩都讲实用主义，奉献与索取至少对等。小人鱼那种爱情，她们做梦也梦不见的。——这应该是个好消息。

文化圈套里的潘金莲

潘金莲在中国算得上一个名女人。当然，名不是好名，人也是坏女人，入了另册。想想中国历史上贞烈女子不可胜数，贞节牌坊立了无数，也没人认识她们是谁；冷不丁冒出几个坏女人反倒容易出名。

坏女人叫人指指戳戳从古说到今，似乎就有了文化的内涵。文化自二十世纪八十年代"文化热"到现在，也是快被说滥了，食文化、酒文化、茶文化……形形色色的文化节，一直到"文化搭台，经济唱戏"，文化了这么多年，真正得到的一点善果是论人论事要顾到他的背景、氛围，也就是传统、文化。

但是，文化也好，名人也好，潘金莲在当今时代已经被人淡忘了，这是事实。如果不是中央电视台播出《水浒传》，谁还会想起她？

历史的旧事被重新提起，不是因为它与现实又有了"惊人的相似"，就是因为现实产生了变革传统的需要。关于潘金莲，二十世纪曾经做过两次翻案文章。

一次是五四时期，一次是八十年代，都是中国社会变革时代。在五四时代反封建，个性解放，妇女解放的风潮鼓荡下，剧作家欧阳予倩推出了一个封建叛逆女性潘金莲；八十年代冲破极左教条，解放思想，巴蜀鬼才魏明伦再次翻案，为潘金莲平反。两次翻案都是拿潘金莲说事，剑走偏锋地进行文化批判。

但潘金莲这一次被提起却与历史、现实没多少关系，观众看潘金莲也没有太大触动。有前面两次翻案文章摆着，这一次没把潘金莲简单地斥为淫妇妖形恶状地出场，理应如此，算不上创新，观众也自然而然地接受这个潘金莲并付出同情。这是五四以来半个多世纪反封建的成绩。

今天的观众看潘金莲花容月貌好人才，遭财主迫害嫁一个"三寸丁谷树皮"武大郎，的确够倒霉的，弄出婚外恋也不稀奇，只是毒害亲夫弄得太黑太血腥了——观众不能接受，何至于此呢？你要恋爱自由，婚姻自主，要好了，可不能因此要了人的命。不知道那两位翻案才子是怎么处理潘金莲给武大下药这场戏的？

可以拿文化说事——

中国文化灿烂悠久，但是关于女人的那部分文化比较黑暗。女人祸水论，三从四德，嫁鸡随鸡，嫁狗随狗，饿死事小，失节事大，等等，都是关于女人的文化教条。潘金莲生为女人就处在这样的文化劣势，动辄得咎，失节必死。不管杀夫与否，淫妇都没有好下场。可以说，是中国的封建文化太血腥了。

忽然想起一两年前一桩颇为轰动的儿子控告母亲在二十年前杀害父亲的案子，后来还拍了电影，由斯琴高娃演那个杀夫的母亲。那是二十世纪七十年代的中国，人们忙于干革命，提倡大公无私，自然容不下私情。样板戏里的英雄们都没有配偶——这倒有些像水泊梁山的英雄，"于女色上不十分要紧"，女英雄也丝毫没有女人味。这时期淫妇有了一个新的称谓，极难听，叫"破鞋"。革命群众虽不会拔刀杀之，却可以汪洋大海唾沫淹死她。那个和潘金莲一样用毒药害死丈夫的女人，她的处境与潘金莲所处的时代一样相似。难怪八十年代魏明伦学五四时代欧阳予倩再做潘金莲的翻案文章，依然引起轰动，实在是因为历史的任务还没有完成。

如果非要找出一点不一样，那就是潘金莲毒害亲夫是被西门庆、王婆推着不能罢手，而七十年代的女人完全是自己下手，自己做主。据此得出历史有了一点点进步，大概属于黑色幽默。

拿文化说事是我越来越厌倦的方式，事实也是文化不可能把事都说圆。比如，在既民主又自由的美国发生的著名黑人明星辛普森杀人案，就不好说；奥赛罗杀死妻子苔丝蒂蒙娜，在文艺复兴的曙光中，莎士比亚要讨论的只是嫉妒；再向上溯会碰上那个美狄亚，她为了爱人杀死亲兄弟，抢走父亲的金羊毛，一旦发现丈夫移情别恋，不惜杀了亲生孩子来报复，真够杀人不眨眼了，比得潘金莲快成了良家妇女了，而使我感兴趣的是欧里庇得斯将她处理成悲剧而不是道德剧。

这就导致了我的另一个厌倦拿文化说事的理由——中国文化有时候贫瘠得只剩下道德，特别是当它面对女人的时候，那张道德老脸非常讨厌。用道德评判一切，是否视角太单一，做法太粗放了？太粗放就有点野蛮气息。虽说伟大的希腊剧作家把美狄亚的行径解释为命运播弄，几乎等于没有解释，但我依然赞赏这种存疑的做法，这种审慎的态度体现着对人的尊重和科学的精神。

假使潘金莲去美国，会不会爱上某个索罗思而毒杀一个卖汉堡包的某大郎，也难料，不过可以料想的是，她的想法和做法以及人们对她的看法都会不同。

现代女性模糊的面庞

现代的文学艺术有一个特征是越来越明显了：女性形象越来越模糊。

像欧里庇得斯悲剧中的女主角美狄亚那样行事果敢决绝让人瞠目结舌的女性再也不会有了。现代女性已经不可能像美狄亚那样不顾一切地爱上任何一个伊阿宋，更不会为了爱人毫不犹豫就杀死亲兄弟，抢走父亲的金羊毛，并下得了毒手杀死两个亲生孩子以报复移情别恋的丈夫。现代女性凡事都要三思而后行，合理性，合法性，合道德规范，合价值标准，合审美品位……而这些规范、标准本身也并不是令她们深信不疑的——结果这样思来想去，彷徨游移，渐渐地就变得怯于行动，成为一个个女哈姆雷特。

现代女性因"我思"，故"我在"。原来美狄亚因杀兄杀子又抢走父亲的金羊毛而成为美狄亚，现代女性因反复思考这些要干的事而成为她自己，尽管她自始至终什么也没干。这样比较，似乎是美狄亚勇于行动而现代女性怯于行动。但细察之下又不是这么简单的。

美狄亚的行动与其说是她个人负责的，不如说是命运的搬弄。古希腊悲剧都是命运的悲剧，冥冥中，命运左右着美狄亚，所以美狄亚不过是命运手中摆弄的道具。

现代女性虽然无行动，却是在用自己的脑子思索行动的目的和意义。以往，人们行动听凭命运支配，上帝安排。当初，堂吉诃德与桑丘上路时带着骑士理想，如今已没有现成的理想装在行囊里，上帝死了，所以现代小说写的是思想的冒险。现代女人的无行动远不是古代女子那种被动的等待，她是在思考如何行动。

然而思考对于现代女人又是一件多么沉重的负荷。人类历史越长久，可供思索的材料就越多。像中国古代妇女三从四德，听吆喝惯了；像西方教会统治下，女人一切听上帝的旨意，也是惯了的。现在要她自己来思索决定自己的事，她一定会感到面临歧路，难以抉择。

所以文学上的意识流，正是要适应现代人的"胡思乱想"，而魔幻现实主义将"百年孤独"集于一身，正是现代人背负历史思想遗产而独立思考的状态写照。

思考的飘忽散漫与无结果，决定了没有行动；而不行动的现代女人，她的面目只能是模糊的。所以别指望在现代的文学作品中找到美狄亚、麦克白夫人、包法利夫人、玛丝洛娃，安娜·卡列尼娜、林黛玉、王熙凤……那样个性鲜明的女主角；但可以指望找到现代生活与现代女性的一点真实印象，某种真实的状态。这是现代的读者所需要的。所以当今中国文坛风行"新状态""新写实""新体验"……如果拿那些面目鲜明的人物来重新组装，今天的读者一定会认为太戏剧化，太简单化，太不真实了。因为连现代人自己都还说不清楚自己呢。

面目模糊的女性出现在中国，可以在张爱玲1946年《传奇》增订本的封面上看见她的姿影——那封面是张爱玲请好友炎樱设计的，借用晚清一张时装仕女图，画着旧时妇女悠悠闲闲坐在那里弄骨牌，旁边坐着抱小孩的奶妈，晚饭后家常的一幕。"可是栏杆外，很突兀地，有个比例不对的人形，像鬼魂出现似的，那是现代人，非常好奇地孜孜往里窥视。"张爱玲在《传奇》再版序言里这样写道，并且说，"如果这画面有使人感到不安的地方，那也正是我希望造成的气氛"。

现代女性就这样令人不安地闯进生活与文学中来了，往昔悠悠闲闲安稳明确的生活与文学将因她的闯入而改变。

许多年前，这个面目模糊的现代女性幻化为名叫莎菲的女人——在丁玲的小说《莎菲女士的日记》中出现。这位莎菲女士是个苦闷的问题女郎，她苦闷，更多是由于她不知道自己的真实心意。所谓"知我者谓我心忧，不知我者谓我何求"，而似乎在她周围没有一个"知我者"，正因为不知道自己"何求"，所以她才"心忧"。莎菲这个形象可以算是一位面目模糊的现代女性了。她没日没夜激烈地思索，思索与肺病烧红她的双颊，她情绪激动。

到了张爱玲的《倾城之恋》，那一对男女已没有什么情绪上的亢奋与激动，他们游荡于生活，游移于感情。流苏是在旧家庭再也过不下去而赌命似的跑到社会上，从封建尘埃跳进现代文明的五色霓虹之下，于光怪陆离中要通过婚姻找一只饭碗，同时苦苦地小心着把握住自己，其实是被一步一步逼进角落；那个看似掌握着主动的范柳原就比流苏更具有一点坚定性吗？他这个人比流苏更加面目模糊：流苏身上，一半新一半旧，已经是将坐在家中弄骨牌的女人与栏杆外那个现代女性集于一身了，而范柳原不仅有新与旧的矛盾，还有中与西的抉择，所以他在婚姻上的彷徨正是一个侧面的反映。

张爱玲也许是上一代女作家中最具现代意识的一位，她深谙现代人，现代女人精神的彷徨，她自觉地选择了参差的写法，用"葱绿配桃红"而不是"大红大绿的配色"，因为"它是较近事实的"。（见张爱玲《自己的文章》）事实就是现代人模糊的面庞。

最后是香港的战争促成了那一对男女的行动——结婚。要不怎么把小说集的名字叫作《传奇》呢？传奇，当不得真，即使瞬间幸运，也还是像他们的创造者张爱玲冷静分析的那样，结婚并不能影响他们的习惯与作风，"就事论事，他们只能如此"。

现代女性最早出现在西方是无疑的了。在众多的现代派作品中，有一部小说更适于说明本文主旨。它是美国女作家朱娜·巴恩斯写于1936年的《夜间的丛林》。

现代女性在"夜间的丛林"中探出她模糊的面目是一个名叫罗宾·沃特的女人。这个现代女性的"面目模糊"首先表现在她似乎还不能算作一个人物，她是在人之前，她更像是一个萨特定义的"存在"。小说对她的描写也给以这样的暗示：她具有一种世俗的肉体和真菌的某种特质，她像是进入了不经意的酣眠。她是正向人类转变的动物。而她与另外四个人物的关系体现着她要使自己提升为人的努力。

她嫁的男人弗里克斯是一位向欧洲以往的伟大传统永远鞠躬的活在过去的人物。他曾雄心勃勃地要用传统价值将罗宾的原始的混乱改造得井然有序。在他第一次去向罗宾求爱时，随身携带了关于波旁王族生活的两卷书。然而正像大夫警告的：贵族最后的力量是疯狂。而他们的婚姻结晶的婴儿果然是个病恹恹的低能儿。他承认自己失败了。

罗宾又追随一个叫罗拉的女人。罗拉是一个无望的卢梭主义者。她信仰自然美德。她对罗宾毫不挑剔地接受并宽容是因为她相信人类与生俱来的向善之心终将使人进步，而当她发现邪恶无法被阻止时，这信仰可以减弱幻灭和痛苦。因此罗拉这个人物也是宗教与人道主义的象征。然而，尽管她使罗宾一度几乎变成人了，尽管她在与罗宾的相处中受尽折磨，罗宾还是走掉了。当她出来寻找罗宾，大夫说她是在寻找一个她害怕找到的人。

罗宾与詹妮搞在一起意味着她再次堕落到人以下。詹妮是平庸卑劣的化身。她生存的目的在于盲目掠夺。她想占有一切对别人来说重要的东西，因为她自己不能创造任何重要东西。她把她所知道的最热烈的爱，罗拉对罗宾的爱占为己有。她既不能给予罗宾提升的力量，又不能从罗宾身上汲取力量。

大夫与罗宾的关系通过他对一个个与罗宾交往的人的评论体现出来。大夫是一个具有"史前记忆"的人物，他的经验包含了全部人类历史。罗拉说他"知道我们死后才能知道的东西"，说他"在一开始时就死了"。大夫最清楚地洞悉所有人其实与罗宾的处境一样，连他本人在内。然而他毫无办法。在酒醉的狂乱中，他喊出一个彻底的绝望："我不但毫无意义地生活，而且我被告知生活就是毫无意义的。"

所以最后罗宾与狗在一起狂吠，爬行，是这部小说所有人物的悲剧。它意味着传统、宗教、历史经验都已失去拯救一个人的力量，意味着罗宾对生存意义的追寻一无所获，她又恢复到动物状态，这个梦游者再次进入古老的昏睡。

罗宾这个形象只是一种否定精神，她无法肯定地信奉什么，她还没有找到那可以使她真正成为一个人的那种力量。她什么也不是，她没有自己清晰的面目。

最后的悲剧被人道主义者罗拉看到，这是否是一个隐喻的安慰，让现代人苦苦追寻生命意义的焦灼与悲壮得到一些善意的宽容？

　　而另一部写现代梦游人的经典之作《尤利西斯》中的三个人物在都柏林一昼夜十九小时的游荡将持续下去，直到他们找到他们想要的东西或死去为止。这也是悲壮的，虽然三个人都是小人物，但他们这游荡足可以和尤利西斯十年漂泊相比拟，他们就是当代英雄。

　　现代女性正在与男人一道游荡追寻，这世界怎么了？我们怎么了？而男人还要加问一句：女人怎么了？

　　现代女性脱离了男性文明的种种规范，不再盲目听信任何说教，不再嫁鸡随鸡，嫁狗随狗那样地随人指派生活角色；她们因思索而心事苍茫。自夏娃与亚当一道从上帝的花园里被放逐，长久以来，她被关在亚当的后花园里，如今她出走了。

　　虽然她面目模糊，但至少不再是明确的"鸡"和"狗"了。

关于母亲的反讽

　　关于母亲，文学作品中多是一些热烈而浮泛的抒情。母亲很伟大，母亲很辛苦，母亲很平凡。许多名人回忆他们的母亲，有许多感人的文字，说的都是感激母亲对他们的影响，自然是好的影响。

　　没有成为名人的"孩子"没有"话语权"来讲述他们的母亲，如果听他开口，说出的也许不是母亲的赞颂。有一些名人在写他们的母亲时，笔调带着那么一股伤感。比如，鲁迅谈到他的旧式夫人朱安，说她是"母亲给的礼物"，他只好收下。胡适回忆幼年他母亲掐他还不准他哭，罚跪，为了让他学好，上进，语调也是伤感。他们对母亲的态度中都有那么一种无可奈何。仿佛对母亲有一些不满，他们不愿意说破，欲言又止。

　　关于母亲，孩子能说什么呢？

　　古代妇女的地位很低，但做了母亲就能提高一些。就有她的孩子孝敬她。中国讲孝道，孩子必须孝敬母亲，不论青红皂白地听从她，顺着她。所以有个词叫作"孝顺"。

　　但是儒家道统规定，母亲这种对孩子的绝对权力终止于丈夫死后，即"夫死从子"。所以母亲对孩子的"作威作福"倒也不是终身制。

　　中国元代什么人编的《二十四孝图》现在看来简直是母亲给

予孩子的刑罚，二十四孝中有好几种是杀气腾腾的。像"卧冰求鲤"，明明是后母虐待儿童；"郭巨埋儿"，为了母亲可以活埋儿子。种种看来只能得出一个结论：母子之间，你死我活。

"郑伯克段于鄢"，其中的母子关系很冷酷。郑庄公的妈武姜厌恶他，只因为他是"寤生"——逆生，让武姜狠吃了一些分娩的苦头。后来这个母亲竟帮着小儿子共叔段争权夺利，图谋篡大儿子郑庄公的权。庄公打败弟弟的叛军，回头将母亲流放，还指天起誓："不及黄泉，无相见也。"意思是活着再不想看见他妈了。后来有大孝子颍考叔从旁相劝，庄公便听从他的意见，掘地及泉，又挖一条隧道，母子相见。母子二人都虚伪得可以，还在隧道里赋诗：庄公说"大隧之中，其乐也融融"。母亲说"大隧之外，其乐也泄泄"。这种诗实在是言不由衷的"今天天气……哈哈哈……"一类。

而后来的吕后、武则天，在政治倾轧中，都不惜杀掉自己的儿女。

有一句老话说："子不嫌母丑。"好像是说不论母亲如何不好，孩子都不应嫌弃她。但是《红楼梦》里的赵姨娘，却是很不得亲生女儿探春的待见。一方面赵姨娘是个不甘受欺侮的受气包，到处争闲气，遭羞辱，灵魂已被蚀黑了，也时常害人；一方面探春是个庶出的厉害角色，她恨亲娘不争气，甚至曾当众指斥，她只敬着一个王夫人，倒也受重用，曾客串了一把王熙凤的角色，显示了干才。但是因她的出身，她不会一点体察不到亲母赵姨娘所受的歧视。但是她比赵姨娘机敏，懂得什么时候能忍则忍，到了让她稳稳抓牢把柄的时候，她就痛快淋漓地发泄她压在心底的愤恨，当她动手打了王善保家的一个嘴巴，一口一声地叫她"奴才"，才真正露出了她和赵姨娘一模一样的地位标记，真是"情"同母女。

在中国旧时的大家庭里，孩子由母亲生却由奶妈或保姆带养。诗人艾青的那一首《大堰河——我的保姆》，就是献给他的保姆的颂诗。而他却是背叛了生母与生母的地主阶级。

尽管母亲有以上那样多很尴尬的情形，还是有更多的诗文在笼统地歌唱母亲。甚至母亲被冠于祖国、土地、人民这些字眼之上。而这大概只是因为母亲代表了生殖力。好多时候，母亲只是因为她的生殖力而到处受礼遇。

这可以从东西方的圣母像上得到认证。西方的圣母马利亚一直抱着孩子站在圣坛上，而中国莲花宝座上的观世音由于"送子"而得到信奉。

论理，夏娃应该成为西方的圣母，她的落选很可能是因为曾忤逆了上帝，而中国的女娲的落选，就因为她只顾补天，没有生下一儿半女。须提到的还有中国的王母娘娘。从这名字看，她应该是中国的圣母，但是她的官僚气息太重，女人味儿不足，虽然是七仙女的妈，还是落选了。

所以母亲的崇高地位是一"生"而就的。这太取巧了。

然而，因为生命是母亲给的，孩子在这一点上永远欠了一笔还不清的债。无论什么时候，母亲只要轻轻捏住这一点，孩子就软弱下去无话可说了。像巴金《家》中的大少爷觉新，在孝道底下永远懦弱，孝道大于是非，重于生死，他无可争辩。虽然他的亲母已死去，但所有长辈早已结成以生殖——血亲为纽带的母亲共同体，对所有晚辈行使权力。

问题是，孩子并没有要求母亲费那么大劲儿生他。他是"存在"先于"本质"。他的"存在"是他母亲的一部分"本质"，而他自己的"本质"却是日后的追求决定的。如果他的"本质"追求违逆了母亲的"本质",母亲将勃然大怒,伤心欲死,因为母亲眼看着自己的一部分"本质"弃她而去,背叛了,"异化"了。《孔雀东南飞》中,焦母一听儿子帮媳妇说话,气得"捶床便大怒"。——所有母亲的失望与孩子的不自由感都来自于对于他们各自的"存在"与"本质"的一丝不苟的认定。

孩子的自由只是可以自由地去死。只有死——通过对生的否定,才能了断母亲对他的侵占。但是人尽管"生"得莫名其妙,死去却难。所以有时候他们在母亲面前的怯懦实在是他们对死的怯懦。

但是西方的圣母马利亚对于耶稣似乎并没有什么特权,而耶稣的种种行径中也不见他对生母行孝的事迹。

孝,只是中国文明的一大特色。汉代的"举孝廉",是凭着孝子的贤名就可以做官的。看上去毫不相干,实际上正合乎中国政治统治策略。中国是"国"与"家"不分的,统称"国家"。统治者看重的是母亲对孩子的崇高特权,孩子对母亲的绝对服从。将"国"比作"家",还可以蒙上一层温情的面纱。所以中国政治会玩出嫁女去"和番""和亲"……

所以国骂是骂人家的母亲——打架骂人当然要拣最重要的加以攻击、污蔑。

迄今为止,文学关于母亲的反讽还非常稀少。人们曾嘲笑"假大空"的英雄典型,但是唯独对于母亲一味进行假大空的颂赞不觉得虚伪和浅薄。

可喜的是,米兰·昆德拉在小说《笑忘录》的第二部分,以反讽的方式创造出一个这样的母亲形象：

"离妈妈越远越好"这是儿子儿媳在饱受母亲长时间的折磨之后搬出去时的口号。后来父亲死了，葬礼上的母亲温顺而凄切，好像比从前小了许多。儿子儿媳想请她和他们一起住，可话还没说出口，葬礼后，母亲就声色俱厉地数落了他们对她犯下的每一件罪孽。他们只得承认：什么也别想改变妈妈。虽然会很悲哀，但还是要离母亲远点。

但是时间让儿媳改变了。她想原来婆婆对她的伤害不过是为几个严重的字眼大做文章，无害而愚蠢。她这样一想，就觉得婆婆是小孩子而她变成大人，心里有了一种容忍、溺爱的冲动。于是他们试探着邀请母亲来度一周，从星期六到下个星期六，星期日他们有自己的安排。母亲满口答应，说：请相信，你们希望我什么时候走我就会走的。

母亲是变了，她对一切都满意，对每一件事都感激。她视力减弱，把石头当房屋。这让儿子怜悯，同时想起从前他们为母亲只看见院子里树上的梨而看不见邻国坦克开进他们的国家大为生气。现在看来母亲是对的：坦克是会消失的，梨子是永恒的。从前母亲往往坚持要知道与儿子有关的一切，如果他试图隐瞒，她就会非常生气。现在儿子愿意把他们的所做所为所思所想通通告诉母亲，母亲却只是出于礼貌在听，听了之后她评论的却是被她留在家里的那条卷毛狗。开始，他们还以为母亲是过分自我或心胸狭窄，后来终于明白，现在母亲放弃了母亲的权柄。一次散步遇上刮大风，他们一边一个搀扶母亲，母亲出乎意料变得很轻，轻得简直有点可笑。母亲似乎执意变成小孩，她突然要待到星期一，还撒谎说儿子原来说的就是星期一。

夫妻俩无奈只好让母亲袭入他们生活中。然而他们的生活却是充满谎言和妥协，背叛与羞耻，提不起精神的一团糟。没有想到，儿子在母亲混乱的回忆中忽然想起遥远年代的一件事，这让他兴奋起来。

为了母亲带给他的兴奋，在送母亲去火车站的路上，他请母亲搬来和他们同住。可是母亲却拒绝了，说她已习惯了一个人生活。

她又把儿子教训了一通。说他们从前和她住在一起时对她多么不耐烦，很粗鲁，一点也不体谅。做母亲的受了莫大的委屈。是的，现在他们变好了。但是，为什么要等这么久才改变过来呢？

儿子再次惊奇地发现母亲是多么的小，好像她的一生就是漫长的逐渐萎缩的过程，最后走向一切虚无、没有大小之分的遥远的地方。

儿子目送母亲的火车远去了。

虽然，米兰·昆德拉的这一篇"政治寓言"中的母亲，是对苏联坦克开进布拉格后捷克民族历史和文化逐渐消失的隐喻，但是这个母亲形象本身仍然是可以独立于政治语言之外的，这个母亲形象是新颖而有深意的，她概括了关于母亲的许多方面的本质特征。昆德拉用大与小，轻与重，记忆与遗忘，概括了母亲与孩子之间相互作用的力量消长，而联结与遗忘，正是母亲对于孩子的影响的基本状况。

由于联结，关于母亲的反讽最终也是关于孩子的，不论男孩女孩。

由于遗忘，母亲与孩子又总是对立的。

读"红楼"与择偶

　　生活中人们谈论择偶，很多时候是要拉上文学作品中的人物来比拟一番的。什么"七仙女"《白蛇传》"举案齐眉"……都是人们挂在嘴边的。《红楼梦》里有美女如云，更是男人乐于谈论的。这种时候，实实在在感觉到文学与生活是联系着了，感觉着文学对于人生的影响，虽然这时文学必不可免地倾向于世俗化。

　　读《红楼梦》有像鲁迅所说的好几种读法儿：经学家看见《易》，道学家看见淫，才子看见缠绵，革命家看见排满，流言家看见宫闱秘事……还可以加上建筑师看见亭台楼阁，厨师看见食谱，时装设计师看见华服……但择偶时读一读《红楼梦》更是大有裨益。

　　据说曾有报刊搞民意测验，征询男人们的意见——愿意娶《红楼梦》中哪一位？结果，史湘云得票最高，薛宝钗也排在前面，而林黛玉与王熙凤都落选了。

　　选湘云，自然是觉得她直率可爱，没有黛玉的"小性"和宝钗的"心计"，大大咧咧的，不用男人太费心搭理。又能割腥啖膻，纵酒赋诗——换了今天的情形，一定是那种能陪着丈夫看足球，甚至比丈夫更像"超级球迷"的女人。

　　选宝钗，是经过三思而行的。娶这样一位聪明得善于装傻的女人，做丈夫的很有可能被她"涮"了还蒙在鼓里呢。但考虑到宝钗深受"四书五经"熏陶，一定谨守妇道，相夫教子，睦邻邦交，把她所有的心计都用在趋利避害，使小家庭蒸蒸日上这方面。

黛玉的落选，据说并不是男人不想娶她，是男人自觉不配。男人如果有足够的"才"和"财"，都是会争娶林黛玉的。锦衣玉食，风流风雅的男人会乐于见她小心眼，吃醋，高兴陪她葬花，饶有趣味地逗她锦心绣口，伶牙俐齿……当然她身体弱怎么说也是个缺点，但有钱就可以天天给她补燕窝。

不娶王熙凤，是因为她太厉害，男人不敢。中国男人自古至今是不管在外面混得如何，在家里却一定要有妻子伏在下面以显出他的大丈夫神气。像凤姐那样里里外外一把手，三个男人比不上她一个，出尽了风头，让做丈夫的心里如何悻悻然而受用？

这些考虑可以说都有道理，但这道理又并不全面。

像史湘云这样的女孩也并不是没有麻烦。大大咧咧的性格有长处，但短处是她的感情太粗糙，不细腻，因此她很可能不会体贴入微，不大能善解人意。她天真，识人也许看不准，她直率，口没遮拦，容易出语伤人。所以与她生活，要时时像对待一个孩子那样加以指导和关照，否则天真直率足以引起麻烦，让丈夫不得清净。而且史湘云很可能不大讲卫生，"醉眠芍药"虽然诗意得很，但怎么说那也是倒地便睡，"割腥啖膻"虽然是名士做派，毕竟也是"不干不净吃了没病"那种。所以，史湘云很可能是家里弄得脏、乱、差也不知道收拾，而丈夫吃了她做的饭也会时常引起胃肠不适。

娶不娶薛宝钗，还是要慎重一些。宝钗的会做人是出了名的，但这也不过是属于技巧问题；关键还是要看她的为人。"宝钗扑蝶"一节是常常入画的，这么美丽天真的举动之后，紧接着她听见小丫鬟密谈而立即嫁祸黛玉，实在阴毒得可怕。再有就是她对金钏的死表现得那样冷漠，小小年纪的她实在也冷酷得可怕。而且薛宝钗这样的女子，凡事不动情，理智得可怕。加上她任何时候都不会"忘我"的，所以没有谁能见到她的真心真情，她即使是面对丈夫也绝不会将自己全部暴露。在她是根本不会与人——哪怕是自己的丈夫——赤诚相见。所以，这样的一个人，纵然是天天对丈夫相敬如宾、举案齐眉，又有什么意思？

林黛玉其实并不是需要多么富足的财产方可以娶的。除了吃药比别人多一项开销，其余衣食住行都没见她挑剔过。而且林黛玉是那种只要倾心于一个人，即便是餐风露宿也会丝毫不介意，照样精神高贵地吟诗作赋，不被物质所累。而她的小性，实在不是她的缺点，或者可以说小性只是她在爱情的痴迷中的阶段性发作的痴病罢了。当她终于得到宝玉的爱情允诺，她就再不曾耍过小性子。并且，黛玉其实是一个很豪放的人，她甚至也骂人，也开玩笑，活得很生动的一个人，并不是整日愁眉苦脸让大家扫兴。而其实在察言观色、待人接物这些事上面，黛玉不亚于宝钗。只是以黛玉那样高洁的品性，她是有所不为的。而且像黛玉这样会作诗、会弹琴甚至可以参禅的雅女，还会做女红，可见她也并不是一味高雅，不食人间烟火。最主要的是，黛玉是性情中人，她的待人是情真。她的为人讲一个"真"字。当然，要娶黛玉还须才华配得上，愚钝之人肯定惹她不耐烦。她是需要那种"心有灵犀一点通"的人相伴的。

王熙凤纵有千般不是，也还是终有一好。她虽有干才，在丈夫贾琏面前却总不敢摆架子，逞威风。凡事还要问一声，以示尊重。贾琏几乎不能为她分担重任，还一再拈花惹草让她没面子。而王熙凤的凡事要强，确也有一种豪气。她善待宝玉黛玉虽然有在贾母与王夫人那儿讨巧之意，但她也确实爱护他们。她的插科打诨几次点了宝黛爱情，无疑对他们争取爱情有利；她在抄检大观园时，小心呵护黛玉等女孩子，也是一份善心。就从大观园里人物对她的看法来说，即便她的毒辣刻薄惹人憎恨，但憎恨她的人中有的却是她管理家政得罪的人泄愤。而大观园里上上下下的人中，她还很有些人缘。人们也并不全是为要巴结她。特别是比起宝钗的鬼祟阴柔，王熙凤常是公然行事、行恶，倒在做法上面显得磊落。

其实，与《红楼梦》的意思因人而异一样，对这些女性人物的看法也是公理婆理都有一定道理。从择偶这个有趣的角度望过去，至少可以有些新发现。

女人与金庸

    无论纯文学、雅艺术如何高妙，普通大众还是不能免俗。男人读金庸激昂慷慨，女人读琼瑶唏嘘断肠。一个个自称"金庸迷""琼瑶迷"，令那班纯文学作家尝透了"高处不胜寒"的寂寞滋味。

    又忽然间出现一批嗜读金庸的女读者，侃起《天龙八部》《笑傲江湖》头头是道，比武艺，排座次，细数兵器暗器，都相当内行、精当；更甭说品评英雄美人、侠骨柔情这类女人本来就擅长的东西了。

    女人读金庸，总有些特别。

    女人读琼瑶，似乎是天经地义的。女人天生爱做梦，情爱的梦，缠绵悱恻，美丽哀愁；有的女人一生就是这样的一场梦，实现不了，就看琼瑶补偿，实现了，对别人的情爱感兴趣，也看琼瑶。

    有些女人只读琼瑶，不读金庸，因为她们对于武侠的打打杀杀不感兴趣。

    有些女人读琼瑶，也读金庸，她们在刀光剑影之间寻觅英雄气短时的儿女情长，她们因为爱上了英雄，于是乎也喜欢英雄手里的兵器、身上的武艺。她们其实是用读琼瑶的心情读金庸，做的还是情爱的梦，不是英雄梦。

真正像男人那样读金庸的女人，极少。

一如琼瑶是女人的梦，金庸则是男人的梦，是男人征服世界的光荣与梦想。侠客手中的刀或剑，是可以幻化成任何一种立身安命的本领，而江湖险恶，人心叵测，明枪暗箭，防不胜防，也正是现实生活的真实写照。侠客通常是特立独行，但英雄遇见豪杰，便惺惺相惜，死生契阔，肝胆相照，一诺千金。英雄总有红颜知己相伴，侠骨柔情，冷面热心，慷慨而钟情，洒脱而执著，种种反差衬托出江湖爱情佳话别具一种风流，不似琼瑶的言情那么一味甜腻。女人读金庸也正是要体味这种爱情新口味儿。

那么，男人读金庸，怎么个读法儿呢？读书如历世，男人首先关注武艺，然后仗剑行侠，过关斩将，征服世界，征服女人却还在寻找朋友之后，所以，男人读金庸，兴奋点依次为：武艺——征服世界——友情——爱情。所以常常看见男人兴致勃勃地在一起比画武艺，为不同书里的武林高手排座次而争得面红耳赤。女人读金庸不关心这些。

女人读金庸，她的阅读期待是：英雄的爱情，然后才关心英雄的武艺，才关心英雄的武林排名。而且，女人并不单以武艺论英雄。东邪西毒，武艺再高强，是男人挂在嘴边啧啧赞叹的人物了，女人却不爱。女人更倾心于德行和风度。所以有时她们爱失败的英雄。所以金庸的女读者，倒成了武林的良心。

然而，女人透过江湖厮杀的腥风血雨，领略了什么样的爱情？

江湖上的爱情，是一种类似刀锋剑刃般凌厉的爱情。一切情感都爽利分明。爱就是爱，恨就是恨，没有游移。爱一个人，可以爱到尖利透彻，往往一见钟情，不可更改，不可替代。爱一个人，可以为他赴死，可以起死回生；爱一个人而不得，可以激起滔天的恼怒，就此恨天下所有人，而成就邪门歪道，也是一种率性可爱，一种凄厉的美。江湖上的爱情有一种阳刚力度，不似琼瑶的言情那样阴柔绵软。江湖上的爱情也缠绵，因为爱情衬在生死关头，就缠绵得荡气回肠。

江湖上的爱情，是潇洒放恣的爱情。江湖已是大梦，其中的爱情可不就是梦中之梦。虽爱得深，同时也参得透。侠客仗剑，独行天地之间，挂碍既少，唯清风明月，大漠孤烟，爱情自然会洒脱浪漫，洗尽铅华，消去人间烟火色，至情至性，正是神雕侠侣，人间天上。相比之下，琼瑶言情，有爱得痴迷，却少有爱得狂放，旷达。侠之大者，是真名士；侠之爱情，得名士风流。

总之，江湖上的爱情，是一种境界，是极致的美。

其实，武侠与言情，一切通俗文学都不过是将人生世事许多复杂麻烦略去，只将一种意思或意境或情调，推到极致，给人一个锐利的印象，让人暂将人生世事诸多麻烦忘却，置身其中做一场酣畅淋漓的大梦。所以说，金庸、琼瑶都是梦，可以忘忧。

将令狐冲拉进现实生活，不知他会怎样？他可以慷慨赴死，笑傲江湖，他可以笑傲"一地鸡毛"吗？啊，这样想简直煞风景。看来英雄都在武侠书里，现实中难觅英雄，也许偶尔发现丈夫行事间闪出星星点点的豪杰气息，刚让你双眼一亮，它却倏忽即逝了，终日与你相伴的还是那个平凡的家伙！于是你和你丈夫都需要看金庸，你去寻觅英雄，而你丈夫假想自拟一番。

原来女人看金庸就同男人看金庸一样，没什么稀奇。

金庸也不稀奇，不过是制造些不食人间烟火的英雄梦。

忽然想起前年金庸先生入北大讲学，一班纯文学作家就痛心疾首、忧怀戚戚，实在是多虑而又太不了解北大了。北大是什么园子？自从蔡元培提倡"学术自由，兼容并包"，五四那阵子就是并蓄三教九流，兼容五行八作，新人物，老古董，各持己见，杂然相处，济济一园。所以，金庸入北大讲学，既不说明北大俗了，也不证明金庸雅了；只不过是北大借武侠大师做广告，标榜开放、宽容罢了。而真正的纯文学的鸿篇巨制，是包容人间一切大苦闷、大忧扰，它比通俗文学高就高在它不舍弃人间一丝一毫的痛苦欢欣，它正视人类所有的尴尬。如果通俗文学只是由于放弃某些东西而达到某种极致，而极致的美同时不可避免地简化了人生，又何必为纯文学担忧？应该不好意思的是，一些纯文学作品还远不如金大师的武侠书那么丰富美妙高雅。

现在女人也爱看金庸了，不知有人是否又要过度反应。其实不必。女人读金庸，不过就是读着玩玩，做做梦而已。

● 辑二

恋爱中的妇女

——想起萧红

"恋爱中的妇女"是英国作家劳伦斯一部小说的名字。这个男人把女人的性爱当作赎救男子的唯一良药，虽说这药明摆着是俗世的，但被推向终极与唯一之后，就成为宗教。对此，我不大以为然。我甚至因此相信了关于劳伦斯有同性恋倾向以及性角色错置的说法。我难以相信男人会像他描写的那样完全投入到性爱中去，相反，我相信女人一定会的。

只听说外国有个不爱江山爱美人的爱德华八世，中国有个厌恶仕途经济专爱混在脂粉堆里淘澄胭脂膏子的贾宝玉，后一位还是"假"的不是真人。而《诗经》上说，男人陷入恋爱不大要紧，昏天黑地也是有的，不过一阵就过去了，可是女人一旦陷进去就拔不出来了——即所谓"士之耽兮，犹可说也；女之耽兮，不可说也"。诗虽然很古老，其间沧海桑田的世易时移却也没有更多地改变人的本性。"不见复关，泣涕涟涟；既见复关，载笑载言。"现代女人也有这情绪。"自伯之东，首如飞蓬，岂无膏沐？谁适为容！"现代女人要出门打工，不比古代女子终日藏在深闺，自然不会将自己弄成蓬头垢面的邋遢相；但是出差的丈夫一回来，她会美容化妆足折腾一番，还总觉得美得不尽如己意——仍然是"女为悦己者容"。虽说"士为知己者死"讲的也是这个意思，但知己不分男女，而一个"死"字指示了更广的人生舞台和更重的生命意义。毕竟不是"容"那脸面上的事可以相比的。

议论了一大篇，是因为想起了萧红。

作为作家，萧红是成功的。她的才华几乎是野生的。冰心所受的中西文化熏陶，丁玲拥有的广阔社会空间，张爱玲出身的封建遗老与摩登女性混杂成近现代中国微缩景观式的光怪陆离的家庭背景——这些作为一名作家不可缺少的条件，萧红一点都不具备。她开口说话，那些不合规范的句子真像病句了，可是那些话直直走进人们心里，让人惊奇让人赞叹让人喜爱。她自说自话，不经意之间别具灵巧。她对于故乡呼兰河畔如土地一般沉默麻木，如田里的高粱豆角一样普通的东北农民天然地具有那种深入骨髓的理解力，因而她的同情忧伤深广：这与鲁迅对其故乡闰土们辛苦麻木生存的感怀相契合。被鲁迅褒奖为"力透纸背"地写出北方人民对于生的坚强对于死的挣扎的那一部厚重的《生死场》出版时，她还不满二十五岁。鲁迅当时谈起青年作家，认为最有写作前途的是萧红，还预言她超过丁玲要比丁玲超过冰心会快些。

就是这位天分极高的作家，她作为女人却活得不幸福。在她三十二年的一生里，最大的困扰最大的痛苦都来自与男人的纠结。

萧红是那种典型的"恋爱中的妇女"。——在女人与男人的所有关系中，恋爱是最本质的关系。"恋爱中的妇女"，借来指称处在两性最本质关系中的女人。萧红不断处在"恋爱"中，有没有异性与她构成这种关系并不重要。即使没有异性，她在期盼与寻找中仍是"恋爱中的妇女"的心态。揣想当年萧红的音容笑貌，那种被丁玲提及的苍白脸色与神经质的笑声，当有男性在场时一定敏感地呈现出别样的情态。她是那种时刻注意到自己性别的女人："我是女性。女性的天空是低的，羽翼是稀薄的，而身边的累赘又是笨重的。……女性有过多的自我牺牲的精神。这不是勇敢倒是怯懦。是在长期的无助的牺牲状态中，养成的自甘牺牲的惰性。我知道，我还是免不了……"对于性别的敏感与关注，在她生活的时代与她周围的人们之间，她注定要承受更多痛苦。

如果说来自封建家长的父亲的冷酷与敌视，萧红可以矜持地昂起头以离家出走进行抗争，那么来自同一阵营的爱人的冷落与轻视却让她锥心伤痛。萧红在一首诗中呻吟："往日的爱人，为我遮蔽暴风雨，而今他变成暴风雨了！让我怎样来抵抗？"萧军的婚外移情对于萧红的打击是巨大的。萧军夜晚外出会他的"朋友"，萧红听着窗下卖唱人凄苦的胡琴，正是自己心灵的鸣咽。以往萧军在她落难中的搭救，商市街寒冷饥饿的夜里萧军挣来的面包，还有对她柔弱多病的嘲笑中的关爱，如今都更多地显示着强者向弱者施恩的得意与骄傲。感情既被忽视，作品也一样受轻视。萧军对朋友们不屑地说，萧红的文章有什么好？朋友就附和道，结构却也不坚实。本来文坛上是"二萧"并称的，由文名带来的社会生活也该是二人共有的，但是由于社会习俗，变成了萧军独占了。夫妻间妻子的从属性让萧红充满无奈地感叹：社会关系都在男人身上。

萧红先后两次离开萧军寻求独立，最终又低头回来。同时代及后来的人们都感叹萧红为什么离开男人就不行！虽然人们期望的坚强，不过是异性缺失状态下畸形的坚强。而其时的萧红没有家，甚至连家乡都没有——父亲的家是不肯回的，满洲已不是家乡；朋友们都更看重夫妻关系而不能理解她。她只有一个萧军。当端木蕻良不只是尊敬她，而且大胆地赞美她的作品超过了萧军，萧红惊喜之间看重的是端木对她个人的肯定和友谊。虽然她与后者的结合最终也并不幸福。

女作家是女人中的女人，她比一般女人更细腻敏感，她对于个人痛苦的感受可以广泛地与整个人类的苦难联系在一起，她的内心承受更多的重负。也恰恰是萧红"恋爱中的妇女"的状态使她更真切忠实地体察两性之间的"战争"，使她在新旧冲突、阶级斗争、民族抗战这些大的动荡下细致踏实地写出纠结在一起的个人的、两性的、时代的深沉苦闷。她坚持的两性中的女人的这一视角，使她超前意识到男人对于女人的掠夺与损伤，意识到女性在这个社会被迫充当"第二性"的事实，从而自觉不自觉地在作品中表现出对男权中心的反抗。

然而普通女人最好不要做这样的"恋爱中的妇女"，太痛苦、太麻烦。拿"红楼人物"来比，如果道行不深做不好薛宝钗，索性憨直率然去做史湘云，千万别像林黛玉似的。不过想来萧红作为女人的命运似乎还不及林黛玉。她曾自比《红楼梦》里那个一门心思学作诗的痴丫头香菱，来说明自己对于写作的痴心与用功；香菱是个连自己父母是谁都不知道的被拐卖的苦女子，如果萧军晚年对于萧红身世的猜测（据萧军晚年回忆，萧红的弟弟张秀珂怀疑张选三并不是他和萧红的亲生父亲。他们的父亲可能是雇农，他的母亲与呼兰县头号大地主张选三有了"关系"后，合谋杀死了他，又带着幼小的萧红姐弟改嫁到张家）是真实的，那么萧红真是彻头彻尾的香菱了。联想她的父母异乎寻常的冷漠敌视，她早年为了逃婚宁可饿死冻死在流浪的路上也决不回头，我们也许错看了萧红，我们只看见萧红表面的柔弱，忽视了她内心的倔强刚强。

那些没有写出的话

——丁玲忆秋白

上世纪七十年代末，"右派"丁玲结束了二十年的流放、监禁，重返文坛，到了八十年代，这个极左路线下的受难者，却一度被视为"红衣主教"，一个僵化教条有点"左"的形象，特别是在她的老对头——一贯"左"的周扬忽地"异化"，向"右"迈了一小步，旋即被批检讨、狼狈缩回那只脚的时候，两相对照，老太太立场坚定、旗帜鲜明。于是文坛某次换届选举的盛会上，在场的丁玲得票不高，因病不能到会的周扬获得经久不息的掌声，作家们会下又自发地给周扬写慰问信，签名的人很多，排着队。

当时有一个人在场却鄙夷而过、坚决不签——是曾因胡风案牵连受迫害的耿庸。当年周扬在领袖指引下批胡风分子、搞各种运动，是毫不留情的。人们背地称他是"文艺沙皇"。所以"文革"后复出，周扬会上会下给人鞠躬道歉。显然耿庸没有原谅他。丁玲从北大荒回来不久倒是主动登门看望周扬，然而这个整她的人却没有向她道歉，只一味地讲自己在"文革"中受苦受难。丁玲非常遗憾地意识到，周扬的道歉还远没有真正触及他自己的灵魂。待到看见周扬对来访者笑谈历史功过，把延安时期他代表的"鲁艺"和丁玲代表的"文抗"分列在"歌德派"和"暴露黑暗派"两端，丁玲更加确信自己的判断，她心里凛然冷笑：又在标榜自己正确而指人为异端！

中国文艺脱离不开现实政治，这是很生动的一例。中国作家从"左联"开始即分"左""右"，直到1949年以后文坛历次运动，作家们的政治选择或被选择，向左向右、你左我右、忽左忽右、形左实右，浪大水深，风云变幻。道行很高的王蒙写过一篇文章，题目叫作"我心目中的丁玲"，多少言及这种复杂情形。还有人推测，丁玲八十年代在某些场合的表态，不过是自我保护的现实策略。她的秘书王增如说，那是为了"防身"。

一贯被左棍打、心有余悸的丁玲并非过于敏感。她的"右派问题"平反、恢复党籍，特别是历史问题如何做结论，过程并不顺利，遇到种种阻力、拖延。她写《鲁迅先生于我》，提到她被捕后，鲁迅谈及她时没有因小报谣言而谴责她，但后来有些人却对鲁迅的谈话过度阐释，指她为自首、变节——这篇文章，《新观察》要去却没能刊发，中宣部、作协党组、核心领导小组转来转去地审，说有点小问题，某某和某某将找丁玲谈话；丁玲等着，准备反驳，某某却一直没来。这篇文章在《新文学史料》发表，又收入《鲁迅先生诞辰百年纪念集》。而她写于1979年底的那篇《我所认识的瞿秋白同志》，因为陆定一反对，差点没能编入《瞿秋白纪念集》，幸而出版社编辑部的坚持，才使人们看到一个活生生的、真实的秋白——同时也感受到写作者丁玲深沉而柔软的内心世界——这个丁玲认识的秋白，不只是党史上那个犯过错误的早期共产党人，也不还是那个后来与鲁迅惺惺相惜、被鲁迅视为知己与兄弟、文坛携手的秋白，这个秋白，以1979年底陆定一的眼光去看，太不高大，而且暧昧游移，远不是标准化的党的领导人形象。

这个秋白，第一次见面时"话不多，但很机警，当可以说一两句俏皮话时，就不动声色地渲染几句，惹人高兴，用不惊动人的眼光静静地飘过来"；这个秋白是好老师，给丁玲和王剑虹讲苏联情况像熟练的厨师剥笋，相比之下她俩在平民女校听刘少奇讲苏联就如瞎子摸象，而以秋白的教法教她俩读普希金的诗，读了三四首后，两人简直以为已经掌握了俄文！这位聪明得体、有才华有识见而且风度翩翩的二十四岁的秋白老师，几乎每天下课后都来两位少女的小亭子间，神聊中外古今，吟诗唱赋，也谈身世遭际，——这是不寻常的。果然，一派天真的丁玲被人告知，秋白陷入恋爱里，还让她猜猜是谁。她猜不着，却发现好友剑虹起了变化，直到发现藏在垫背下一沓剑虹的诗稿，恍然明白剑虹爱秋白。于是丁玲当"红娘"，促成了剑虹与秋白。

但是"红娘"却起了惆怅，不久便独自离开。而此后剑虹的信与匆促的死，特别是秋白很快与杨之华结合，使丁玲对秋白怀着怨。后来每一次不期然与秋白相遇，她带着探究的目光细细打量，即便半个多世纪过去，依然记着并写下那些相遇的细节、言语、表情、心理……那些记叙中的欲言又止，迷蒙暧昧而意味深长——

当她独自离开，新婚夫妇紧闭房门没有送行，却在随后剑虹来信里看到秋白的附笔，说他竟哭了，这是多年没有过的事。在剑虹死后，丁玲收到十来封秋白的信，谜一样的信，他责骂自己对不起剑虹，又说只有天上的剑虹有资格批评他，丁玲似懂非懂。百忙中，秋白到北京曾去学校找她，在门房坐等两个小时；又曾请丁玲看戏，因男女分坐两个包厢，也没有多交谈，两人总是错过或相遇匆匆。后来他们一个在上海，一个在北京，一个奔走革命，一个成为著名作家。秋白早有了杨之华，丁玲和胡也频生了儿子。丁玲以"韦护"为题，以秋白、剑虹为原型写了一部长篇小说，秋白来信，落款处赫然写着"韦护"。还有一次，秋白突然降临丁玲的寒舍，也不知怎么找到的，还是带点儿抑郁的神情，当他看到丁玲的儿子，他笑说，他应该叫"韦护"。韦护是秋白的一个别名，也是韦驮菩萨的名字，秋白曾讲过，韦驮菩萨疾恶如仇，遇见不平就要生气，就会下凡惩罚恶人。后来两人在鲁迅家里遇到过，那时"白色恐怖"，秋白又是在党内受批判、被闲置的人，而丁玲的丈夫胡也频已遭杀害、血洒龙华，两个人心里都有伤痛，却不敢碰触，他们的谈话"完全是一个冷静的编辑和一个多才的作家的谈话"——那时丁玲擦干眼泪，担负起主编左联机关刊物《北斗》的工作，瞿秋白写稿支持。两人最后一次见面，是在丁玲的入党仪式上。秋白翩然而至，还代表中央宣传部讲了话。此后，两人没有交集。

以往透过《我所认识的瞿秋白同志》这篇文章及相关史料，研究者们对于秋白与丁玲的关系就有种种猜测。一种猜测是丁玲也爱秋白，但秋白却爱剑虹，所以丁玲是爱情失意者。近来，丁玲之子蒋祖林撰写的《丁玲传》出版，首次披露了秋白与丁玲的感情真相——这当然是丁玲生前告诉儿子的——原来那时秋白爱的是丁玲。

那是1977年1月，距丁玲被打成右派反党分子的1957年，二十年过去了。其间十二年流放北大荒，五年坐牢秦城监狱，头上戴着"右派"与"叛徒"两顶帽子，又被发配到太行山下嶂头村。此时国家政治生活已发生了巨大变动，但丁玲对自己能否活到重见天日并不乐观，在儿子前来探望的几天里，她急于向儿子细述平生。关于瞿秋白，她这样说："其实，那时瞿秋白是更钟情于我，我只要表示我对他是在乎的，他就不会接受剑虹。"

当她拿了剑虹的诗稿跑去找秋白——

瞿秋白问："这是谁写的？"我说："这还看不出来吗？自然是剑虹。"他无言走开去，并且躺在床上，半天没说出一句话来。他问我："你说，我该怎样？"我说："我年纪还小，还无意爱情与婚姻的事。剑虹很好。你要知道，剑虹是我最好的朋友，我不忍心她回老家去。你该走，到我们宿舍去……你们将是一对最好的爱人。"我更向他表示："我愿意将你让给她，实在是下了很大的决心的呵！"他沉默了许久，最后站起来，握了一下我的手，说道："我听你的。"

听了母亲讲述，儿子问："你说自己年纪还小，无意于爱情与婚姻，这是真话吗？"丁玲答："当然不是真话。瞿秋白是我那几年遇到的最出色的一个男子，而且十分谈得来。不过也有一点是真的，就是在这以前我的确无意于恋爱，我觉得应该多读点书，立足于社会。"儿子不解："为什么要作出这样的自我牺牲呢？要让呢？"她答："我很看重我和剑虹之间的友谊，我不愿她悲伤，不愿我和她之间的友谊就此终结。"儿子又问："那么王剑虹当时知道瞿秋白更钟情于你吗？"答："我想，她或许不知道。但婚后，我想，她定会知道的。"

关于丁玲与瞿秋白之间情感状况的猜测，以上爆料总算给出了答案。而瞿秋白信中那句，"他的错，只有天上的剑虹有资格批评他"，丁玲在写《我所认识的瞿秋白同志》时有意藏了半句，甚至后来在一次接受采访时，还在这句话里加上了杨之华，借以平息由《我所认识的瞿秋白同志》引起的猜疑与议论，而事实上，她告诉儿子，完整的这一句是："只有天上的梦可和地上的冰之才有资格批评他。"梦可，是法文"我的心"的译音，秋白总是叫剑虹"梦可"；而那时的蒋冰之还没有成为作家丁玲。这半句，补上了丁玲与瞿秋白二人情感拼图的最后一片空白，以往的扑朔迷离可以真相大白了。

青春时期的情感是纯粹的，却又是笨拙的，好意的成全竟成了锐利的刺伤。剑虹死于肺病，又何尝不是死于心情颓唐：一边是密友的奉献，一边却是爱情的残缺。秋白爱冰之而不得，便以实现冰之的愿望为一种情感释放和表达，却又时时难忘对于冰之的爱恋而有负疚于剑虹。冰之侠义、成全好友，却不料失去秋白后才发现自己很受伤，而且剑虹那么快死去。三个人都有爱有怨，抑郁低回不已。虽然不久丁玲与秋白各自有了新的爱人，初恋总是难忘的。

瞿秋白在狱中打算写回忆录，题目也拟好了，叫作"痕迹"，并且列了三十个小标题，其中第十个是"丁玲和他"。可是他没来得及写，即被杀害。以他《多余的话》那样襟怀坦白的风格，又在大限来临之前，他一定会披肝沥胆、无所隐瞒地写出他与丁玲的交往、他对丁玲文学成绩的评点，可惜这样的文章永远没有了。2015 年是他牺牲 80 年，《新文学史料》刊发一封秋白写给剑虹的信，写于 1924 年 1 月 12 日，那是国共合作、秋白在广州筹备并参加国民党一大期间，百忙中写情书还不忘问一句："冰之的腰不疼了吗？"据说《多余的话》有一种版本是有这样一句话的："秉之也不知在何处，她是飞蛾扑火，至死不止。""秉之"即"冰之"，是抄本的笔误，因为秋白曾经对丁玲说过那样的话。

秋白对于冰之，在她那么小、还没有写作的时候，就很深刻地了解她的性格，爱惜并鼓励她的志向，后来她所取得的文学成绩，秋白看到后多么欣悦，甚至暗中会觉得，她完成了他自己为政治奔走而放弃的心爱的文学梦。在狱中，在大限到来之际，他想到冰之，想到她会继承并延续他的未竟的工作……他是否想得到，连他遭受党内错误路线的打击，冰之在后来的生命历程中也同样承受了，甚至更其惨烈。

丁玲后半生的厄运从 1955 年开始，在不断扩大规模的批判会上，批判的调门也不断升级，虽然中间经过起伏，一度"翻案"，但到了 1957 年"反右"，丁玲陷落。周扬直接领导了这一场场阵仗。1957 年 7 月 25 日，周扬展开讲稿，说"我不能不讲话了"，他一讲两个小时，他说：从历史来看，丁玲在南京、延安、北京这三个时期都没有经受住考验——全面否定了丁玲的革命史。多人回忆，当时周扬口若悬河，口气强硬，上纲上线；9 月，周扬又作题为《不同的世界观，不同的道路》的长篇报告，报告之长，竟于 16、17 日分两次才讲完。龚育之曾回忆："正是在这些会上，我亲见了周扬疾言厉色，咄咄逼人，令人可畏的一面。"韦君宜在《思痛录》也有类似回忆：周扬的讲话"杀气腾腾，蛮不讲理，可谓登峰造极"……在痛批丁玲之后，周扬对丁玲说："以后，没有人会叫你'同志'了。"周扬"说这话时，他那轻松、得意，一副先知的脸色"狠狠刺中了丁玲心灵的痛处。那样的批判会上，"群情激奋"，丁玲委屈，百口莫辩，有一次伏在讲桌上呜咽，更多时候"与陈明坐在一起，听着各种各样对她的批判、侮辱、作贱和羞辱。她的痛苦，她的隐忍，她的入地无门，我这支秃笔是没有办法写出来的"——这是曾在丁玲主办的文学讲习所受教的、写过《小兵张嘎》的作家徐光耀的回忆。

据李向东、王增如所著《丁玲传》的统计，1957 年毛主席三次提到丁玲，但延安窑洞里填词"文小姐""武将军"的盛赞，已经完全翻转为不屑。一次是 9 月底接见捷克访华代表团，他谈到：资产阶级知识分子，搞文学的很糟，丁玲这样的人，是一个大作家、党员。现在很好，可以把她赶出去了，赶出去更好办，文学艺术会更发展。当时正是在讨论反"右派"斗争的方针政策和具体部署的八届三中全会期间。另外两次是在 10 月 13 日最高国务会议第十三次会议讲话中，他说："共产党里头出了高岗，你们民主党派一个高岗都没有呀？我就不相信。现在共产党又出了丁玲、冯雪峰、江丰这么一些人，你们民主党派不是也出了吗？"在谈到对右派分子的处理时又说："章伯钧的部长恐怕当不成了。比如丁玲，就不能当人大代表了。"到了 1958 年 1 月 26 日《文艺报》对王实味、丁玲、萧军、罗烽、艾青在延安时期就引起争议的杂文《野百合花》《三八节有感》等"再批判"，毛主席亲自修改编者按，当时丁玲一读就猜出，那居高临下的气势和泼辣的文字一定是毛主席的手笔。她知道再申辩也没用了。她认了。

1984 年 8 月 1 日中组部 9 号文件彻底为丁玲平反，所谓"彻底"，即不仅止于 1979 年平反了"右派""反党"之罪，还包括对她南京被捕那段历史作出结论："丁玲同志在被捕期间，敌人曾对她进行威胁、利诱、欺骗，企图利用她的名望为其做事，但她拒绝给敌人做事、写文章和抛头露面，没有做危害党组织和同志安全的事。而且后来辗转京沪，想方设法终于找到党组织，并在组织的帮助下逃离南京，到达陕北。"对于那份"申明书"的定性是："只是为了应付敌人，表示对革命消沉态度，没有污蔑党、泄露党的秘密和向敌自首的言辞。"丁玲非常激动,说:沉冤大白,这下我可以死了!周扬却很不高兴,他把时任中宣部副部长的贺敬之找到家中,说:"丁玲的事情我不太好说,你还是应该讲一讲的,我过去跟你说过几次,丁玲的历史污点是翻不了的!"贺敬之说:"中组部那些材料全都经过调查取证,我怎么能怀疑呢?"周扬用严厉的语气说:"那叛徒哲学是可以的了?"贺敬之清楚记得,这位老领导对他的回答很失望,气急了,说:"你如果这样看,以后是不是还要在文艺界工作呢?"而其时周扬同志自己已是退到二线的中宣部顾问了。

1955 年,在经过解放后多方查找、鉴定而确认的秋白烈士的遗骨,被安放在北京八宝山公墓。有一张照片是杨之华抚对秋白遗骨,满面悲戚与痛惜!那横陈的遗骸,头骨完整,肋骨、胸骨已碎成 1 寸左右,而 5 颗白纽扣还在,杨之华认出那是秋白从上海进入中央苏区时穿的衣服上的扣子。到了 1966 年,因为秋白狱中写的《多余的话》,在"文革"中被认为是向敌人示弱的叛徒行径,一伙红卫兵冲进公墓,砸毁秋白烈士墓,挫骨扬灰!

1935 年 6 月 18 日,秋白慷慨就义,年仅 36 岁,永远留在他的盛年。丁玲在此后的半个多世纪,获得更大荣耀,也遭受千夫所指,历尽劫难而不改初心,白发苍苍之际回首青春,仅此《我所认识的瞿秋白同志》一篇,虽碍于隐私和现实考量而有所隐,却也足以自证——那种自由的精神、越轨的笔致、如秋白《多余的话》一样的诚挚,无须"左"或"右"的尺子量来量去了——而在二十世纪国际共运大背景下,丁玲与周扬,还有瞿秋白,竟似同一个人,在漫长生涯中走着崎岖路,左右奔突,千回百转,飞蛾扑火,在不同时段显现出不同的面容。

做一个苍凉的手势

——看"张"人语

看"张"——张爱玲，看她的书，也看她本人。

看来看去，她的书只剩下两篇小说《倾城之恋》《金锁记》和一本薄薄的散文集《流言》是不厌的，而看她本人，反倒比她的书更有趣味，有时一瞥之间蓦然看出她的机巧，就哑然失笑。

说起来，张爱玲的做人是要比做文更费周张。她是个大演员，明星级的，一举手一投足，都讲究行为艺术。她成名后在人前露面，必要穿自己设计的各式夸张、怪诞且带前朝清廷遗风的服装，在人们讶异惊望之下，面目淡然地施施走过——这时的张爱玲，内心里岂不暗自得意、满足而熨帖？

可惜人们对于张爱玲刻意雕琢的行为艺术只是惊怪，看也看不懂；真懂并欣赏的是胡兰成。他是情人的眼，看得出西施来。

他爱看张爱玲的行坐走路，觉着美，觉着好，想形容，却找不到恰当的语汇，张爱玲欣然代他说了："《金瓶梅》里写孟玉楼，行走时香风细细，坐下时淹然百媚。"胡看张爱玲的脸"好像一朵开得满满的花，又好像一轮圆得满满的月亮"，就故作奇语："你的脸好大，像平原面貌，山河浩荡"，惹张爱玲笑，张又欣然指教说，《水浒》里写宋江见玄女，却是"天然妙目，正大仙容"。胡当下呆住，说：你就是正大仙容。

张爱玲的艺术行为，一招一式都是自己查得到出处的，可加注脚。她活得精致，像她穿一件桃红色旗袍，说"桃红的颜色闻得见香气"，像她每逢胡兰成来，就穿上胡所喜欢的鞋头鞋帮绣有双凤的绣花鞋，都是对自己的生活艺术的有声无声的又圈又点，相当于在文章里写出好句子，心下喜滋滋的。

　　想想张爱玲摆弄她的种种闲情逸致是在"国破山河在"的"孤岛"上海，不能不令人生出"商女不知亡国恨，隔江犹唱后庭花"的感慨。但这样说她，也不贴切。对于张爱玲这样前朝高官重臣的后代而言，他们的国是"大清"，早就"亡"了的。尽管清亡时张爱玲还是个孩子，但家族里遗老们的影响不可忽视——正是张爱玲的父亲一边教牙牙学语的她背诵"商女不知亡国恨……"一边流下泪来。改朝换代，繁华落尽，家族地位一落千丈而且仍在颓败中，这样的影响，至少使张爱玲对于她身处的这个"国"情感淡漠。也正是这样的思想背景使她能和汉奸胡兰成混在一起而不顾大义。而她文中常见的"苍凉"，与此有关。

　　张爱玲在苍凉背景下不放过一点点小情致，有末世寻欢的味道，写文章"成名要早啊"，而活着一定尽情任性，做张做致，乃至表演、做戏。这方面她做得很有艺术性。

　　张爱玲做人一定要标新立异，与众不同。她不单在衣着打扮上做文章，她还要进一步塑造自己特立独行的天才形象。开始，她津津乐道她作为天才儿童会读书，能续写《红楼梦》了，却总是将鞋子穿反。后来，她知道正面文章反着做，就总爱渲染她的物欲，她的俗。她小时候写文章得了第一笔稿酬五元钱，她用去买了口红。这件事中有某种反差叫人疑惑。同样，她大谈自己"财迷"，与好友去咖啡店吃点心，必先言明谁付账，与姑姑同住，凡事锱铢必较。与出版商谈稿酬决不吃亏……说完开心大笑。她经过商店，感叹物质文明到底"于我们亲"。她的闺房也布置成现代的带刺激性的浮华式样……

其实这一切也并不是凭空捏来，无迹可寻。与中国传统文人雅士两样的态度与行事，都可以在现代物质文明的繁华照眼眩目与西洋人个人主义道德标准之间找到解释。问题是，张爱玲有意无意地渲染这差异，借此杜撰关于一个才女——她自己的传奇。一味的雅又能雅到哪里去？雅了之后还俗，才是雅得新奇，俗的也不俗了。后人果然就夸张爱玲是大俗大雅。不知张爱玲听了笑不笑，得意地？

不过，张爱玲敢于奇装异服不怕人说她哗众取宠、绣花枕头，仗着腹中亦有锦绣文章，知道自己的分量，压得住；敢说自己俗，是因为她知道她在众人眼里已雅得不能再雅了。她是恃才傲物，自信得霸气十足，要统领天才与凡俗两界，俗事经她染指就变成雅了。她可以点石成金。而况她的俗又是怎么个俗法？是好比现在城里的大款跑到乡下吃农家菜换口味，吃的是自己的情调，满意的是自己的优越感。

晚年的张爱玲如好莱坞明星嘉宝似的，靠与世隔绝保持她的神秘。这多少有一点像诸葛亮唱《空城计》。青春不再，才华已尽的她，明白此时退场正是时候。这是她最后的行为艺术，最后的一个手势。她与以往干得一样漂亮。当她躲在窗帘后面，看那个记者每日在她的垃圾中搜寻她的消息，得意的笑容一定会倏忽浮现在她已是皱纹密布的脸上。

然而，人在世间穿行，人们所看见的她，可否就是她想让人们看到的那个她呢？

新月与飞鸟的天堂
——冰心的意义

有一天我们突然发现，世界和我们自己已变得复杂暧昧而面目全非，我们的内心充满矛盾，茫然而焦灼，这时候，我们读冰心，在一瞬间坠入清凉通透的琼楼玉宇，然后美让我们愉悦，爱使我们宁静，新月与飞鸟掠过我们久已失落的酣眠。

文学中是存在有这样一种单纯的倾向，比如冰心、泰戈尔，比如童话、寓言。

在这里没有矛盾，万事万物和谐统一，事物与人呈现出明确目的，一切清白。这是一个简化了的世界，但也是世界呈现在人们心中之一种，也许本来就是人们关于世界的一种幻想。

未谙世事的孩子，返璞归真的老人，他们都与这世界相通。这世界让中年人做片刻的驻足，片刻忘忧，然后留恋地叹息着离开。他们怕被这世界所消磨。

这个世界是女人"创世"，因为它符合女人的天性——"世界上若没有女人，这世界至少要失去十分之五的'真'，十分之六的'善'，十分之七的'美'。"

女人"创世"的这个世界就是真善美的世界。

冰心曾为我们展示那三个纯美的微笑：

雨声住了，凉云散了，树叶上的残滴映着月儿，好似萤光千点，闪闪烁烁地动着。一片幽辉，只浸着墙上画中的安琪儿——这白衣的安琪儿，抱着花儿，扬着翅儿，向着我微微地笑。

这笑容仿佛在哪儿见过……

五年前。一条很长的古道。炉脚下的泥，田沟里的水，烟树后的村庄。一边走着，似乎道旁有一个孩子，炉儿过去了，无意中回头一看——他抱着花儿，赤着脚儿，向着我微微地笑。

这笑容又仿佛在哪儿见过……

十年前。茅檐下的雨水，一滴一滴落到衣上来。土阶边的水泡儿，泛来泛去地乱转。门前的麦垄和葡萄架子，都濯得新黄嫩绿。好容易雨晴了，连忙走下坡，迎头看见月儿从海面上来了，忽地想起忘了东西，站下回头——这茅屋里的老妇人，倚着门儿，向着我微微地笑。

这同样微妙的神情，游丝一般飘飘漾漾地合了拢来，绾在一起。

这时心下光明澄静，如登仙界，如归故乡。

这意境确是仙界，确是故乡。也许，愤世嫉俗者不耐烦这轻飘飘的笑颜，混世的浑浊者鄙夷这稀薄寡淡的笑容，厌世者指斥这微笑的善与美为欺骗，务实者讪笑这境界为虚幻。然而，还是这些人，在某一个灵感忽至的瞬间，神光离合之际，就是那宁静的微微的笑砰然一声击中他们坚硬冷酷的内核，柔柔地化水脉脉，淳淳地化烟氤氲。他们一时融化在爱的调和里，有人将是一生，有人是这片刻。片刻已是幸运了，在这荒荒的世事人心的厚幕幔之下，忽然掀开一角，露出分明真切的美与善，即使片刻的感动也足以支撑一生。

女作家笔下的"真"，更多的时候不是指向世界客观真实性的"真"，而是指向人心的真与诚。比如冰心的微笑飘漾的世界，她的"真"是经过美与善的过滤后的，是诗的真。自然，这"真"已失去了粗糙的形态，不美不善的"真"不会进入冰心的视野。这也集中代表了女作家的作品普遍地更乐于表现出道德、审美的判断，更主观一些。善与美的判断本身就是主观性的。所以女作家会丧失世界人心的广阔与驳杂，缱绻于自己创造的理想的幻梦之中。

然而我们终日辛苦辗转于世界与生活之中，我们还要在文学中时时认同着现实的缺陷吗？如果文学还有一种功用是可以让人愉悦，忘忧，为什么不可以造一个新月与飞鸟的天堂，安放我们关于美和善的终极的梦想？

冰心的意义就是——给你一个好梦境。

关露啊关露

如果不是友人赠我新出版的《关露传》，我不会想起她。尽管李安导演的由张爱玲小说改编的电影《色戒》和去年大热银屏的电视剧《潜伏》，都让人对于 20 世纪发生的谍战故事产生了兴趣，然而关露是谁？

"左联"女作家、"红色女谍"关露于 1982 年 12 月 5 日服了过量安眠药，结束了她 76 岁的人生。这人生，的确是起伏跌宕；这人生，忒也惨伤悲凉。

在 12 月 18 日由文化部和中国作家协会召开的悼念会上，与关露有过远近不一接触、交往的一批老同志，情绪颇为激动。

丁玲说，我们社会主义应当像这间屋子充满阳光，但是阳光照不到她。

夏衍说，解放后 30 年关露内心一直非常凄苦。她的死必有原因。

周扬说，关露同志直到去世，我未去看过她，是个遗憾。这个同志肯定可以盖棺论定，她为人很善良。

王炳南说，我一直感到潘汉年决定关露做特务工作是个原则错误，未考虑后果，当时关露已是知名左翼作家，人们看见左翼作家也做汉奸，给她一生也带来不利因素。

在民族危亡之际，无数仁人志士匆促上阵，血洒疆场。当时中国空军飞行员往往经过短暂培训，就驾着飞机上天迎战日寇。不计后果。像关露打入"76号"魔窟，接近汪伪特工总部的头子李士群，为党做情报工作，估计在党组织一面，在关露这一面，都是不计后果的。当时，日、蒋、汪伪关系微妙，国共两党分裂、合作又摩擦，斗争形势错综复杂，党利用关露姐妹与李士群的关系，也是必然的。当年李士群被捕，其妻叶吉卿怀着身孕，是关露的妹妹胡绣枫收留并很好地照顾了叶吉卿，李士群夫妇一直心怀感恩。有了这层关系，关露顺利打入敌营。太平洋战争爆发前夕，潘汉年向延安发去大量重要情报，就有关露的功劳。由于关露成功策反李士群，李士群后来为共产党做了不少事：将鬼子"清乡"计划提前通知中共，保护并释放了一部分被日伪特务抓进"76号"的共产党员和进步人士，掩护新四军运输粮食、药品进根据地，利用职权发放特别通行证，并派人护送中共重要干部过封锁线等。

但是在这过程中，关露整天陪着那些太太小姐玩乐，醉生梦死，对于文质彬彬、并不擅长于交际的关露来说，备感煎熬。李士群的老婆一度仿佛有些吃醋，老是提防她接近李士群。李士群很忙，她也很难找机会跟他单独谈话。而最让关露难过的是，文艺界的朋友以为她投敌当了汉奸，避之唯恐不及，或在路上遇到时狠狠地投以白眼。极度紧张、孤独中的关露，甚至好几次不想干下去了。但是最终，信念支撑她，她擦去委屈的泪水，敷一点脂粉，挎着手提包，一次又一次踏进"76号"。

之后，受党组织派遣，关露在与日本大使馆和海军报道部有关的刊物《女声》当编辑，收集情报，赴日参加"大东亚文学者代表大会"。

特殊的工作不仅被文友们猜疑、鄙视，由于单线联系，往往组织内部也因证明不及时而遭遇严厉的组织审查。这使关露尤为受折磨。抗战胜利后，在淮阴，关露在大街上被上海来的青年认出，大呼"女汉奸"。这一类的惊吓想必也使关露紧张的神经几近崩断。

然而，最让关露想不到的是，她不仅牺牲了名声，她还失去了爱情。

当时她的恋人王炳南在重庆，在周恩来身边工作。一直以来，曾留学德国的王炳南担任对外宣传和外事工作，他组织翻译毛泽东的《论持久战》，接待白求恩、柯棣华、伊文思等外国友人。对于王炳南，周恩来曾说过这样的话：炳南不仅是我的左右手，也还是我的耳朵和嘴巴呢！毛泽东到重庆与蒋介石谈判，王炳南是秘书。毛泽东对王炳南说，你是我们的"王外长"！虽是戏言，却也足见领袖对王炳南的器重。

当王炳南得知关露从上海安全到达淮南新四军解放区时，他正在南京，是中共南京外事委员会副主任和中共代表团南京发言人。繁忙的工作也不影响他与关露频繁通信，他甚至想搭飞机去见关露——在关露去世后那个悼念会上，曾经位高权重、在关露之后又有过两任妻子的王炳南，在发言中语气平静地讲到这次未能成行的原因——领导最后决定不去，说关露是好同志，但在淮阴名誉不好，你以后少来往。当时虽然党组织知道关露的身份，可关露是上了国民党拟定的汉奸黑名单的"文化汉奸"，而王炳南的工作却时时在公开场合抛头露面。领导就是周恩来，在当时特定背景下，周恩来很难成全他们。

为了革命利益，王炳南写了一封绝交信。为党的事业和王炳南今后的前途考虑，关露接受了残酷的现实。在以后38年中，关露再没有恋爱过。

新中国最初几年，关露生活得意气风发。她回归心爱的文学事业，在给妹妹的信中，她说她要去各地采风，国家铁路修到哪儿，她就去到哪儿。她孜孜不倦地写她的《苹果园》。但好景不长。1955年，受潘汉年案牵连，关露被捕，关押在功德林监狱，除了写交代材料就是枯坐。在两年时间里，她的精神分裂症又犯了，她躺在泥地里，渴了没水喝，只好喝痰盂里的水。狱里大夫说她装疯卖傻。

1957年关露被释放，在给妹妹的信中她写道：

> 我行为正派，历史清白，对党忠诚，已被公安部彻底查清。一切都平安无事。只是现在得了全身的关节炎，甚至发展到咽喉……
>
> 起初我情绪不好，很气公安部错抓了我，很感到受了委屈。现在我想通了，一个共产党员是没有委屈的……

然而"文革"来了，一切又混乱了。1967年关露被关进秦城监狱。在这里，遭毒打是经常的。有时在囚室里打，有时在提审室里打。关露在秦城坐了8年牢。为了消磨时光，她把偷偷捡到的一根生锈的钉子在水泥地上用脚踩着磨，嘴里数着数，锻炼着大脑，运动着腿脚。不到半年，钉子磨成了发亮的铁片。关露把眼镜盒的弹簧拆下来，磨尖，每天在铁片中间划一千道，大约过了一年，关露把铁片分成了两条。接着，她要把铁条的一头打一个针眼。她心里默默祈祷，针做好了，她就出狱了。可是，三年过去了，针做好了，她却没有被释放的迹象。她伤心失望，用被子蒙头大哭一场。过了几天，她想起另一片铁条还没有磨成针呢，就释然地重新磨针，重新寄以希望。

粉碎"四人帮"后的四次文代会，关露是参加了的。她见到很多老朋友。老友蒋锡金发现关露变得很沉默，不大爱讲话，好像对许多事都很冷漠，反应也迟钝了……

在关露生命的最后几年，她的心境是寂寞的。她的枕头边有一只大塑料娃娃，她喜欢娃娃，有时抱起来看看，有时替娃娃盖盖被单。关露一辈子没有家，没有自己的孩子。也不是没有老朋友来看望她，丁玲来过，蒋锡金来过……从后来他们写的悼念文章中，可以约略拼凑一幅关露凄凉的晚景：住在狭小的平房里，朝东朝北的窗，冬天的寒风往里灌；暖气不暖，另装一只煤炉；西墙紧挨着公厕。浑身病痛的关露，僵直地平躺在床上，失神的表情，像孩子般瘦小的手臂；屋里凌乱不堪，连个书桌也没有，几本书散乱地摊在窗台上。她看病要车不方便，有时还受保姆欺负。她最大的苦恼是患脑血栓后丧失了记忆，不能拿笔写字，而心里却想着她要写作。她计划创作《党的女儿刘丽珊》这部小说，还打算写些回忆潘汉年的文章，写关于李士群的材料，特别是自传，都没有完成。

在关露生前，《新文学史料》主编牛汉曾去看望她，许诺将以一定篇幅刊发介绍她的文章。后来发表了《一个不该被遗忘的女作家关露》。这些年来，丁言昭著有《谍海才女》和《关露传》两部传记，柯兴著有《魂归京都——关露传》，萧阳著有《一个女作家的遭遇》。十年前我策划出版一套"漫忆女作家丛书"，其中一本是关于关露的，书名"关露啊关露"，内收几十篇回忆关露的文章。这本书与以上几部关露传的命运相仿，并不畅销。

关露啊关露，也许该忘掉你沉重惨伤的一生，让你少年意气勇敢飞扬的歌声回荡：春天里来百花香，朗里格朗里格朗里格朗……

闲话凌叔华

　　作家凌叔华的文名，现在一般人不大了然；也许介绍她的丈夫就是那个被鲁迅骂出名的、写作《西滢闲话》的陈源陈西滢，或她的异国情人是大名鼎鼎的女作家弗吉尼亚·伍尔芙的外甥、英国文化精英荟萃的布鲁姆斯伯里小圈子的宠儿，更容易引起人们"啊""噢"的认知兴奋。如果再说到徐志摩引她为红颜知己，让她代为保管私密日记、书信，而美女加才女的林徽因，为要得到、看到这些东西，情急之下，在给胡适的信中全然没了风度、近于叉腰开骂凌叔华……这些类似八卦的民国旧事，且慢，先说正经的——

　　凌叔华的作品的确载入史册了——"中国新文学大系"这一套丛书，即是五四一代文人到了二十世纪三十年代有意识地回望、检点新文学成果，分门别类地将新文学作品经典化。小说几卷，散文几卷，诗歌，文论，都是由鲁迅、茅盾、郁达夫这样的大家担当选家严格选出来。鲁迅负责编选小说二卷，选入了凌叔华的小说《绣枕》。我一直觉得张爱玲小说中那些破落家族中的女性，比如《倾城之恋》的白流苏，《茉莉香片》中的冯碧落这类女性形象是有所本的，摹本也许就是前辈作家凌叔华的小说。待字闺中的小姐精心刺绣一对靠枕，绣一只小翠鸟就配了三四十种颜色丝线。这对靠枕送给父亲有意高攀的白总长——白家二少爷还没有合适的对象。结果这对靠枕被随意扔在椅子上，一只被白总长的醉酒客人吐上腌臜物，另一只又被打牌的客人踩上许多脏鞋印。小说写得极为简净，单写了小姐绣枕时的专注与后来无意中听到靠枕被污涂时的一怔。张爱玲小说中有一个意象，形容"她"是绣在屏风上的鸟，悒郁的紫色缎子屏风上，织金云朵里的鸟，年深月久，羽毛暗了，霉了，给虫蛀了，死也死在屏风上。这精致的残暴，比惯用的笼中鸟的意象更惊心。屏风鸟与翠鸟的意象似有着明显的牵连。只不过凌叔华描摹的是"高门巨族里的精魂"，而世易时移到了张爱玲出手时，这高门巨族已然破落了，但人物确有着某种承继性。

说起来两位女作家同是出身所谓高门巨族，张爱玲那华丽的家世自不必说，凌叔华的父亲凌福彭与康有为同榜题名，且排名比康靠前。只是康要变法，而凌福彭始终是袁世凯的得力干将，袁任直隶总督，彭做布政使，是袁的副手。袁曾三次派凌福彭去日本考察，凌福彭任天津知府时，天津是袁世凯推行改革的实验区。后来袁世凯发昏当洪宪皇帝，凌福彭也当然地积极抬轿子。如此显赫的凌福彭自是三妻四妾，儿女成群，而要在一群孩子中脱颖而出，得到父亲垂注，小叔华须格外努力、用心。绘画天分让她出位。父亲为她延请宫廷名画师，日后凌叔华的画名不亚于文名，陈师曾、齐白石等名画家都指点过她。而她的小说也的确有静态工笔画意。

但凌叔华本人绝不似她笔下那些传统女人，静静等待命运安排；在她温婉的外表下，掩饰着热烈的情绪，纵观她漫长一生，那是相当地努力、用心，要出人头地。举两个例子：

当她还是大学女生时，就鼓足勇气给周作人写信，请求当他的学生，学习写作。信写得既谦抑又"大义凛然"，将周作人收不收她做学生一事与女权、中国女子为人类做贡献这等大事体联系起来，周作人岂能不答应？后来凌叔华的处女作就是由周作人介绍给孙伏园发表在《晨报》副刊。

1924 年泰戈尔来华，是中国知识界一场华丽大派对，从梁启超、林长民到逊位皇帝都很兴奋地参与接待、会见、宴请，鲁迅也去看了用英文演出的泰戈尔剧作《齐德拉》，但隔着岁月尘埃回望，灯火亮处，只见郊寒岛瘦的徐志摩与人艳如花的林徽因左右护侍着白髯飘飘的老诗人。当时报道亦只惊艳于林徽因，《晨报》有文章感叹中国"千金丽质，与泰氏周旋者，林女士一人而已"。这自然报道失实，且不提京城名媛陆小曼那天在演剧场门口卖剧报，凌叔华先是代表燕京大学写邀请函，后来更在家中招待泰戈尔。但有意思的是，凌叔华对这篇文章非常介意，写了文章反驳："中国女子与泰氏周旋者，确不止林小姐一人，不过'丽质'与否，不得而知。但是因她们不是'丽质'，便可以连女子资格也取消吗？中国女子虽不爱出风头，像西洋太太小姐那样热烈欢迎，可是我知道北京中等学校以上的女士，已经有几群下请帖请过泰氏。"词锋颇健，倒是为中国女子争了面子，却也酸溜溜的。

这是没办法的事，任什么美女才女，遇上林徽因就美也不够美，才也不才了。不过那天陈半丁、齐白石、姚芒父等画家借凌府招待泰戈尔，凌府现磨的杏仁茶、定制的精美点心以及会画画的温婉殷勤的凌府小姐都给诗翁留下美好印象。第二年凌叔华还早早缝制一顶中国便帽，帽额镶白玉，送给泰戈尔做生日礼物。

哄得诗翁高度评价：凌比林有过之而无不及。

　　泰戈尔的好评一定增强了徐志摩对凌叔华的好感。徐志摩与凌叔华的关系，徐说是知己，凌说是手足。外界有暧昧猜测。凌叔华写信给胡适撇清："其实我们被冤得真可气，我自始至今都想志摩是一个文友，他至今也只当我是一个容受并了解他的苦闷的一个朋友。"两人一度热情通信，但通信那几个月正是林徽因远去、陆小曼未到的空白期，而信中那些容易引起误解的"疯话"是诗人惯有的热情，只要和他稍后写给陆小曼的《爱眉小札》比一比热度，即可明白诗人的分寸。至于将装有日记书信的"八宝箱"交由凌叔华保存，也是容受疯话的另一种形式，怕其中涉及林徽因的内容惹陆小曼吃醋。追不到林徽因，是徐志摩一生永远的痛，一寸相思一寸灰，那"八宝箱"就装着这锦灰堆。不过诗人也潇洒，曾笑言他死后凌叔华可以用它写传记，也对沈从文说过可以用它做小说素材，不过是一段生命的记录，也说过要将其中的康桥日记送林徽因留念。徐志摩是现代贾宝玉、中国雪莱，喜欢女人，或者说喜欢女人幻化出的他的美的理想。但他的理想美人还是有排名的，林徽因始终排在最前面。尽管婚后徐志摩对陆小曼指天画地赌咒发誓，那陆小曼吃醋、抽烟又为哪般呢？

　　而胡适对林徽因的欣赏更溢于言表，"八宝箱"风波，林、凌都找胡适评理，胡适明显站在林徽因一边，要凌叔华交出"八宝箱"，在日记里还颇不高兴地记了凌叔华一笔："这位小姐到现在还不认错！"而林徽因被凌叔华的推三阻四气得抓狂，写信向胡适一通发泄，大意是：我从前不认得她，没有看得起她，后来因她嫁伯通（陈源），进了咱们留学欧美的朋友圈子，又有作品，觉得也许我狗眼看低了人，才大大谦让，真诚地招呼她。万料不到她是这样一个人！真令人寒心。凌叔华在逼迫下极不情愿交出"八宝箱"后，致信胡适，也气咻咻地写道："算了，只当我今年流年不利罢了。我永远未想到北京风是这样刺脸，土是这样迷眼，你不留神，就许害一场病。这样也好，省得总依恋北京。"大有与朋友拜拜的挥手姿态了。

但当事人与当今学者都有猜测，凌叔华并没有全部交出"八宝箱"中的"宝"。据说她是要独占材料，为将来写徐志摩传做准备——但最终也并没见她写出。只是凌叔华一生都在怀念徐志摩，弥留之际还一遍遍问人：你见过徐志摩吗？令人不禁要多想想，到底她心里究竟怎样对志摩。或者像她的小说《酒后》描摹的微妙情形：夫妻二人在家宴请朋友，朋友醉卧小憩，夫妻俩也是微醺。朋友斯文、有才华，但娶了个不解人意的妻子，因此婚姻生活不尽和谐；女主人曾心仪这个朋友，现在更多是怜惜。男主人夸耀着幸福，许诺要不吝金钱，送妻子想要的礼物。不料妻子要的礼物竟是吻一下熟睡的朋友。这是典型的五四时期小说，沐浴欧风美雨的新人物、新道德，张扬人性。在文酒之风吹拂下，丈夫大度同意，于是妻子怯怯接近，却又急急逃开、不要 kiss 他了。小说给读者一点小刺激、一份小温馨，没有猥琐。

五四一代女性个性解放尺度蛮大，追求真爱，敢于出轨。凌叔华跟着丈夫去武大、上了珞珈山，闭塞的环境里遇上了朱利安，如火如荼闹了一场跨国婚外恋。东方情调中一个能文会画的才女，"和弗吉尼亚一样敏感""聪慧而有教养""她称得上是中国的布鲁姆斯伯里成员"，这让带着猎奇猎艳绮思来中国的朱利安惊喜非常，寄回英国的信中写满对这个东方女子的盛赞。一个月后他就给妈妈写信说："总有一天，您要见见她。她是我所见过的最迷人的尤物，也是我知道的唯一可能成为您儿媳的女人。"一个外教，在从教的文学院院长眼皮子底下恋上院长夫人。两人泛舟东湖，又找借口分头去北平。在北平自由了许多，朱利安 high 得很，他把北平比作巴黎："能想象有比和情人一起去巴黎更美妙的事吗？她对这个城市了如指掌。全身心地爱着你，无比动人。对食物的口味无可挑剔，她是全世界最浪漫男人的梦想。"凌叔华还带他拜会齐白石，又赴沈从文茶会，见到中国文化界诸多人物如朱自清、闻一多、朱光潜等，当然朱利安的身份是外国友人、作家。

这一场情事终被陈源发现，他给妻子三种选择：一离婚，二不离婚但分居，三断绝婚外情而破镜重圆。凌叔华选三。这让沉浸在朱利安叙述中的读者很是意外，在朱利安留下的信件中，凌叔华爱到要殉情的地步了，之子靡他，怎么就戛然而止、回归家庭了？朱利安不名誉地提前结束武大课程，匆匆走了。这边陈源院长还要编个可信的理由向学生解释，而一干学生还以为保守的陈源赶走了激进的外教。后来朱利安在西班牙牺牲，武大学生开会追悼，陈源也坐在前排参加了。

凌叔华与陈源一直生活到老，感情如何不得而知。陈小滢曾问过老父何以没与母亲离婚，得到的回答是：她是才女，她有她的才华。陈源与凌叔华恋爱时就眩惑于凌叔华的才华，在他编辑的《现代评论》上一篇又一篇地发表凌叔华的小说，还大写文章夸赞女友文章，毫不避嫌。从凌叔华这边看，她一生最看重的也是要尽最大可能施展自己的才华。她和文学教授结婚，就等于和文学结婚。只是她没料到和谁结婚都还有一堆麻烦事。她抱怨做主妇的生涯，时间都是别人的，用人叫太太，孩子喊声妈，都分你的神，不管你正出神写什么。在一封致巴金的信里，她写道：

"一个有丈夫的女人真是公仆。"她只生一个孩子，对唯一的孩子小滢，也似乎不大在意，不怎么管她。小滢说，在母亲看来，生孩子太痛苦，做女人太倒霉。而这位有才华的母亲对于女儿的告诫也很另类：一个女人绝对不要结婚。结了婚，绝对不能给丈夫洗袜子、内裤。绝对不能向一个男人认错，绝对不能——估计凌叔华也没有为婚外情向丈夫认过错，对丈夫也从来不甚体贴，但她却——理直气壮。

对于婚外恋，凌叔华没有给出什么可资参考的史料，后人仅从朱利安单方面叙事中重构两人恋情，真实情形如何也很难说。我们知道的是，后来凌叔华一直与朱利安母亲以及他大名鼎鼎的姨妈弗吉尼亚·伍尔芙通信，正是伍尔芙的鼓励，促使她写出了后期重要著作《古韵》；五十年代她到英国，也是通过朱利安的母亲以及一些念旧的布鲁姆斯伯里成员的帮助，在异域成功办画展，打开个人事业新天地。朱利安留下的关系都被她充分利用起来了。

近来翻看陈学勇先生所著《高门巨族的兰花——凌叔华的一生》，不知怎么就留下这样一个印象：凌叔华一生努力，但许多事本来开了个好头，却不得善终。与周作人好好地做师生，不料夫君不通国情乱弹"闲话"，被鲁迅和周作人兄弟俩批得灰头土脸，连累她也难以维持师生交谊。与徐志摩交往大概是最脱俗的了，凌叔华记得诗人那些热情的信、热诚的话："我想我们的力量虽则有限，在我们告别生命之前，我们总得尽力为这丑化中的世界添一些美，为这贱化的标准、堕落的书卷添一些子价值。"还有："我不能不信人生的底质是善不是恶，是美不是丑，是爱不是恨；

这也许是我理想的自骗，但即明知是自骗，这骗也值得，除是到了真不容自骗的时候，要不然我喘着气为什么?"然而，遗憾的是徐志摩死得太早了。与胡适交情也颇深，写信直呼"适之"，一时送鲜鱼，一时邀赏花，当然也少不了托胡适写条子办这事那事。因"八宝箱"，两人之间存了芥蒂，但胡适对凌叔华、陈源一直还是照应、帮助的，凌叔华也依然托胡适的门路办事，但她为了"八宝箱"终难释怀，晚年不顾事实地说了胡适不少坏话，打断了本可以成为佳话的终身友谊。她当画家，在英国法国都成功地开过画展，但异国他乡懂中国画的人还嫌太少了；她当作家是成功了，但她的雄心更大，企望获诺贝尔文学奖，当然失落也大。

这只从高门巨族飞出来的凤鸟，五四新女性，有主见有个性，一辈子努力进取，也取得了成就，但她自己好像并不觉得幸福。

韦君宜的道路

清华女生魏蓁一是从"一二·九"运动这个起点开始，走上革命道路的。电影《青春之歌》结尾，小资女性林道静在火车头上迎风而立的英姿，或许也展现了小魏——同学们都这样叫她——的青春风采。电影在此高潮处结束，林道静的未来是可以预期的一片光明，像爱情故事的幸福俗套：从此她过上了幸福生活。现实中的小魏却没那么幸运，中国革命任务之艰巨、道路之曲折，是小魏不曾想到的。小魏想不到在晚年她会写一部叫作《思痛录》的"痛史"，这时除了清华老同学还叫她"小魏"，她更为人知的名字是：韦君宜。

比起家道破败、被继母逼着嫁人、走投无路要去投海的林道静，小魏家境优渥。她的父亲是老留日生，参加过孙中山领导的辛亥革命。少女时代的小魏随父亲在日本度假，穿日式便装的相片，一望而知的单纯无忧。天资聪敏，加上良好的教育，一路念到清华大学，小魏那时是冯友兰教授青眼有加的优秀学生，是经常在清华校刊上发表诗文的才女。这也是中途辍学的林道静不能比的——林道静的丈夫余永泽倒是可以比一下，这位北大毕业、崇拜"胡适之先生"的余永泽，不问政治，躲避革命，埋头做学问，想要成名成家，在电影中，是作为落后分子来反衬新女性的。

这样的人生选择，在当时的知识分子中也是很有代表性的。沿着这条路走，著书立说，到最后盘点、盖棺论定，从大处说，也对国家民族有贡献。八卦一下，余永泽的原型，据说就是写《负暄琐话》的张中行先生，老来红，一度很风光。而那时，病中的韦君宜听人转述一位颇有成就的海外华人的话，说他们在海外颇有成就的同学，当时在学校充其量只算是中等学生，真正出色的、聪明能干的全都投奔共产党了……韦君宜对此是认同的，以为是一句公道话，在《思痛录》中还引述过。当时，她父亲认定女儿是栋梁之材，一定要送她去美国深造，韦君宜义无反顾投奔延安。林道静走上革命道路，还有着家庭原因——与余永泽建立起的小家庭让她感到窒息，她投身革命也可以视为娜拉式的出走，而韦君宜参加革命，完全是因为服膺理想与信仰。

红色30年，全世界风潮激荡。知识女性韦君宜，在未接触实际革命之前，先读了辩证法、唯物论、马克思主义，从理论上她已信服。那时国共两党对校园青年的争夺颇为激烈，学生的政治面貌也大有不同。韦君宜住清华静斋，平常走来走去只看见笑意盈盈的女生，有的烫发搽粉，有的短发布袍，都蛮和气，可是曾轰动一时的告密名单案就是从静斋闹出去的。静斋不静。什么新学联、旧学联，其中有人主张安内攘外，有人主张立即抗战，可以说，当时的学运有多少派别，静斋就有多少派别，但历史系高才生韦君宜是掌握了先进的科学的理论武器的。发表在《清华周刊》的理论文章《理论能拉住事实吗》，开篇写道："辩证法是在其全本质上要求具体性的。唯心的辩证法就不得不在发展的行程中遇到它自身的矛盾，而转化为它的对立物……"这篇写于1935年的文章已充分展现了韦君宜的理论修养，更展现了她由于真理在手而在论辩中自信满满、词锋劲健、挥斥方遒，虽然也脱不了校园论文式的简单正确的学生腔。19 岁的韦君宜——那时的小魏，以天下为己任，文字激扬。当这样的小魏，遇到"正统的"理论著作《革命哲学》——作者蒋介石，当时作为读书竞进会"大学组"的指定参考书——对于其中"既不主张唯心，也不服膺唯物"，老掉牙地祭出"礼义廉耻"的"民族精神"的老药方子来救国的领袖主张，她的鄙夷与不屑是溢于言表的。在其书评《由一本书看到——读〈革命哲学〉后》中不仅奚落了领袖的理论，也奚落了领袖提倡的"新生活运动"。这篇书评就在 1935 年6 月份出版的《清华周刊》上发表出来。此时的小魏是大二学生。

其实前此一年，1934 年刚进入清华的小魏，见了男同学还不敢说话，因为一直念的都是女校。年底她糊里糊涂被老同学拉入现代座谈会，被编入哲学组，在组里认识了蒋南翔。蒋南翔大不了几岁，却像个循循善诱的老师，永远穿蓝布大褂，一只眼睛又不大好，一丁点青年的活泼劲儿也没有。"他第一次把我对于男同学的芥蒂和戒心全打消了。这才开始和男同学自由谈话。"在一篇写于 1988 年的回忆蒋南翔的文章中，已被称作"韦老太"的韦君宜还像个天真少女一般写她"小魏"时代对一个男生的观感。这个其貌不扬、老气横秋的老蒋，引领她走上革命道路。"一二·九"运动中那一句传颂全国、见诸报端的名句"华北之大已经放不下一张平静的书桌了"，就是出自老蒋之手。他们这个组学的是李达、雷仲坚合译的《辩证法唯物论教程》，有一次小组讨论，一男生说："我们这些人呀，就是自己使劲在给自己的阶级挖掘坟墓。"说完与老蒋相视一笑。那时小魏还弄不清楚自己属于哪个阶级。后来老蒋又领导六个进步女生每周一次学习《中国大革命史》，教她们如何开会，先分析时事，再讨论工作、布置工作，给她们讲有一支红军队伍过了黄河，讲苏联的拖拉机打起仗来可以改装成坦克……此时的小魏也还不知道老蒋的中共党员身份。到了1935年底"一二·九"运动爆发，小魏这些人已经成为运动的骨干了。

在清华的小魏除了革命也不忘恋爱。彼时清华男女生比例更是悬殊，清秀精灵的才女小魏有不少追求者。在《思痛录》中有一篇写她的丈夫杨述的文章，对此有涉及："那时我和另外一位男同学有些感情上的纠葛，心情很懊恼。而杨述本来是个一般的朋友，忽然跑来找我，正儿八经地给我留了一张条子，称我为'兄'，说：'这种事情在一般女性是难以摆脱的，我愿兄能给人看看我们的女性的姿态。'这使我第一次感到，这个人能把女同学当作和男同学一样的朋友、同志来尊重。而同时，也未免感到这人有点迂。""我们的女性"，意思是"革命女性"。同是革命青年的杨述视小魏为"我们的"人。杨述与韦君宜同在清华历史系，那时杨述常常下笔千言，做文章题目也惊人：两千年来哲学的总清算，小魏曾笑此大而不当；杨述还曾立志写中国社会发展史，后来投身革命工作，地位越高，写东西越谨慎，提笔前必先"摸精神"，思想越来越放不开了。韦君宜曾在文中感叹他不愧为"驯服工具"，此后话了。当时小魏不愧是"我们的女性"，她发表在1937年2月《北平学生》杂志上的文章《我们能恋爱吗》，已斩钉截铁地表示：缠绵悱恻的爱情无疑地妨害救亡工作，救亡第一，谁若去恋爱，他就是被丘比特小将军从民族解放的阵营中捉了去，当作俘虏了。

"一二·九"运动后青年学生组织起来，成立了中华民族解放先锋队，他们深入工厂、农村宣传救亡图存，他们组织读书会学马列，组织露营学军事，在一篇题为《一二·九回忆》文章中，韦君宜记述了当年的激情岁月："我永远不能忘记参加农村扩大团第一次下乡时，大家那种严肃的献身心情；不能忘记在宣传团会议上，学联代表董毓华同志那高举右手神气飞扬的演讲，最后意味悠然地以'冬天来了，春天还会远吗？'作结。我也永远不能忘记深夜在学生宿舍里举行的那些秘密会议，不能忘记被捕的同学从监狱里出来时，高唱《囚徒颂》出席欢迎会的那神情。从'一二·九'到抗日战争开始时，作为学生运动，我们整整坚持了一年半，不停息地工作了一年半。在这中间，我懂得了，自己在学校里所参加的活动可绝不是什么 school politics，我们所干的革命不是什么年轻大学生随便谈谈革命，这是认真的，关系中华民族生死存亡的斗争！"

1937 年 7 月，抗战烽火燃起时，韦君宜毕业了。她在《毕业之后将如何——赠毕业队友》一文中与民先队的队友们相约激励：一、联络社会上一切势力挽救中国危亡；二、不要为旧社会势力所同化。

一份很难得被保留下的日记，记录了初入社会的韦君宜在 1938 年 2 月 15 日至 11 月 26 日这段时间里的经历。民众的麻木，青年的绅士气、社会气，政治派别的复杂，工作进展迟缓，应酬官太太，有时还要陪打麻将，一切都烦扰着她，让她时时想念散落四方的"一二·九"的同学们，也时常想起北方故乡爹娘。一日在街上，忽遇外公，她被逮个正着，那时家里找她已有两个月，兵荒马乱，外祖母和娘急得要死，爸爸也要乘飞机来了。而她坚决不肯答应回家，气得外公"大饮酒，大醉痛苦数说"，而"我也喝了四两白干，醉了心中焦急，没了顾虑，我就坦白声言，我有主张，有信仰，我命都可以不要，这些更不用提，是决不回去的……"为抗日救亡抛别亲人，这日记记录了历史生动真实的场面。也是在这份日记中，韦君宜记下了她与孙世实的热恋与永别。孙世实死于日本飞机轰炸，尸沉江底。这个清华同窗、"一二·九"队友、一起工作的同志，在彼此热恋时死于非命，这剧烈的悲痛让她一度失智癫狂。她要上前线，与日本鬼子拼命。小孙是她一生不曾愈合、隐隐作痛的伤口。

爱人死后，韦君宜在延安疗伤，没过多久又投入工作。她曾一人衔命到晋西办《中国青年》分社，她背着行囊，里面装着报头、木刻原版、社章、文稿，从延安步行八百里山路到黄河边，顶着日军扫荡的炮火，在人生地疏条件下，白手起家，硬是出版了《中国青年》晋西版。

韦君宜终其一生始终保有青春的激情，这也许是"一二·九"运动对她产生的深刻影响。不论办报还是下乡，组织上把她放在哪儿，她就在哪儿干得有声有色。这从她解放前后一些文章的题目就可以看到：比如《哪个村子工作好?》《记一个前线刊物的诞生》《为什么和工农出身的老同志处不好?》《书市站柜台售书有感》《出版家的社会责任》……文风也是质直明快热情。她写小说，"文革"前就写出了小名气，短篇《月夜清歌》得到茅盾称赞，八十年代后写的《洗礼》《露沙的路》，都成经典之作。但她写小说，不以文辞胜，或者说她最关注的并不在此；她写小说可以归结到"问题小说"一类，是解决问题之作，是革命者写小说，而不只是小说家写小说。她写老干部的小说编成《老干部列传》，也许可以看作后来官场小说的先声，《洗礼》即写一位老干部在"反右"和"文革"中不同的为官姿态以及他的转变,其中主题立意仍在于"思痛"。

不了解韦君宜把一切献给党的革命激情和工作实绩,就不了解写《思痛录》的韦君宜是何等锥心刺骨的沉痛。韦君宜不是革命的旁观者,她身在其中,那是她青年时期的选择和一生执著的信念。写《思痛录》,韦君宜将她所亲历"左"祸,一件一件拎出来,直面中国革命史上的卑污与黑暗,深入反思,是要给自己一个交代,给未来留有益启示。《思痛录》犹是热血激情之作。

延安"抢救运动"以逼供信方式将大批干部特别是知识分子干部打成叛徒、特务,很像"文革"预演。那时杨述被整得很惨。这位将全部家产充公、带着老母兄嫂弟妹参加革命的忠诚老实人——韦君宜说他"对党可真是一个心眼,不留一丁点后路",竟也无端遭怀疑。他们本来是以延安为自己的"家"的,现在他们却被视作"外人",遭冷眼、被辱骂、被捆绑、被监禁。最难熬的时候,夫妻俩都先后找过蒋南翔,韦君宜一见自己的革命领路人,便嚷"千古奇冤",持重的老蒋也只有安抚:三月奇冤,哪里是千古?后来直到1988年韦君宜才知道,当时老蒋曾上书中央,结果非但意见没有被接受,反而在组织内部遭批判。这个荒唐的运动以领袖行军礼道歉草草结束。"抢救运动"是韦君宜、杨述们经历的第一次"左"祸。

革命在继续。革命取得政权。新中国在建设中。韦君宜作为革命者,在没有触及自己的运动中,比如肃反,批胡适,批《武训传》,她是相信组织并铁面无私地执行"斗争哲学"。批胡风时,在作协党组的韦君宜,知道周扬不满胡风小宗派、不服从领导,也知道历史上两人的宿怨;胡风派作品喜欢写精神奴役的创伤，写人物的疯狂性，韦君宜也不喜欢，却也认为这一切够不上反革命；而胡风的"万言书"，她觉得是个笑话——明明现行所有文艺方针都由中宣部一手包办，"万言书"主张反对一切对文艺的管制，却又说一切应决定于中宣部——这不是自相矛盾吗？这是要求党来领导文艺嘛。然而，当毛主席亲笔批示定性，韦君宜惊诧之余，也就相信了胡风是反革命这个政治结论，并应组织命令调查手下一个与胡风有过几次来往的青年编辑，直至将他开除党籍。此后政治风浪越来越大，"反右"，反丁、陈反党集团，然后是大跃进，反"右"倾，韦君宜感到越来越惶惑。周围人一个一个落马。老同学、《清华周刊》主编、天真的王瑶教授，本来是靠近党的积极分子，渐渐也跟不上形势了，政协委员和《文艺报》编委都被撤掉，他在北大教书，言论不尽合拍，被北大中文系批判。那时杨述是上级领导，带工作组去北大调研，北大中文系汇报中将王瑶划为难对付的教授。杨述找老同学个别谈，问他：系里叫你检讨，你心里服气吗？王瑶笑了一声，说：跟你说实话吧，我的嘴在检讨，我的脚在底下画不字。而另一位老同学钱伟长，"一二·九"时组织自行车队，骑车到南京找蒋介石请愿，要求抗日，后来在清华大学副校长位上被打成了右派。最诡异的是，时任校长的正是老同学蒋南翔。后来韦君宜写文章提及此事有这样的话："尽管老蒋领导我，教育我一辈子，可是总有不能尽同的地方。"终于，韦君宜和杨述以及老蒋，许许多多的人到"文革"时都被打倒了。挨批斗，韦君宜一度精神失常，去干校，一家人四散各地，小儿子因受刺激落下精神残疾。"文革"的种种惨剧、荒唐剧最终促使韦君宜觉醒。《思痛录》的写作是在"文革"后期就秘密开始了的。

一个人有九条命吗？将韦君宜各时期照片放在一起观看，会强烈感受到她恍若经过几死几生。天真闺秀，清华才女，激进学生，知识女性，党刊主编，"五七"战士，精神病患者，落魄"走资派"，胖胖的马列主义老太太，病床上的干瘪老妪……韦君宜的一生实在算得上是在碱水、泪水、血水中都泡过了。一个曾是那样单薄的女子，告别校园，抛别父母，牺牲了爱人，行世上最艰苦的路，一生守护自己的信仰与初衷，却忽然发现，不知在哪里，革命变了味、自己迷失了自己。她反省自己："眼睛全瞎。毛病出就出在对'组织上'的深信不疑。我也跟着对一个遭冤枉的人采取了打击迫害的态度。"《思痛录》且叙且忆且书愤，快刀利斧，剑指中国革命历程一次又一次的"左"祸，刮骨疗毒，掘心自噬，是大痛苦，也是大痛快。只有用韦君宜一生做注脚，才能明白《思痛录》的分量。《思痛录》被称作未来世纪人们了解这个世纪中国知识分子心路历程、理解中国革命的入门之书、必读之书。

历尽磨难、思痛不已的韦君宜并不悲观。在《思痛录》的"结语"中，她明确表达她的政治主张："天下最拙笨的民主也远胜于最高明的独裁，它使我抱着最高的希望……至于经济嘛，若有了政治民主这一条，它总能开步走。何必胆怯？我将欢迎能下决心的拙笨的民主！"这是已走至人生道路尽头的韦君宜对于未来中国的期盼。

韦君宜最后的革命工作是在人民文学出版社一把手任上，人评她"官越做越小"，她自己倒不介意，依然干劲十足，志士暮年，壮心不已。那是改革之初乍暖还寒的解冻时期，她热情扶植新锐作家，以文学冲击"左"倾教条。她会突然降临在作家竹林的偏僻小屋，也会动用上层"关系"支持受打压的张洁，从王蒙到莫应丰、冯骥才、张蔓菱，那时期活跃文坛的作家，谁人不知大名鼎鼎的韦老太？而社里同事看到的，是永远在忙的韦老太，不仅忙工作，忙写作，有人还看见她在公交车上忙着织毛线衣；她"目中无人"走过出版社楼道，嘴里喋喋不休，仿佛在跟空中的隐形人交谈；她忙得穿衣服时常胡乱搭，有时系错扣子，衣襟吊着来上班——早不是那个爱美的清华小魏了。

晚年韦君宜写了许多篇回忆"一二·九"老同学的文章，献身革命的孙世实，死于"左"祸的夏英喆、韦毓梅，与她一样辗转颠簸于革命路途中的杨述、蒋南翔、王瑶、钱伟长、于光远、齐燕铭……这些当初的热血青年，才华横溢，头角峥嵘，各自生动。老蒋在病榻上也念念不忘叮嘱小魏写好"一二·九"运动史，这个任务她完成了。从"一二·九"出发，她与他们一道，参与了改变世界的革命，革命也或多或少改变了他们——这是他们共同的道路。为什么频频回望"一二·九"？不单是青春的缅怀，那里保存了他们革命信仰的初心，纯洁的、革命的出发点。

《小姐集》的访谈

问：在书店偶然看到《小姐集》，粗翻一下，很感兴趣。这些与张爱玲同时代的女作家怎么叫"小姐作家"？

答：当时人就是这样子命名她们。有个叫陶岚影的，写了一篇介绍文章，题目就叫作《闲话：小姐作家》。张爱玲当时也被看作是"小姐作家"群中的一位。这群女作家都是当时东吴大学、圣约翰大学的毕业生，家境好，的确都是衣食无忧的小姐。也有学者因其出身而称她们为"东吴系女作家"。但我们做这本书时觉得"东吴系女作家"这个称呼过于学究气，也不如"小姐作家"这个称呼更体现这个作家群的品貌精神。

问：对，这本书前面有二十多面图片，"小姐作家"真的都很年轻漂亮。

答：这些女作家出现在当时的上海文坛，的确很"抢眼"。陶岚影在文章中就写着："我们这里提起的十来位女作家，年纪都不相上下，各个都是花容月貌，仪态万方……其中除了汤雪华小姐没有烫头发，不在上海，比较老实朴素一点，其余的都是上海的摩登小姐，我不敢拿'俭朴刻苦'来恭维她们，然而我敢大胆地说她们都是勇敢正直的有为青年，文坛上既有了这几位'小姐作家'，就不怕文艺的园地会荒芜了。"

问：因为她们漂亮吗？

答：漂亮只是个噱头，还是文章写得不错。像冰心、丁玲、萧红，就是文章好，不谈什么漂亮不漂亮；像林徽因，人很漂亮，加上诗写得好，就格外引人注目。还有张爱玲，文章好，打扮上也出风头，当时人忘不了她的复古时装秀。

问："小姐作家"的文章在当时很风行吗？

答：据为这本书作序的陈子善教授考证，1946 年 1 月，《上海文化》月刊举办"你最钦佩的一位作家"的读者调查，以大中学生及职业知识青年为调查对象，共计 683 人接受了调查。"小姐作家"施济美继巴金、郑振铎、茅盾之后名列第四。可见小姐作家的创作，在当时的青年人中是很受青睐的。

问：那是不是年轻人追捧，而文坛老作家并不以为然，像今天的某些情形？

答：也不是。当时文坛资深人士，比如胡山源、周瘦鹃、陈蝶衣、谭正璧等，都很欣赏小姐作家的创作。当年小姐作家汤雪华以"东方珞"的笔名在《紫罗兰》杂志发表《郭老太爷的烦闷》，引得主编周瘦鹃大喜之余在杂志上向读者卖关子："……凡是男性的读者，读了此篇，一定会忍俊不禁，心想我们的心理，怎么都给作者体会出来的？但我要偷偷地告诉您，这位作者却并不是男性而偏偏是女性，以一女性而能体会男性的心理如此透彻，真是一个奇迹！至于这位女作家是谁，那么天机不可泄露，恕我不奉告了。"像谭正璧 1944 年 12 月主编《当代女作家小说选》，小姐作家的许多作品都入选其中。这也说明当时文坛对小姐作家的认可。

而胡山源——五四文坛的老将，著名的新文学社团弥撒社的主要成员，就更是不能不提到的一位重要人物。二十世纪四十年代，胡山源执教于迁沪的杭州之江大学、苏州东吴大学，在他悉心指导的女学生中，汤雪华就是日后走上文坛、写作成绩很大的一位；他对余昭明、施济美、程育真、杨依芙等人也是多番提携，为她们出版个人作品集，直到晚年还念念不忘这些"在当时文坛上相当活跃"的青年女作家，对其中的汤雪华、施济美、程育真等都写有回忆文章。不过，因为当时在抗战中，中国的大作家都迁往内地，上海文坛上的小姐作家自然不会引起他们注意。张爱玲写得那么好，当时除了翻译家傅雷，也没见其他大作家提到她。

问：能介绍一下小姐作家的创作吗？

答：教育背景相同的小姐作家们，在小说创作上却各具特色。施济美最擅长描写知识女性的爱情生活、职场境遇。她的爱情小说当年风靡校园，文笔极为圆熟，虽然略带学生腔和"新文艺腔"。施济美写得多，长短篇都有，文名也是小姐作家中最高的。不过汤雪华更具有小说家天分，汤雪华是一位"善解人意"的小说家，虽然写作时还那么年轻，却处处透着世事洞明、人情练达的成熟，小说写得很"稳"。她尤为难得的是创作题材广泛，不似一般女作者，要么写爱情，不然就写自己——甚或就是写自己的爱情那样狭窄。当年文坛前辈胡山源、谭正璧都很看好汤雪华的创作，认为她"最善于刻画社会一切形相"，是"东吴系"中"最优秀的"。余昭明的特色在于她是上海文坛的"京派"，由于小时长在北京，她的小说的场景和人物都是京味儿的。她写天桥、写大杂院，那些活生生的人物与故事展开一幅幅老北京的风俗画卷——她笔下的人物，转个胡同，拐个弯，也许就进了虎妞、祥子的家——老舍的小说世界了。其他人，程育真的"圣歌"式的宗教情怀，练元秀的俏皮慧黠……个个写出可圈可点的好小说。可以说，四十年代中国社会发生的人与事，通过小姐作家们独特的视角反映出来：旧式家庭里老太爷的春梦，职场新女性的烦恼，物价飞涨中投机商人的焦灼，上帝的信徒们的恬静与轻愁，当然更少不了爱情故事中各式各样的悲欢。像《郭老太爷的烦闷》《十二金钗》《鬼月》《小茉莉》《专员夫人》《上帝的信徒》《霏微园的来宾》等作品，有别于张爱玲、苏青的样式，也不同于左翼文学规范，是文坛的别一种风景。

问：能具体说一说小姐作家与左翼文艺、与张爱玲、苏青有什么不同吗？

答：说她们不同于左翼，举一个例子：那个烦闷的郭老太爷，其实就是巴金《家》里的道貌岸然、娶小妾、逼死鸣凤的老地主冯乐山，就是梁斌《红旗谱》里的老恶霸冯老兰……不同于左翼作家爱憎分明的阶级意识介入作品，汤雪华显然没有这样的觉悟，她似乎没有主观的态度，她只是像个画家在写生，只求画得像，神似，而不评判模特是美是丑。而这一点也可以说是所有小姐作家共有的，她们的思想还停留在个性解放、反封建阶段，尚不知阶级论呢。至于小姐作家与张爱玲的区别，色差不大。在我看来，张爱玲小说有两种类型，《金锁记》《倾城之恋》是一种，《半生缘》等长篇是一种；前者比较戏剧化，做张做致，浓缩，紧致，典型化，后者则比较生活化，像今天的韩剧，稀汤寡水，拖泥带水，但有未被加工的生活的颜色与味道。小姐作家差不多都是后一种张爱玲。至于这种状态是小姐们的艺术追求呢，还是她们艺术化得不够？说不好。反正到了张爱玲那里，肯定怎么写都是艺术追求了——评论家有时也不免势利。

问：拿小姐作家比张爱玲会是什么结果？

答：实事求是地说，张爱玲文学创作的整体成就远在小姐作家之上，就单篇而言，小姐们的最好的作品也还是不及张爱玲的顶尖之作《金锁记》《倾城之恋》。这也是事实。但是，张爱玲作品也不是篇篇好，而小姐作家的小说好看的有许多篇，却不为人知。长久以来，那一位红得发紫，这一群寂寂无名，这也很不正常。陈子善作为研究张爱玲的专家，在为这本书作序时倒没有拿张爱玲来衡量小姐作家，他更关注文学史对于文学创作多元格局的兼容并包。

问：是什么原因使得这批女作家被文学史遗忘了？

答：原因很多，但不外乎两种：自身的，外在的。前面谈过陈子善在《小姐集》序中提及1946年《上海文化》月刊那次读者调查；就在这次读者调查的一年后，1947年，女作家赵清阁编选《无题集：现代中国女作家小说专集》，入选者包括冰心、袁昌英、冯沅君、苏雪林、谢冰莹、陆小曼、陆晶清、沉樱、凤子、罗洪、王莹和赵清阁本人；而小姐作家和张爱玲、苏青等被排除在外。陈子善分析道，这固然与选家赵清阁本人的文坛交游与文学趣味有关，但值得注意的是，当时尚未"一统"的上海文坛，已经开始冷落小姐作家以及张爱玲这一脉了。这无疑是与时代、社会思潮的影响有关，与政治因素影响下的文学趣味发生了变化有关。其后，中国文学持续地从多元走向一统，到"文革"时期，全国只剩下两个半作家——终于走到了如此褊狭、逼仄、可笑的死胡同。忘了是哪位哲人曾经说过：参差多态才是美好的。正是在这个意义上，陈子善肯定了这本《小姐集》为还原文学生态、填补文学史空白所做的努力，他表达出一种兴奋之情：我们终于可以读到四十年代上海文坛这批迷恋文学的小姐作家的代表作品了，终于可以领略四十年代与张爱玲、苏青们不同的另一种女性作家的文学追求了。至于自身原因，主要是小姐作家写作生涯结束得太匆匆，由于各种各样的原因。

问：小姐作家后来的情形能介绍一下吗？

答：由于各种变故——结婚嫁人、出国、政治压力、自动改行等等，这些小姐作家渐渐淡出文坛。文名仅次于张爱玲、苏青的施济美，解放后在中学教语文，"文革"中受迫害，悬梁自尽。小说写得最好的汤雪华受"托派"丈夫牵连，在私营小厂做工，不仅远离文学，离正常生活也远了，早早被打入另册；九十年代还在《苏州》杂志上写过回忆文章，一辈子生活比较惨，不过晚年与儿子一家过得还是很幸福的。那位先后就读于东吴大学和圣约翰大学的邢禾丽，先是嫁给汪伪粮食局局长，再嫁又是政海名流周毓英，订婚仪式由张爱玲小说《色戒》中的男主人公易先生的原型——汪伪76号"特工总部"主任丁默村做证明人，其后下落不明……杨依芙听说晚年在北京女儿家，但也未能与她联系上。这本书中的8位小姐作家中只知道有两位健在，程育真在纽约，练元秀在上海，都已是八十多岁的老奶奶了。

问：真的是蛮沧桑的。那当初你们怎么会想到出版这本书？

答：搞史料的人喜欢在故纸堆里扒拉，一旦发现旧宝贝，喜不自禁。王羽博士是华东师大陈子善教授的弟子，搞现代文学研究，写了篇关于四十年代上海文坛几位年轻貌美的小姐作家的文章，投稿给我们《新文学史料》。我和同事徐广琴看了，立即欣喜地觉得"有点意思"。"意思"在哪儿呢？

一、这几位小姐作家的小说写得不赖。关于四十年代人们的生存状态，寻常见的那些名著提供的多是宏观叙事，抗战，阶级斗争，这样的大背景下，小说人物肯定有些戏剧化，不平常；而小姐作家的创作恰好提供了那个时段寻常生活中普通人的生活图景，让人一读之下发现，啊，那时代的人原来还是这样的，而且想想，这样的人一定还是多数；革命先驱，时代中最优秀分子毕竟少数。多数人的生活自然值得小说家去表现。而这恰恰是以往正统文学史忽略的。

二、小姐作家当初与张爱玲同在《紫罗兰》《万象》等杂志上发表小说，在作者栏上，"汤雪华""施济美"就紧挨着"张爱玲"，何以今日一位红得发紫，一群寂寂无名？张爱玲小说全集，甚或刚挖出的"少作"，大家都读了，那么对于与她"一拨儿的"这几位女作家的小说也应该有兴趣翻看一下吧？

基于以上两点"意思"就做了《小姐集》。一共选了8位女作家中、短篇小说21篇。在编书过程中，我请王羽博士选"好看的"，选表现当时人生活的，越原生态越好。我不期待小姐们拿小说技艺比拼张爱玲，事实上也比不过，但是她们这些东吴大学毕业的新女性眼中、笔下的自己与周围的人们的生活是她们独有的。于是我们就了解了郭老太爷的性苦闷，遇见了号称"十二金钗"的职业新女性，见识了敛财有道的专员夫人，会到了既不像《家》里的孝子觉新也不像叛逆的觉慧的二舅……种种平常人物凑到这本书中，居然也是个热闹的小世界呢！

送别杨绛

　　105 岁的杨绛老太太，将丈夫和女儿留下的"现场"打扫得干干净净，自己也稳稳当当地走了。一个人的收场何以能结束得如此漂亮？很少见，很钦佩。

　　人的一生，两端都是被动的。呱呱落地是被动的；老衰之年，一天天走向生命尽头，困于疾病或羁于贫穷，多半由不得自己做主，只苦挨着度那一点一点丧失自我意志的日子，即便是依附于孝顺的儿女，本质上也是一样的。所以宗教说人生苦，哲人说人生如寄，骚客诗人感触更多——李白叹逆旅、叹过客，旷达如苏轼，在赤壁的月夜思接千载、神游故国，最终归于此时此岸人之渺小……杨绛是学者，是智者，她深知这些形而上、下的思考，甚至近 90 岁时还翻译了《斐多篇》，借以惕厉修养自己，然后在大限所限之人生边上，淡定而郑重地写下她自己的尾声——

　　93 岁出版散文随笔集《我们仨》。

　　96 岁出版哲理散文集《走到人生边上》。

　　102 岁出版八卷《杨绛文集》。

　　104 岁出版《洗澡之后》。

　　以上著作皆风靡海内外。此外她整理钱锺书留下的几麻袋手稿和中外文笔记，出版《容安馆札记》《钱锺书手稿集》；向清华大学捐出钱锺书著作版税千万元，设立"好读书"奖金——如此巨量工作，完成于女儿和丈夫离去后、一个人生活的18年里！

茫茫古驿道上，她将丈夫、女儿送了一程又一程；在空落落的家里，没有了往昔的三人文雅温馨的笑语欢声，她不知身在何处。读书读到好意思，欣欣然要与锺书分享，然而锺书在何处？房间天花板上，钱锺书有一次登高换电灯泡留下的手印依稀还在！

这种痛彻，真是情何以堪！然而最终，她以智慧、以刚毅，超拔于惨伤绝痛之上。每天晨起，练大雁功、八段锦，梳洗一番，将花白的头发梳理得一丝不乱，吃清简的早餐，然后伏案写作或读书，有感悟触动时，那高挑的眉一展，飞扬起自信、骄傲。

这个人的百年人生，履危涉险历荒唐，无论是在"孤岛""沦陷"时期的上海苦苦撑持、艰难度日，还是二十世纪五十年代轰轰烈烈改造知识分子运动中被当众"洗澡"、"文革"时期被剃"阴阳头"下放干校洗厕所，她都始终把持着自己的一定之规，努力于对自己一生的期许，活出自己的蔚然气象。那种尊严感，令人钦敬之至。

人生实难。假如世上有仙家宝物，杨绛最想要的，是一件"隐身衣"。对于一心一意只想读书做学问的杨绛和钱锺书，俗世的挂碍，不论是政治的，还是人际关系的，都是不得不应付的，为此耗时费力一定令他们非常不爽——杨绛用过的意象是如脏湿的衣服黏嗒嗒地贴在身上。彩云易散琉璃脆，水晶心肝玻璃人那样的钱、杨，如果有了隐身衣，该多么惬意！不理俗事、一任自己翩翩翱翔于学问的圣殿、知识的天空，杨绛甚至说："获得人间智慧必须身经目击吗？身经目击必定获得智慧吗？"然而怎么可能！仙人的羽毛也会被沾濡。

杨绛逝后，舆论喧嚣中不乏有人指责他们夫妇"犬儒""精明""没有担当"，还以鲁迅、闻一多作为对比，对钱、杨进行酷评。这些"大义凛然"之士，动辄指责别人不肯牺牲做烈士，鲁迅在《牺牲谟》里早就刻画过；然而，近些年颇为言辞激烈的李慎之、贺卫方等人却对钱、杨钦仰有加。在"祖国河山一片红"的"文革"语境中，钱锺书写他的《管锥编》，却能做到完全是"自说自话"，无一趋时语。而同时期曾有多少人丧失心智与立场，或主动、或被动地写了多少赶潮流文章，时过境迁都不好意思收入自己的文集？钱的"自说自话"，难道不是秉持自己的政治操守吗？杨绛写《干校六记》，写《将饮茶》，写《洗澡》，拒饮"孟婆茶"，拒绝遗忘，虽哀而不伤、怨而不怒，却不是出于恕道，倒更像是出于不屑与超然。她以知识分子的理性，不动声色地叙事，细细刻记历史真相——极左政治的荒唐颠顸、世道的凉薄、人性的脆弱，一一立此存照。是讽刺与批判，是伸张正义。让人不由得想起《洗澡》中温婉的姚宓，面对不堪人、事，也会眼睛一瞪，犹如呼雷闪电，举起小剪子，我绞你，我扎你！所以有人形容杨绛的文笔是西谚所说的"戴丝绸手套的铁手"。

　　其实指责钱、杨的人们倒应该想一想，一心只想安静做学问的钱、杨，却为何被政治逼迫得无法安放一张书桌？

　　比照同时期的法国学者萨特、波伏娃的生活，就会格外悲悯中国知识分子生存境况之严苛。钱锺书写《管锥编》时，他和杨绛刚从干校回来，连住处都没有，睡在办公室大桌子上，白天卷起铺盖就在上面工作，且不说当时"文革"尚没结束，政治天空阴晴不定，单是这寒陋的环境，是法国左岸咖啡馆里的一代存在主义宗师萨特、波伏娃能梦到的"存在"吗？在那样逼仄的情境中，他们居然做出那么光耀的成绩，一旦国门打开，就操着多国外语纵论指点，震惊国际学术界，为国争光。

像他们夫妇这样万众仰慕的人物，在高处、亮处，心心念念的却是苏东坡"万人如海一身藏"，其实杨绛希望穿上隐身衣所要逃避的，正是人世间毁誉的干扰。仙家法宝无处觅，他们就自己修炼一件隐身衣，以卑微为面料，不求闻达，却能于低处看到事态人情的真相；不用攀高枝，也不用倾轧排挤，保其天真，成其自然，潜心一志完成自己能做的事。当然，若想达到这样的境界，还要不断修炼。肉体包裹的心灵，要经得起炎凉，受得起磕碰，要练成刀枪不入、水火不伤，虽难，杨绛说：总比穿"皇帝的新衣"好！

纵观杨绛、钱锺书一生，显达时没有像爬上高树的猴子露出红臀，困厄时也不曾悲郁沮丧、乱了阵脚，从没有失态，始终守素抱朴，理性清明，秉持人生信条，不曾改变。香港的董桥接受采访时谈得全面，他说：我尊敬杨先生是一位择善固执的知识分子。中国当代的风雷变幻没有削弱她的良知，个人命运的阴晴圆缺没有动摇她的平和。传统的教养和留洋的经历，造就了杨先生幽雅清爽的文风，栽培了她中西学问的渊博。和杨先生浅浅的交往里，我深深领略了老民国书香闺秀天生的矜饰和礼貌的操守，这样的风范，如今是太少太少了。

说到风范，老太太是中式闺秀派加上英伦范儿，崇尚古典主义的理性世界，始终怀有对文化的信仰、对人性的相信；相信乾坤朗朗，一切皆有原由；没有浮夸的情感，从不呼天抢地，世事洞明，人情练达——她人如此，文章亦如此。从前她是钱锺书的妻，钱先生走后，她18年独自一人的修行，让人们渐渐认识到她自己就是一个巨大的存在。她不仅是卓有成就的作家、学者、翻译家，是比中华民国还年长 100 天、见过五四运动以及随后动荡迭起的百年历史的世纪老人，而且重要的是，她在 105 岁长长的人生试炼中、磨砺中，将自己锻造成器，她完成了自己。所以越来越多的人仰望她，从她身上学淡定、学智慧、学安身立命的本领和为人处世之道。

终成正果的杨绛先生，如今结束了她一生的修行，安息了。她饮下那碗"孟婆茶"，忘掉此生种种，登彼净土。

钱杨的政治

一

杨绛在写作中第一次笔涉政治，应该就是那本薄薄的《干校六记》了。

此前，于抗战时期写成并上演的两个剧《称心如意》和《弄真成假》，曾让"杨季康"这个名字如一颗新星升起在沦陷区上海的晦暗天幕上，然而这两部家长里短的轻喜剧与抗战无关。当时，热血的作家们为抗战而写作，"文章下乡""文章入伍"，国民党文人也搞出声势不小的"国防文学"，在国共合作、一致抗日的大背景下，左翼和右翼的文人艺术家们，集结在文化工作委员会——鲁迅逝世后，郭沫若成为战时"文章领袖""文化班头"，他执掌著名的"三厅"，相当于战时官方的宣传部、文化部，团结、领导广大文艺工作者从事抗战文艺工作；而民间有著名的"文艺界抗敌协会"，其间老舍奔走联络、出力最多……胡风在空袭警报声中主编抗战中最著名的《七月》杂志，那刊名是从"七月流火"与"七七事变"古今典故化来，是萧红的创意；而投奔延安的丁玲，"昨天文小姐，今日武将军"，领导著名的

"西战团"在前线战区流动宣传——诗人牛汉晚年回忆少年时代在街头目睹丁玲街头演讲的风采，一片钦慕之意。那时街头演讲、活报剧甚是火热，王莹和崔嵬的《放下你的鞭子》从国内演到南洋，一路宣传，为抗战募捐，豫剧皇后常香玉义演捐飞机……那时艾青眼中常含泪水、写下深沉的诗篇，还有田间的"鼓点诗"、老舍的通俗文艺，都是日后讲抗战文学史要讲到的……当时梁实秋、沈从文要求战时文学也要讲究艺术性，也可以有非抗日的题材表现，结果被群情激愤的主流话语概括为"与抗战无关论"，一顿批判——杨绛生前似乎预料到会有人就此提出质疑，早在1981年再版这两个剧本时，就在后记中先自"检讨"：剧本缺乏斗争意义。但她紧接着写道："如果说，沦陷在日寇铁蹄下的老百姓，不妥协、不屈服就算反抗，不愁苦、不丧气就算顽强，那么，这两个喜剧里的几声笑，也算表示我们在漫漫长夜的黑暗里始终没丧失信心，在艰苦的生活里始终保持着乐观的精神。"的确，了解那段历史的人都不会有苛责——由于各种各样的原因，没能投奔延安或跟着民国政府流亡的作家们，在沦陷区，也只能蛰伏待旦。那时，在上海的郑振铎、许广平、傅雷、李健吾、柯灵以及张爱玲、苏青，在北京的林庚、朱英诞、沈启无等人，其作品无例外地呈现一种搁置现实，与抗日无关的悬空状态。即便如此，许广平、柯灵、李健吾都曾被抓进日本宪兵队，遭行刑逼供。杨绛也曾被叫去讯问，很是惊魂。而新文学大师级人物、鲁迅的二弟周作人被逼迫而"落水"附逆！足见沦陷区环境之严酷。

其实，即使没有外来逼迫，杨绛早期作品里也没有政治意识。《倒影集》中的短篇小说，不仅写于二十世纪三四十年代的"少作"是一派天真，没有一丝政治风烟，就连写于1977年至1980

年的几篇，也似冬眠初醒般继续往昔的情境与意趣——知识分子的客厅，茶杯里的风波。小说写得轻倩佻挞，才情是有的，观察与领悟也不可谓不细致幽微，对人性的洞见堪称深刻，然而缺的是历史现实之感——小说集出版时，正是"伤痕文学"风行年代，在一大批控诉极左政治、反思"文革"的时代主角中，杨绛小说里那些教授、教授夫人、女大学生、知识女性，好似天外来客，他们东家长西家短地搞些小绯闻、生些小烦恼小惆怅，或者像《事业》以办苏州振华女中的女校长为原型、反映民国时期知识分子的奋斗，都显得不够宏观叙事、不合时宜。

至此可见，杨绛的早期创作是置身于两个时代主流政治话语之外的。如果将镜头拉远，也许会发现，在时代的激流底下，人性的复杂繁复与人生的平实庸常，是地老天荒的沉实底色，就如杨绛这些早期剧作和小说，虽因远离政治而缺乏厚重与激昂，却自有其轻倩的、人性的斑斓。由于新中国成立以后不断的改造和更新，文艺政策要求反映时代、表现工农人物，到"文革"后文坛上只有几个不食人间烟火、满脸写着"政治"的"高大全"式样板戏人物，而在拨乱反正的新时期文坛，杨绛那些旧时代知识分子日常形象真显得陌生而又稀奇了，读者看了会说：啊！还有这样的人物！小说还可以这样写?! 这后一句惊叹，稍后，八十年代初，也由汪曾祺《受戒》《大淖记事》等一些带着读者久违了的中国传统美学诗意的小说而引发。比较而言，汪曾祺小说人物在中国传统中找得到原型，而杨绛小说人物更直接续写、丰富了五四后知识分子形象。尽管如此，也不必讳言，这些人物形象的单薄是显而易见的。究其原因，除了写作技巧还欠圆熟，更因为这些人物身上缺乏历史的现实的政治的质素——如果先看过《洗澡》，再来看这些早期小说，就会发现：其中一些人物像是有待完成的雏形——《"大笑话"》里有姚宓和许彦成等人的雏形，《小阳春》里有余楠的角爪……然而他们又都不是，因为他们的人生还没有经历"洗澡"，像白瓷人还有待于再上一层釉色——他们尚未获得政治感，所以多多少少显得伶俜单薄。

二

如果顺遂其本意，钱锺书、杨绛倒是情愿像这些小说中人物，单纯做一辈子素人、书生，不染政治风烟。两人情定时，钱锺书说，他这一辈子只想做学问，杨绛认为这是很高远的理想，很赞赏，觉得合自己的意——这就是所谓志同道合，是他们婚姻的基础。这选择，对于出身于诗书之家的钱锺书是子承父志、顺理成章，而对于其父曾在民国官至京师高等审判庭长、检察长的杨绛，则是刻意远离官场、躲避政治。

《回忆我的父亲》这一篇，在杨绛研究中，是应该更加受到重视的。在这篇厚重深致的长文中，杨绛夹叙夹议父亲的生平事迹，同时也将自己对历史、政治乃至人生的总体结论写在父亲人生的"边上"——比如，官场是丑恶肮脏、风波不定的；换汤不换药的改朝换代是无用的，推翻一个政权并不解决问题，还得争求一个好的制度，保障一个好的政府，等等。父亲从"革命派"到"立宪派"的转变，从给肃亲王善耆上法律课，到临别时，站在王朝末日暮色中的老亲王执新礼、握手祝愿"祝你们成功"，从历任高官到退出官场，都给杨绛以启示：政治是飘忽不定、不足恃的，恒久的是人性的善、艺术的美和学理的真。

但是，政治躲不开。

熬过抗战八年，在国共两党政权交替之际，钱杨面临选择。作为远离政党政治的知识分子，他俩不可能跟着败逃的腐败的国民党去台湾，留过洋、看过西洋景，也不会对别人的国家抱特别的幻想，虽然以他们的学问在国外也会受礼遇；他们选择留在中国，是因为书在这里、文化在这里。两人抱定不管窗外事、只做自己的学问。反"右"之前那个小阳春天气，许多知识分子都跃跃然向党建言或谏言，钱锺书却是"夜来无梦过邯郸"。然而1949 年以后，对于意识形态领域的整肃是国策。一次又一次思想政治运动，钱杨不可避免地被裹挟其中——

一、"脱裤子、割尾巴"，杨绛嫌其粗鲁，代以"洗澡"。这是解放后知识分子第一次经受的思想改造。对应作品是长篇小说《洗澡》（1987 年），散文《控诉大会》（1988 年 9 月）、《第一次观礼》（1988 年 3 至 4 月）。

二、"拔白旗""大跃进"。对应作品是散文《第一次下乡》（1991 年 4 月）。

三、"文革"前期。对应作品是《丙午丁未年纪事》（1986 年）。

四、"文革"后期下放干校。对应作品是《干校六记》（1980 年）。

杨绛作品中这份经历政治运动的"清单"，比起胡风、丁玲们经历的文坛风云大雷大闪，应该还是——小到中雨，她自己也说自己的经历仅仅是"大革命"的小小一个侧面。但对于始终远离政治的杨绛、钱锺书而言，这种"被"运动的经历，更是一种无所逃于天地之间的人生窘境。

杨绛第一次受窘，是被学生污为"上课不讲工人，专讲恋爱"，这是"三反"中作为资产阶级腐朽思想，在控诉大会上被突然点名批判的。杨绛回忆道，她一下变臭了，人人都避得远远的，散会后，昏暗中，看见自己周围留着一圈空白，群众在这圈空白之外纷纷议论。她说："假如我是个娇嫩的女人，我还有什么脸见人呢？我只好关门上吊啊！"但是她只是气鼓鼓的，心上却毫不惭愧。第二天早起，打扮得喜气盈盈，去人多的菜市场招摇。这次经历屈辱，杨绛只当是锤炼。后来在"文革"中挨斗、被剃"阴阳头"、打扫厕所，她都荣辱不惊地从容度过。在批斗何其芳的大会上，钱杨夫妇被拉上台陪斗，杨绛只留意戴高帽子可以省力气的诀窍，还可以遮挡住眼睛、学马站着睡觉。在下放干校的离愁别绪中，钱杨还能幽默地将一条裤子的坐处补得"像个布满经线纬线的地球仪"，说"穿上好比随身带着个座儿，随处都可以坐下"。甚至在愁苦的别离之时，杨绛竟还有闲心，想起从前坐海船出洋的人，与岸上送别的人各牵着彩带依依惜别，直到船越行越远而崩断那些彩带的旧俗，浑然忘了眼前红旗招展、锣鼓喧天、已换了人间。

从这样的笔墨中可以看出，杨绛的远离政治，是随时可以神游天外。也因为远离政治，让她在政治中像个儿童——从她没有被政治染色的目光看世界，竟自有一种天真的陌生化效果。1955年五一去天安门观礼，她知道这是一种政治待遇，然而她那一路观感，竟是厕所是香的，毛巾很白，"来了，来了"，高喊万岁的群众，在群众中失去自我，伟大感和渺小感起落于心，学会了"阶级友爱"这个新词，却又发现绿条、红条的座次与等级的不可僭越，而后又发现曾经站过的观礼台没了——这一场盛事竟如一个恍惚梦境。也许一个熟悉政治语言的少先队员也会比她写得"政治"一点。然而这种陌生化效果是意味深长的。对于"文革"期间种种荒诞，钱杨"好像爱丽丝梦游奇境"，不禁要引用爱丽丝的名言：curiouser and curiouser! 就如同在煞有介事地围观"皇帝的新衣"的现场，忽然放一串哗亮的笑声，天真无邪——没有政治、没有现实，也没有血泪控诉，只一瞬间幻化出一个童话世界，安慰人间的悲苦或戏谑它的荒诞。

三

对于亲历的政治运动，杨绛写出的《干校六记》等一系列回忆，实际上也是"伤痕文学"的一部分，却被他们夫妇的老朋友、钱锺书的老同学胡乔木点评为"温柔敦厚、哀而不伤"。考虑到胡乔木长期以来作为党的宣传战线领导、意识形态领域哨兵的身份，这种曲解和误读，像是大事化小、睁只眼闭只眼的冷处理，不知是对老友的保护性策略，还是"文革"刚过、反思力度及尺度还比较大？

但有意味的是钱锺书。他为《干校六记》写的"小引"，从开头到结尾就是一篇对夫人作品的批评，他直陈不满，有的地方简直听得出"训斥"的语气："'记劳'，'记闲'，记这，记那，那不过是这个大背景的小点缀，大故事的小穿插。"他认为杨绛单记了"小"，以他之意，要再写一篇《运动记愧》，写那大背景、大故事，写出自己的"惭愧""懦怯""没有胆气出头抗议，至多只敢对运动不很积极参加"；更要写出那类趁火打劫、助纣为虐的"旗手、鼓手、打手"，这类人最应"记愧"，而事实上这类人很可能故意忘记、更不会惭愧，早已扭动身段、抖擞精神，钻入下一场人生竞争中去捞好处。钱锺书行文激愤，近乎追索式地批判锋芒，丝毫没有他以往写西式随笔惯有的幽默花腔，倒很像是鲁迅杂文，内燃着正义的愤火！这样直面政治、激烈表态的钱锺书，令人刮目。

但无论钱锺书还是胡乔木，对《干校六记》都有误读。"小点缀""小穿插"隐含风云之色，对大历史的真相的追索，也许倒使小细节保留了更多原汁原味和草蛇灰线。而对于亲历的荒唐与惨痛，杨绛也不屑于哀呼浩叹，她拭去泪水，睁大眼睛，细细地记认、体察，她理性简净的文字，有哀，有伤，有静静的绝望，根本不在"温柔敦厚"美学范畴。试举几例——

在"下放记别"一章，写学部"敲锣打鼓"，杨绛随着大家去"欢送"，见"红旗开处，俞平老和俞师母领队当先。年逾七旬的老人了，还像学龄儿童那样排着队，远赴干校上学，我看着心中不忍，抽身先退；一路回去，发现许多人缺乏欢送的热情，也纷纷回去上班。大家脸上都漠无表情"。

此处有锣鼓、红旗，有欢送、不忍和漠无表情。

钱锺书下放时，杨绛和女儿、女婿三人送一人；而八个月后，杨绛离京赴干校时，只有女儿一人送行——女婿已在"文革"中自杀：

"阿圆送我上了火车，我也促她先归，别等车开。她不是一个脆弱的女孩子，我该可以放心撇下她。可是我看她踽踽独归的背影，心上凄楚，忙闭上眼睛；闭上了眼睛，越发能看到她在我们那破残凌乱的家里，独自收拾整理，忙又睁开眼。车窗外已不见了她的背影。我又合上眼，让眼泪流进鼻子，流入肚里。火车慢慢开动，我离开了北京。"

这安静隐忍的文字蕴蓄着愤怒，像纸包着火！

到干校，见钱锺书，她写道——

"干校的默存又黑又瘦，简直换了个样儿，奇怪的是我还一见就认识。"

这出离愤怒的荒诞感表述，是痛到深处反而麻木地笑了。

在干校，黑夜里一人走夜路，"打了手电，只能照亮四周一小圈地，不知身在何处；走黑路倒能把四周都分辨清楚。我顺着荒墩乱石间一条蜿蜒小径，独自回村；近村能看到树丛里闪出灯光。但有灯光处，只有我一个床位，只有帐子里狭小的一席地——一个孤寂的归宿，不是我的家。因此我常记起曾见一幅画里，一个老者背负行囊，挂着拐杖，由山坡下一条小路一步步走入自己的坟墓，自己仿佛也是如此"。

这里不是有深深的绝望?!

百年、千年之后，若想了解所谓"干校"是个什么东西，杨绛的书会有帮助。其客观的描摹，精准的细节远胜于哀呼浩叹的情感宣泄，因为真实，所以有力量。

不过，杨绛还是采纳了夫君的建议，当她接下来写《丙午丁未年纪事》时，就直接写运动和运动中的许多恶人，"极左大娘""丑姑娘"，给人剃阴阳头、拿杨柳枝抽人的姑娘，抄家的红卫兵，宣布一连串禁令的半大小子，警惕性颇高的公共汽车售票员，满眼敌意的卖菜大娘……杨绛不禁怀疑："好人多吗？什么样的好人呢？"是她称之为"披着狼皮的羊"——他们虽站在政治立场的另一边，却犹存善意，良知未泯？"'究竟还是坏人少'——这样说倒是不错的。"她这样审慎地下判断。

"文革"结束后，在为老朋友傅雷所译传记五种所作序文中，她由傅雷夫妇的惨死而对人类文明成果产生深深质疑："智慧和信念所点燃的一点光明，敌得过愚昧、褊狭所孕育的黑暗吗？对人类的爱，敌得过人间的仇恨吗？向往真理、正义的理想，敌得过争夺名位权力的现实吗？为善的心愿，敌得过作恶的力量吗？"

　　在未完成的小说《软红尘外》的"楔子"中，杨绛也有类似的悲观表达：人与人之间倾轧，集体与集体之间倾轧，这一代鄙弃下一代……

　　巨量的乌云，和乌云的金边儿。

　　温婉的杨绛也是——尖锐的。当然她还是看到金边儿的。

　　杨绛在品评英国小说家简·奥斯汀时，引用过一句：这世界，凭理智来领会，是个喜剧；凭感情来领会，是个悲剧。杨绛非常赞赏奥斯汀，对这世界，她也是用理性来观察，或乖觉领悟，或会心微笑。

　　在干校，生活条件差，前途渺茫。她们挖厕所，为菜园积肥。未曾料到，她们细细编制的用作遮挡的"围墙"的席子被当地农民偷走了，连积的粪也被偷走了——据说干校人的粪，肥效特高。她们种的菜和树苗，稍不留意，农民就给偷去或抢去，吃了卖了，还理直气壮地骂：你们吃商品粮的！——这不是要奉为老师、要"打成一片"的贫下中农吗？但是杨绛发现：我们不是他们的"我们"，却是"穿得破，吃得好，一人一块大手表"的"他们"——这是杨绛观察心得，这里有政治……

　　如今105岁的杨绛先生利利落落地走了。之前，在没有了阿圆和锺书的最后一程人生驿站上，她独自一人"打扫现场"，不仅对钱先生的笔记手稿钱财——做了安排，就连她心爱的《洗澡》中的虚拟人物，也"敲钉转角"地安排了"有情人终成眷属"的结局——这是一个经历了百余年忧患人生的理性主义者对这个世界虽悲观却犹存信心的明证，更是对"我们"的一个美好的祝福。

四

中国知识分子与现实政治始终纠结着。

丁玲要写作，不要参加"飞行集会"撒传单，然而爱人胡也频被国民党杀害，她义无反顾投身革命，坐牢，去延安，写《三八节有感》，被领袖看重，被打成右派，下放北大荒，关进秦城监狱……一辈子在政治的风口浪尖上颠簸。二萧，在抗战之初，歧路分别，萧军执意要上战场与日本鬼子刀枪相见，萧红苦劝他记住自己作家的使命，保重自己，萧军却说，国难当头，难道作家的命就比农人、士兵的命更金贵?! 还有鲁迅，以热血与理性在为民众为组织效命的同时，收获自我灵魂的荒凉，付出牺牲。更有梁启超、陈独秀那样的政治人物，在其人生的某一阶段去研究清代学术或文字语言学，于两个领域都能挥洒得风生水起……时势，际遇，意气，命运，种种因素相激，决定了每个人不同的选择。孰优孰劣?

同是回忆，比较巴金《随想录》的热情、直抒胸臆，韦君宜《思痛录》的椎心泣血、惨伤，杨绛那种不温不火、白描式的叙事风格始终有一种虽被裹挟其中，却置身事外、冷眼旁观的态度。这是因为，巴金、韦君宜们曾是主动投身政治，为独立、自由、民主而呼号，钱杨始终寻求的却是能够远离现实政治的隐身衣，无论受政治迫害之时，还是被政治荣宠之日，他们都一心只想活在书斋里。这是他们对自己人生的设定，他们的初衷。杨绛在政治运动间隙，锱铢累积地翻译《堂吉诃德》；钱锺书在举国政治话语中，抱持自己独立的学术品格，孜孜不倦写他的《管锥编》——这也是需要一点信念、韧劲和勇气的。他们没有公然抗争，却也没有被政治改变，依然故我。

求仁得仁，一代知识分子寻求各自不同的道路，最终也各有成就。如果没有那一次次的政治运动，《洗澡》中的人物会依然是她早期作品中的白瓷素人，缺乏厚重的人生意蕴，也不会成为继《围城》后又一部反映知识分子人生道路的经典之作，当然也不会有《干校六记》《将饮茶》等必将在 20 世纪文学史和政治史上都留下浓重印记的篇章；但是，如果省下被政治运动耗费掉的时间、精力，杨绛绝不止翻译一本《堂吉诃德》，钱锺书的学问更不知要做到多大吧？

历史的账，怎样算呢？

在《孟婆茶》中，杨绛写过一个梦境：在列车似的传送带上，她找不到自己的座位，作家？教师？翻译者？座位都满了——相信在开往天堂的列车上，会有她的座位，那座位牌上写着：书生。钱锺书也坐在那儿。

那些如烟的往事

一位本是平凡的女子，只因出身名门，又嫁了一位颇受争议的颓废派诗人，其一生就抹上了历史的苍茫底色。

关于盛佩玉的祖父盛宣怀，《辞海》专有一条，说他是李鸿章的幕僚，曾督办轮船招商局，总办中国电报局，相继接办汉阳铁厂、大冶铁矿，兼办萍乡煤矿，创办中国通商银行，督办中国铁路总公司，创办天津中西学堂和上海南洋公学。1908年，任邮传部右侍郎……总之是洋务派人物，大官僚商人。这些入得史传的大事件，却不曾出现在盛佩玉的笔下，一则是祖父的鼎盛时期她年纪太小，记不清，二则是她平凡女子的眼光，那种眼光所关注的人与事非常私人化——其实，盛佩玉在她的晚年断断续续写下她的回忆，只是在闲坐说往事，为自己，至多为子女留下一些往事的零碎记忆，既没有出版发表的想法，更没有宏大叙事的野心与能力。然而，就像北京这座古都，它最不起眼的胡同也可能藏着一些惊人的历史遗迹一样，出身显赫世家的盛佩玉的一部私人回忆，也于不经意间摄入了将近一百余位中外名人或言或笑、一举一动的影像。

比如，盛宣怀作为中国第一任红十字会会长，也带动了家里女眷们募捐赈灾，搞"女界义赈会"。当时年纪尚小的盛佩玉也被派去向隔壁房客募捐，于是遇到了一个讲广东话的老人——康有为。康有为翻箱倒柜，拿出朝珠和朝服给她看，又捐了"捌十元钱"。而在这次"女界义赈会"照片中还有那位一度追求她的七姑母——盛家七小姐而不得的宋子文，当时是盛宣怀属下汉冶萍公司的外文书记。盛的夫人因宋子文是"家里的下属，门户不高"而不赞成这门婚事——想想日后的"蒋、宋、孔、陈"，不禁令人对着历史的起承转合感慨兴叹。

如果说类似的勾画太过浮光掠影了，那么盛佩玉对于家族内部生活、人物、事件的近距离白描速写则真实地将大家族末世子孙的生存状态呈现出来。办过洋务、追求新潮的盛宣怀送儿孙到国外留学，而这些不肖子孙得不到博士、硕士学位，回国后，只能讲一些外国话，派些小用场，如到外国商店买东西，同巡捕房里的"三道头"说说话，跟跑马厅里的外国骑马师谈天，或者忙着娶妾。那些妻妾如何生活，那些小姐如何消遣，过年过节的风俗，婚丧嫁娶的排场，财产的分析与争夺，嫡出、庶出的子女的抚育，亲戚、丫鬟的情形，林林总总汇成了一个末世大家族的生活场景——这种近、现代史上大家族的"家史"作为正史重要而细腻的补充，从史学的角度看是非常有价值的。以往由于众所周知的原因，恰恰缺乏这类亲历记叙。

值得一提的是，与当下沾沾自喜地追溯祖宗八代前朝旧事之世风不同，盛佩玉的回忆不在夸耀，倒大有批判、鞭挞之势，并不因私姑息、美化。于是那个日渐没落的大家族的的确确成为中国半殖民地半封建社会腐朽、颓败的一个缩影。

在那样暗淡的背景下，冒出一位诗人邵洵美，的确是有些玉树临风的清高雅洁。

你以为我是什么人？

是个浪子，是个财迷，是个书生，

是个想做官的，或是不怕死的英雄？

你错了，你全错了，

我是个天生的诗人。

——邵洵美《你以为我是什么人》

的确，凭盛、邵两家联姻的财、势，升官发财对于邵洵美一点不难。可邵洵美是个异类。他爱诗、爱文学，他侍奉诗神的那份虔诚都有点肉麻了；可是当你看到他为了文学屡屡一掷千金，开书店、办杂志、搞出版、购买德国影写版印刷机（当时全国仅这一台），虽生活窘迫而不改其乐，又不能不相信他对于文学的热爱出于本真。当年文坛对邵洵美有个"孟尝君"的称誉，说的是他呼朋引类，诗酒纵谈，总是那埋单人。

他与徐志摩、郁达夫、林语堂、沈从文等文人过从甚密，与徐悲鸿、刘海粟、叶浅予、张正宇等画家称兄道弟，萧伯纳来了他请饭，泰戈尔来了他作陪，甚至那位美国女作家项美丽成了他的情人……似乎三十年代的文坛到处活跃着他的身影，这位剑桥归来的年轻诗人，富家子，还是个公认的"美男子"出尽风头。

但不知什么原因，鲁迅对邵洵美颇为厌恶，提到他时总是语带讥讽，最为著名的一句是"有富岳家，有阔太太，用陪嫁钱，做文学资本"。所以长期以来，邵洵美的形象就定格在仗着老婆有钱而舞文弄墨的纨绔子弟。老婆有钱，的确，盛佩玉的陪嫁颇丰，到最后也被花钱如流水的丈夫挥霍一空，其中大部分用于玩文学，贤惠如盛佩玉也不免在回忆中有所抱怨；舞文弄墨，的确，虽然没把自己舞弄成一流大作家，但他的一些诗文、译作已然存留在新文学史册上；如何纨绔看不出，但那做派、习气带着富家子弟、洋场阔少的"范儿"也是一定的。但问题的关键也许在于：当邵洵美惬意地吟诵他那些唯美主义、颓废主义的诗句时，同期也在上海的鲁迅却"忍看朋辈成新鬼，怒向刀丛觅小诗"，在文网密布的严酷环境下左突右击，写作并发表他的《伪自由书》和《准风月谈》，这样两个人的心是不会相通的；而邵洵美终其一生也达不到鲁迅的境界，这也是无疑的。只是，从前因为鲁迅一句话就全盘否定邵洵美是粗暴的，现在如果为了救赎邵洵美又要贬低鲁迅，那将更是荒唐的。

女兵燕瑾的私人日记

从私人日记进入历史，从来都是人们与历史亲密接触的一条幽密小径。堂皇的正史像远处风景，看轮廓，观走向；私人日记却像一树一花，可攀折，可抚弄，有近切的质感。看一个人的日记，久了，就进入了这个人过往的日子，进入她的周遭环境和内心世界。

1943年日记开始时，火线剧社女演员刘燕瑾年方二十，却已是参加革命多年、并且入了党的女兵。她美丽，纯真，严肃，爱读书，求上进，内心丰富。她也许知道、更可能一点儿也不知道——自己的文笔那么好：

> 这一带的麦田是那样多，而且很肥满，每一棵带着黄金盔一样的微绿的麦秆，都向着同一方向弯着腰。风轻佻地吹弄着每个人露在帽子外面的头发，因为没有背被包，所以走得是那样潇洒和轻快……我挺直身子昂着头，久久凝视着那黄昏后的天空，蔷薇色的云带一条一条飘散着，有的还镶上了微紫的条边。围绕着云带的像护卫一样的是一团团灰白色的云球，像做游戏一样来回结构成图案式，而在背后，在辽远处的山、树、村庄却慢慢地在向一起汇集着，重叠着，合

并着，一会儿就融化成整个的朦胧的大的集体了。

　　一个，第一个跳出天幕的星星，顽皮地向我眨着眼，一会儿，又一个像用手偷偷地拉开那无边的帷幔一样向我眯缝着眼微笑着，一会儿，又出来两个、三个……于是慢慢地一小组一小组地全跳出来了……都对我眨着眼微笑着，最后……全天的星星都向我大笑了……我于是像被一群哄笑着的人包围着了一样，带着一种不好意思的心情，害羞样慢慢垂下头，再也不敢抬起来了。

　　我默默走着我自己的路，我在星星的包围和监视下，偷偷地前进着。

　　这样一个与云朵星星对话、稚气未脱的少女，该在北京城里读书、上大学，并且极有可能成为丁玲或萧红之后又一位女作家——她的日记，那些随意写下的文字，相当具有表现力和感染力；然而日本人打进来，这一切无从谈起。她小小年纪早早离开家，在队伍中自己努力锻炼成长。行军，从一个村到另一个村，为驻扎在那里的部队和老百姓演出，唱歌跳舞演戏。她和火线剧社的战友们有时顶着狂风，满身黄沙一嘴土；有时在暴雨中没处躲，那粗直的雨柱像"玻璃条"，砸在头上身上；有时为了跳出鬼子、伪军的围追，急行军却偏赶上"例假"，于是苦痛狼狈难言。在行军演出的间歇，练功吊嗓子背台词，与房东大娘认干亲，完成上级布置的各项任务……在集体中，只有记日记的时候是静静的一个人的空间。这个小小空间，却藏着少女细密心事与情感波澜。

　　凌子风在二十世纪八十年代拍《骆驼祥子》，带着饰演祥子的张丰毅和扮演虎妞的斯琴高娃在《大众电影》亮相时，已是留着白胡子短髭的大导演、德艺双馨的老艺术家，在刘燕瑾的日记中，他还是个年轻冲动的艺术青年——凌风，刚刚从大上海来，在帮助火线剧社排演曹禺的话剧《日出》时，爱上了剧组演员、在剧中扮演顾八奶奶的刘燕瑾。刘燕瑾年纪虽小，却已是党员，而凌风却还是普通群众，且两人不在同一个单位，于是，爱情的阻隔由此而生。

美丽的刘燕瑾是冀中一枝花，军区上下知道她、爱慕她的人太多了。且不说党员的婚姻要经组织批准，单是"肥水不流外人田"的本位主义狭隘心理作祟，也使得领导们不愿意轻易放走一个有才华的女演员、一个战争年代多么稀缺的漂亮女同志。于是一任年轻的凌风莽撞地向组织提出申请，一任刘燕瑾在日记中焦急，最终他们的事得不到组织批准。凌风随所在的西战团开拔，刘燕瑾恨不能插翅膀去追，而实际上却只能用纪律管住自己的双脚，在日记中哀呼——

> 组织上正式地做了最后决定：我不能走。
> 我没有任何话可以讲了，我是一个党员，难道我不懂组织纪律？一切的幻想完全破灭了，像坐了几天飞机，今天很直旋地落在地上……组织告诉我还应该慎重地考虑考虑……一个党员和一个群众，这是组织原则问题……
> 组织纪律呀，打破了那迷人的噩梦！

> 上午文件学习，很好，很合适，这样可以掩饰我自己情绪的不安。我眼睛注视着文件，我也顺着行一个字一个字地看下去，但是我的心却跑到了西战团，我的心在陪伴着他们

行军，陪伴着他们谈笑，陪伴着垂头丧气精神痛苦的凌风。

此后，山高路远，战争阻隔，音信全无。刘燕瑾痴心一片，苦等重逢，两年后盼来的却是凌风在组织撮合下与女演员石联星结婚的消息。刘燕瑾大病一场，日记里满纸情感风暴。甚至后来在她和王林爱情甜蜜、已经结婚的时候，听到辗转而来的凌风的消息，心里仍充满了怨与痛——

> 仲卫告诉我关于凌风的情形，真使我太难过了。她说凌风并没有忘记我，随时随地在向别人谈起我的问题，并公开向组织谈出要调我过去，同时中央局也向冀中打过几次电报，可是他一直没有得到我一点消息，别人曾几次给他介绍爱人，他全拒绝了。因为他在等着我呀！可是后来一直没有消息，他生气了，觉着我已经变了心，于是在大家与组织的帮助下，他便爱上了……凌风，你等着我，可是你可知道还有比你更"望穿秋水"的人吗？你等着我，还是你先结的婚啊！……你觉着我变了心，你却不知道当我听到你已经结婚的消息后我所受的刺激啊。我全快疯了，快傻了，足足有一个月的时间我的思想是昏迷着，可是你正在度蜜月啊！……这是真真的衷心的悲伤啊！凌风，你对不起我，我太冤枉了！

与这个爱情悲剧并行的是思想整风运动。后来每见于历次政治运动的面对面提意见、批评与自我批评、检讨、坦白等各种形式，此时已初具规模。赤裸裸坦白反省，好像有一种看不见、摸不着的力量促使每个人，比一个最纯真的教徒还要诚挚地向组织坦白一切。刘燕瑾沉静的个性，被指为不合群，被当作小资产阶级的骄傲与清高，受到批评；而她的恋爱问题，被许多因爱而不得、而生怨怼和妒忌的青年提出，并上纲上线到作风问题。一时间刘燕瑾成为整风重点，受到极大打击。她甚至做出极端的决定，对于无论谁的追求，一律拒绝，坚决甩掉那些追逐她的青年们。她甚至梦中也在逃——她在无际的平原上跑，后面有人在追；她在辽阔的大海上生了翅膀翱翔，后面还是有人追；她化装，想各种办法隐藏，还是被人认出、追逐；她想自杀，用了种种方法也死不了……这个记在日记中的怪诞滑稽梦，透露了她的焦灼。

她下定决心改造自己。一方面对自己"小资产阶级劣根性"进行批判，另一方面将农民神圣化，要"向老粗学习"。这也几乎是那个年代知识分子投身革命、投身阶级厮杀时先天携带的一宗"原罪"。她在日记中热切地记录参加妇干会的感受：

> 一个老粗山杠子，一个瞎字不识的小脚娘，一个只会带孩子管家务的大嫂子，一个粗野的村姑娘……却能做出那样生动的新鲜的事情，真是连历史上都是新鲜少闻的事情……而我们这样一个半知识分子，却真是像毛主席所讲的肩不能担担，手不能提篮，既不会杀猪，又不会做饭的无知无能货，自己还总自以为不错，凭什么呢？

> 农村妇女有她独特的本领，应该向她们学习，更大方，更朴实，直爽，更泼辣一些。
> 弱不禁风的女性已是时代之落伍者，新的女性要生活俭朴，身体健康，并努力从事于妇女解放运动……

这类对比自贬绝对出于渴望改造的真诚。她虽痛苦甚至一度消沉，而为民族解放而奋斗的初心始终不曾更改，对自我的期许、一向怀抱的远大理想都不曾忘记。

有意味的是，整风过后的刘燕瑾被安排饰演《前线》中那个整天乐呵呵、干劲十足、简单忠诚、颇具男人气魄的苏联女战士玛露霞——战争时期，队伍需要的正是这样的战士，而不是思想复杂的知识分子。这真像是一个象征——经过整风，统一了思想的知识分子变成战士，按照统一的步调，奔赴实际工作岗位。刘燕瑾在日记里写道——

> 现在是不需要什么"艺术人""戏剧家"，也不需要什么"名演员""名歌喉"，而是需要兵士到前线去，工作者到岗位上去，演员也应该到敌后、前线、部队、乡村、机关、学校……到每一个具体的工作上去。

然而整风运动不能解决所有问题。日记记载社长崔嵬被首长警卫员暴打的恶性事件，一度激起火线剧社全体人员罢演、请愿……可见即使在战争中，革命队伍内部也还有着因等级而来的势利与不公。这是现在的某些"抗日神剧"的编剧所梦不到的。

说来这部私人日记不仅仅是一部情感记录、一部青春成长日记，它包含了太多史料。从人物着眼，无论是政治人物黄敬、林铁、王林，还是艺术家崔嵬、凌子风、郭维、傅铎、丁里、胡苏、胡丹沸、鲁威、陈立中、王昆、张庚，文学家成仿吾、沙可夫、丁玲、周扬，都在日记中被或详或略地记下他们往昔的举止言动；从刘燕瑾的读书单，那从苏联文学的《日日夜夜》《望穿秋水》

到歌德的《迷娘》、屠格涅夫《六人》以及《冰岛渔夫》《塞维勒的理发师》等名著，从曹禺的剧本、茅盾的《腐蚀》到陈白尘的《升官图》、康濯的《我的两家房东》以及赵树理小说等新文学作品，正可研究当时先进的共产党人所代表的先进文化方向；而抗战及解放战争中的一些大事件，诸如"五一反扫荡"、冀中挺进、整风、抗战胜利、重庆谈判、土改、欢迎国际援救署、边区参议会、四八烈士空难等，都以刘燕瑾个人视角记录下来，是"正史"的有益补充；更不必说研究中国革命文艺史、研究现代中国妇女的历史，这日记更是鲜活的标本，是第一手史料。

可以说，这部日记具有远超出个人历史记录的更大意义，其价值可与北伐时期谢冰莹的《从军日记》相媲美，而且更真实，如刘燕瑾在日记中所说，是"一种赤裸裸的真实的参考"。因为这部日记原本是私人日记，并不像《从军日记》那样一开始写即带有公开报道的新闻性，因此它更忠实于自己的视角，也更多地抒发自己的感慨——多年之后的今天，这感慨也是历史的一部分，特别珍贵的部分。

刘燕瑾的婚姻大事最终由组织"包办"，幸运地遇上既是领导又是作家的王林。王林深爱刘燕瑾，两人郎才女貌的婚事成了冀中佳话。1949年后刘燕瑾一直从事演艺事业，晚年还参加了电影《活着》的拍摄，有一张在片场拍的照片，刘燕瑾一副农村老大娘的打扮，淳朴慈祥地笑着，张艺谋、巩俐一左一右簇拥着老艺术家。

而与凌风的再次相见，是在解放初一次文代会上。隔着战火硝烟的往昔岁月，两人意外相遇，对话如戏剧之高潮来临——

凌：我真对不起你！

刘：你混蛋！

凌：没办法！对不起！很内疚……

刘：你就背着吧！

两人以后再无相见。刘燕瑾去世后，留下了这部日记和凌风当年写给她的八封情书、两张照片。情书中凌风有这样的表白："我觉得我自己已经爱着你，自然我也因之想到很多问题。我认为我们相爱是很合适的，我不但对你产生了爱，而且产生了美丽的前途和理想。"而刘燕瑾写在日记里炽热的思念、痛苦与绝望，凌子风永远读不到了。

新女性传奇种种

　　清室倾颓、王纲解纽、礼崩乐坏之际，压在封建社会底层的妇女是有一些"胆大妄为"的行径，令人瞠目结舌。大名鼎鼎的鉴湖女侠秋瑾，常佩短刀，关山万里作雄行，抛弃公子哥丈夫，也抛别年幼的孩子，放洋海外寻求救国真理，于一群留学生中慷慨激烈，辩论中一言不和便拔刀，气焰之"嚣张"，超出一般男性者远甚，正如她的诗句所示：休言女子非英物，夜夜龙泉壁上鸣。连鲁迅也被秋姑娘惊得啧啧称奇。

　　而鲁迅也许不知道的是，他留学日本期间投稿并在其上发表了《人间之历史》《摩罗诗力说》《文化偏至论》与《破恶声论》的《河南》杂志，其创办经费主要来自富孀刘青霞。据秦方奇主编《〈豫报〉〈河南〉与中国现代文化》一书查考，《河南》杂志广告中有这样的记载："炊而无米则巧妇束手，战而乏饷则名将灰心，本刊经刘女士出巨万，既有实力以盾其后，庶几乎改良进步骎骎焉，有一日千里之势。"显然，对于急着办刊的同盟会河南分会，刘女士就是女财神下凡。这位刘女士本姓马，两广巡抚之女，嫁给中州首富、河南尉氏县大地主刘耀德。婚后七年，丈夫去世，她继承家业，后随兄游历日本，接触新思想，加入同盟会。她不仅资助创办《河南》，同时还与革命友人在东京创办《中国新女界》月刊，宣传妇女解放、男女平权。辛亥革命爆发，她捐银一千六百两，资助河南革命军。1913年，刘青霞到上海见孙中山，当时孙中山正发愁建铁路资金，刘青霞当即表示愿捐出全部财产。孙中山大喜，亲题匾额"巾帼英雄"赠她。

那是个千金散尽、慷慨赴死、热血贲张的时代，今天邹容剪辫坐牢，明天陈天华蹈海赴死，后天徐锡麟刺杀清大臣而被剜肉剖心……这些志士以头颅、鲜血、金钱，撞击千年帝制，洗刷百年国耻，唤醒昏睡的国人。同盟会里女志士不少，都是头角峥嵘的奇女子。然而辛亥革命成功后，同盟会为了大选而改组成立国民党，为了多得选民，新党章不仅含糊了革命宗旨，而且竟然规定不收女同志。这倒退，气炸了女同志。1912年8月25日改组成立大会那天，上海的会，当场争吵，群情激愤，一哄而散。北京的会，同时在虎坊桥湖广会馆大剧场召开，据当时参加会议的梁漱溟回忆，当宣读党章要通过之时，女同志唐群英、沈佩贞等"起而质问辱骂，并直奔台上向宋教仁寻殴。台下亦有多人鼓噪。虽有不少维持大局的人尽力劝阻，其势仍岌岌可危。幸得孙、黄二公临场讲话，以靖秩序。黄先到先讲，孙后到后讲。孙讲话将完，左右（张继等）频请续讲，不要他停，以致拖长数小时之久。便趁此时散票选举。比将票收齐，已是日落天黑（没有电灯）。从早八时开始，至此一整天，没有休息用饭。尤其受罪的是正当盛夏，而列坐台上的多半穿西服，孙、黄二公穿着大礼服，满面流汗，无时不在以手巾拭来拭去。却是幸得终局，便算成功"。

这场面乱得可笑叹。虽有孙中山、黄兴、宋教仁镇场子，革命女英雄也是敢骂敢打。为了宪政选举而不得不牺牲曾并肩作战的女同志，孙、黄、宋自知理亏。

似也不应苛责前人。每个人都因袭着时代、历史的重累，即便时代先进分子，也在进化的途中留有羞丑的尾巴。那时，倡导妇女解放者，也有家里妻妾成群的，例如五四时期作诗之狂放堪比郭沫若的沈玄庐，他要"把大海搓圆，朝太空掷去，人在圆顶尖头立"，他要"把豪情拔起……要发世界新潮"，他背叛了地主家庭、搞农民运动、千金散尽，他还是中国共产党发起人之一，但他妻妾成群。不仅如此，他还与共产党女同志丁宝林热恋。五四时期个性解放风潮中，家里有小脚旧妻、外边谈新式恋爱的人很多；单说沈玄庐是因为，新女性丁宝林，这位参与过中共一大筹备工作的神秘女性，也是上海共产主义小组中唯一的女性，后来竟然削发为尼，其原因据说是怕沈玄庐因恋爱而"志气要消暮，没有从前那样热烈地努力改造社会！"丁宝林留诗一首，遁入空门，再无音信，诗中一句："书留热血别知己，为勉前程莫痛心。"这高调的牺牲！深情至此，几近慷慨。有意味的是，在早期共产党员回忆中，都提到"一位不知名的女子""有一个女的"，所谓"神秘"，实则是被淡忘了。后根据杨之华回忆，查索李立三当年的报告，才依稀勾勒出这位时代先进女性的人生痕迹。

各种不断的女性的牺牲，堆积在进化的路上，有名的，无名的。那也是二十年后在延安的丁玲写《三八节有感》时抒发的郁闷，更体现在，她因这篇文章，不仅当时遭批判，甚至又过二十年仍然被清算，虽然作为秋瑾们之后新一代女性，丁玲在二十年代上海大学严肃而骄傲地坐在众男生自动让出的头排座位上，在四十年代也曾被领袖填词盛赞为"昨天文小姐，今日武将军"。而比丁玲纤弱的萧红，早已悲叹过：女性的天空是低的，女人总是习惯性地牺牲自己。这既是一个女作家对中国女性生存状态的深切洞察，也未尝不是她在自己不止两次的婚姻中的切身感受。历史的翻覆，进步的迟缓，螺旋般升降，女性辗转其中。

当然也不尽是悲情。冰心的婚姻温馨而安稳。林徽因是众星捧月。离婚后的张幼仪开服装店、沉樱搞翻译当教授以自立……她们受惠于妇女解放时代风气所带来的福祉。而凌叔华在丈夫眼皮子底下与西洋情人谈恋爱、与东洋情人瓜葛不断，还坚决不向丈夫道歉，更是"解放"得出格。她死后，床边留有一束用红丝带系着的信件，被女儿女婿发现，那是松冈洋右向她表爱慕的情书——这个曾任满铁理事、总裁以至日本外务大臣，战后被定为甲级战犯的日本人，与凌叔华结识于二十年代初；1939年凌叔华离开重庆、带着女儿小滢回到已被日本人占据的北平奔母丧，一住两年，其间重会松冈洋右，"他送给凌叔华一些钱，甚至还答应要赠予她一座小岛。他建议凌叔华不要带着女儿去日本，因为这可能会伤害到她留在国民党统治区的丈夫陈西滢……"这一段史料摘自凌叔华的女婿、汉学家秦乃瑞的著作。而她的女儿有更为直接的表述，她8岁那年跟着母亲回北平奔丧，"可是我没有任何参加葬礼的记忆，我猜测母亲对重庆的生活厌倦了，以这个借口'逃回'了北平"。从小缺少母爱的陈小滢，对母亲一贯酷评，但基本史实应不会错。正如她的洋女婿给出的评价："凌叔华的文学天赋是毋庸置疑的，但她的政治或道德识见相形之下却有些不相匹配。"

好女人有墓志铭，坏女人有通行证。凌叔华在女性惯会低伏、绊倒的情爱、母爱圈套中，竟扬长而去、我行我素，也算是新女性别开生面的另一类，是娜拉出走之"凌叔华版"吧？

琴瑟和谐，共奏妇女解放新曲，这样的例子也有。

新女性传奇种种　　167

儒勒·凡尔纳的小说《八十天环游地球》最早的中译本，是1900年出版的，由陈寿彭口译、秀玉笔述。这二人是夫妻。寿彭1879年毕业于福州船政学堂，后留学英、法、日等国，1897年与其兄陈季同创办《求是报》。这位无疑是时俊精英的丈夫，在译后序中写道：

"秀玉宜人，归余二十年，井臼余暇，唯以经史自娱，意谓九州以外，无文字也。迩来携之游吴越，始知舟船利用。及见汽轮电灯，又骇然欲穷其奥，觅译本读之，叹曰：今而知天地之大……乃从余求四裔史志。余以为欲读西书，须从浅近入手，又须取足以感发者，庶易记忆，遂为述《八十日环游记》一书……宜人既闻崖略，急笔记之，久而成帙……虽然，宜人一妇人耳，遽舍所学而从我，其愿虽奢，其志良可喜。爰取其稿，略加删润……"

一百多年前这位秀玉是幸福的，由这样亦师亦友的开明丈夫引导她睁眼看世界，一步一步走出蒙昧状态，其过程还似红袖添香，兼有书房闺房之乐。秀玉大名薛绍徽，后来在清末女学运动中，与其夫等人创办中国第一个女学会、第一份女子刊物《女学报》和第一所中国士绅办的女学堂，堪称女界先驱。

三毛梦中的橄榄树

　　三毛死后是不会安息的。有关她的真实人生与她写给读者看的人生大相径庭的议论已沸沸扬扬。许多人感觉从前上了当，被三毛欺骗了；又有人从散文应该写真实这个标准出发，指责三毛不该把散文当小说来虚构。

　　然而有谁知道真实的三毛是什么样的一个人？

　　人们知道的三毛就是那个浪迹天涯，与她亲爱的荷西远离繁华都市，在撒哈拉大沙漠无边无际地浪漫的三毛。人们通过三毛的文章知道三毛这个人。

　　说散文应当写真实，这是不错的。可是我们如何理解真实？一个人平常开口讲话，说什么，已有了某种选择，何况文人执笔写作。如果三毛在撒哈拉的生活毫无浪漫之处，而她居然写出浪漫，那也可能是她苦中作乐，并不能说她故意欺骗，即便是欺骗，也是自欺欺人那一种。

　　三毛的流浪实际上是逃避。逃避失败的爱情的打击。早年的三毛也不是个正常的儿童，她患有自闭症，是总给家长添麻烦的问题儿童。在学校做不出算术题，被老师罚站，自信全无。自卑与歇斯底里大发作是她少年时期的主要表现。她甚至无法完成正常的学业。而这些都是三毛坦白在她的书中的。后来渐渐可以正常地融入同龄人的生活了，又在爱情上撞得头破血流。她爱人家，人家不爱她。哭，求，缠，死死活活折腾一气还是不行，只好逃得远远的。最初的流浪有的只是伤痛，丝毫没有浪漫。这也是明白写在她的书里的。

遇见荷西，她说她的心已经碎了。荷西说"碎的心可以用胶水粘起来"。三毛说"粘过后，还是有缝的"。荷西拉她的手到他的胸口，说"这边还有一颗，是黄金做的，把你那颗拿过来，我们交换一下吧！"三毛的爱荷西是超越了年龄、经济、国籍、学识，而看重的是品格与心灵。然而这样的两个人在一起生活，即使是浪漫的笔调写来，也还是有一些不和谐与无法沟通之处。然而此时的三毛是懂得了包容的三毛，因为爱，她可以轻轻叹一口气，理解并原谅，甚至是面对荷西的一时的"移情"。这也是暴露在她的书里的。

荷西的死带来的打击是巨大的。那之后三毛似乎少有作品，即使有，那文章也像失掉了以往的灵气，恹恹的。后来的三毛似乎变成一个说教的三毛，演讲中充满宗教的气味，让人觉得她的心因失去了荷西而无处归依，无望中向着宗教的神秘靠过去。

三毛在自杀之前不是没有做过挣扎。她的中国之行，不啻是灵魂对浪漫的理想的又一次追寻。她充满幻想地跑到大西北去见王洛宾，结果是很失望的。两个传奇人物终于没有碰撞出新的传奇，怨不到任何人。此时的三毛已不能像遇见荷西时那样耽于幻想，现实的一切清晰在目，容不下三毛的浪漫，三毛自己也骗不过自己了。

世间的人吃五谷杂粮活着，三毛则是呼吸着浪漫的空气才能活下去。三毛的自杀，是她一生行事的必然终结。无浪漫，毋宁死。

然而有许多人因三毛的自杀而惊觉自己上了当。这些人都是原来在三毛的书里只看见潇洒与浪漫的人们。他们说，活得那样洒脱的三毛竟会自杀，可见她书里的潇洒都是装出来的，是做作的。却不想一想，是他们幼稚，没能看见那个同是在书中的不潇洒的三毛。

许多年前就有消息说根本没有荷西这个人，让读者很吃了一回惊，后来慢慢知道那是谣言。现在又有人说三毛与荷西并不幸福，这似乎更不可信。婚姻中的苦辣酸甜往往是连夫妻俩也要仔细品尝还未必说得清个中滋味，别人又凭什么置喙？

然而这一番议论倒是更让人们理解三毛生前曾经怎样的于平凡生活中发掘浪漫，以潇洒的姿态在苦中作乐，在黄沙弥漫的天涯海角追寻那"梦中的橄榄树"。从这一点想，墓中人三毛也许倒可以安息了。

那些说自己被三毛骗了的人们，有谁去了撒哈拉？其实，我们这些人是不愿做，也做不成三毛的。三毛对于我们是一个亲切而遥远的梦想，让我们向往，也让我们不安。对于我们，浪漫只是想想而已。

萨特、波伏瓦和比安卡·朗布兰

——《被勾引姑娘的回忆》的读书札记

比安卡的可疑之处：在萨特与波伏瓦死后站出来发难，而死人已无法反驳和抗议。

与两个名声赫赫的大人物相比，比安卡显然是个弱者，年龄的和学识的。她对事物的看法虽过多地染上了两位老师的色彩，但她自己的本色仍然显现出区别于她的两位老师的另一些情形，这是为老师们不屑的。

萨特和波伏瓦是把人分等级的。对一些低级的人他们毫不在意他们的被伤害，这里有一种纳粹倾向。

波伏瓦伤害比安卡的方式，也是伤害她自己的方式。她对比安卡的态度是光明磊落的——有时的含糊与隐蔽不是出于伪善，而是照顾到弱者的情绪和接受能力。

但波伏瓦对比安卡的不公正是很可能存在的，比如她对比安卡的看法不一定都正确，错误的审判、错误的判决都是可能的。很主观的理性当是一种很固执的偏见。

波伏瓦对比安卡犹太血统的冷嘲讥诮向我证实了一种情形：

二战前遍布欧洲的对犹太人普遍的不喜欢情绪。没有这个背景，德国纳粹的疯狂就缺少一些说明。

萨特与波伏瓦在二战前夕与世隔绝的状态可能由于二战被打破了。

萨特的理性和对活动性的绝对要求使他的身体在做爱时也缺乏感受性——比安卡说，因为感受性被她认为是一种被动性。

比安卡在结束与萨特的关系时，缠着萨特要他给她一个告别的仪式，想必萨特与波伏瓦都会感到他们自己命名过的那种"黏稠状态"。他们不屑地指斥比安卡的态度是"资产阶级的"——矫饰的、风雅的、没落的。

尽管比安卡声声申斥萨特与波伏瓦的冷酷，而在她叙述的事情中仍然觉察得出萨特与波伏瓦宽容、仁爱和不是斤斤计较的精神品质。

比安卡最终用弗洛伊德的恋父恋母情节说使自己释然。而这个理论的运用也最终展示了不懂事的、要求过多的耍赖小孩贪求父母的爱一样索要萨特与波伏瓦的感情，而事实上，她是在认同了萨特与波伏瓦的生活方式或游戏规则之后才成为他们的"孩子"的，最终她不能忍受游戏了，她自己的想法觉醒了，而这是他们分手的原因。

悲悯是一种高尚的情操，须有上帝那样的慈悲胸怀。

那个波娃、波伏瓦

波娃或波伏瓦，是一个人，译名不同，就是那位大名鼎鼎的法国女作家、存在主义哲学代表人物、女权运动先驱——西蒙娜·德·波伏瓦。

二十世纪八十年代，无论是存在主义哲学还是女权主义理念，在中国知识界都有一大批拥趸。萨特、加谬等人的哲学、文学著作大量翻译出版，波伏瓦的《第二性》，厚厚一大本，也是那时候翻译过来的。此书从生理学、社会学、政治学的观点出发，系统、缜密地思考女性话题。一代学人，尤其是知识女性，被波伏瓦那颠覆性的论断——"女人不是天生的，而是变成的"——所震动，觉醒了，又迷茫了。因为他们发现，"半边天"式的中国妇解运动与波伏瓦那一套理论语境看似相近，实则相去甚远，中国妇解之路还长着呢。

不料九十年代风气转了。原来头角峥嵘的女作家、女学者开始小心翼翼地区分女权主义与女性主义了，信奉存在主义行动哲学"干预现实"的知识分子也退回书斋，转而研究"后现代"了。翻翻当时的人文学术期刊，很难找到谈论波伏瓦或萨特的文章。一种理论一种思潮就如一阵风刮过去了。

其实，女权主义或是存在主义的信条与理念很可能远不如波伏瓦的存在状态更能持久地打动中国知识分子。波伏瓦的一系列回忆录，从《一个循规蹈矩的少女的回忆》到《年富力强》《时势使然》乃至《告别的仪式》，被称为"法国一代知识分子的生活史"，记录了他们读书、写作、论辩、恋爱、投入艺术创作，参与社会生活，在巴黎的大学或咖啡馆，在塞纳河左岸，那是一种令人艳羡的存在方式。在他们中间，波伏瓦才华横溢、容貌美丽、特立独行而又拥有和分享萨特的"绝对爱情""偶然爱情"，这个女人风光占尽、风头十足，中外女性学者少有如此这般像一个偶像、明星。在这个意义上，"波娃"这个译名倒是比"波伏瓦"恰切传神。

然而毁谤也跟着来了。学术上的批判与扬弃还不曾听到，满耳尽是关于她的私生活喊喊喳喳。首先遭质疑的就是她和萨特炮制的著名的"绝对爱情""偶然爱情"理念，即她与萨特之间的爱情是 NUMBER ONE，他们互为对方的 SUPER STAR，但这不妨碍各自偶尔会遇到爱情小插曲，他们约定互不隐瞒并且分享这些"偶然爱情"——这着实惹恼了许多人，同时也撩拨了另一些人，或者实际情形倒是恼怒又艳羡、因艳羡不得而恼怒的更不占少数。尤其令他们不能接受的是那个"分享"，因为偷情表示知耻，或可宽恕，居然分享！简直太……自由了。

其实，对于萨特、波伏瓦这样自青年时代起共读一本书、分享各自的心得与感受，共同创建存在主义哲学体系，在彼此的质疑、驳诘中分享思辨成果，共同奋斗，分享得意与失意，以两个存在主义者、特别是还有一个女权主义者的性别体验互补，分享"存在"的种种困境，可以说，一切分享都是再自然不过了。换个角度看，也许竟生出悲悯——志同道合、智商情商如此和谐如他俩，仍不免要有"偶然爱情"，这难道不是存在之一种、人的处境之真实的荒凉？

然而各种爆料不断。波伏瓦的同性恋、波伏瓦与萨特与X或Y的三角恋以及师生恋，比安卡·布朗兰的回忆录、波伏瓦给她的美国情人的情书也翻译到中国了……萨特的形象已越来越像个斜眼色情狂，而波伏瓦，早有义愤填膺的老学者刻薄她是为萨特拉皮条的。在这种情形下，波伏瓦与萨特的理论也好，主义也好，都远远地淡化为模糊的背景。

最近有一本书让人眼睛一亮，那是波伏瓦1947年1月至5月美国之行的观察日记。也许借助此书可以重返波伏瓦的本真。那首先是面对世界的认知态度。从纽约、华盛顿到芝加哥，波伏瓦一路睁大了眼睛、调动全副感官去认知美国，像个贪心小孩来到玩具店，每一处都要看看、摸摸、试试。纽约的街头，教授的沙龙，黑人的爵士乐，酒吧的艳舞，好莱坞与赌场，监狱里的死囚，芝加哥的屠宰场，女学生的性观念，种族问题，移民的生存状态，无不令她兴致勃勃深入体察，甚至大麻也要试着吸两口。那种认识世界的强烈冲动，显示了一个存在主义者最大限度攫取世界以填充荒凉"自在"的巨大野心，解释了波伏瓦的世界何以如此宽广、丰富多彩。

与她的认知野心相匹配，波伏瓦难得地将理性与感性平衡得如此完美，构成了她非凡的感知能力。既避免空洞教条，又不会目迷五色。她充分了解所遇到的形形色色的美国人，这使她最后得出的关于"美国人"的结论相当扎实。

如果将波伏瓦为期四个月的美国之行看作她漫长一生的缩影，那么的确可以说，波伏瓦生活过了，她不曾浪费她的聪明才智。

有趣的是，此书中译本序言还是"波娃"化的文章，作者大量笔墨用于介绍波伏瓦美国之行的"背景"：此前，萨特在美国邂逅了美人陶乐赫丝，产生了一段"偶然爱情"，好了，这一次波伏瓦也碰上了金发碧眼、高大英俊的美国小说家尼尔森·艾格林，等等，对此书内容却少有评论。不知是译序作者的个人兴趣使然，还是出版社的营销计谋——纯正严肃的书也要圈上绯闻花边才好卖？

余秀华：诗名"穿过大半个中国"

　　友人告知，最近的网络红人——余秀华，是个农民诗人。接着发来两首诗：《穿过大半个中国去睡你》，很狂飙，蛮拼的——"其实，睡你和被你睡是差不多的，无非是/两具肉体碰撞的力，无非是这力催开的花朵/无非是这花朵虚拟出的春天让我们误以为生命被重新打开"；以及《一院子的玉米棒子是多么性感》，其中有这样的句子"我粗鲁地把它们想成男人的生殖器官/我把它们踢飞起来/或者把它们踩扁/没有谁阻挡我成为一个女王"，很黄很暴力。农村妇女也疯狂？每隔几年，寂寞的诗坛总会搞出点事儿，热闹一阵，比如诗人赵丽华的梨花体，比如山东作家王兆山在汶川大地震后写下的"纵做鬼，也幸福"，比如车延高的羊羔体等。这一回，惊世骇俗的诗句，加上农民身份，动静大了。

　　放在中外诗歌史上看，各种惊世骇俗都被前世诗人折腾过了，也还是能吓人一跳。即如上世纪初，一班新潮人物胆子大，用白话写诗，惹得一片笑骂。"两只黄蝴蝶/双双飞上天/不知为什么/一只忽飞还/剩下那一只/孤单怪可怜。"（胡适，1916年）这是什么呀？大白话，流水账，村夫伧妇、引车卖浆者言！既不合辙，也不押韵，这也叫作诗？更有"我冒犯所有人，一步一回头瞟我意中人"（汪静之，1922年），令道学家大摇头，慨叹"人心不古""世风日下"。这些诗，当时气坏了饱读唐诗宋词的老先生，今天看也并不怎样，却是中国现代白话新诗的开篇诗章。后来到了八十年代，又有所谓"崛起的诗群"，"中国，我的钥匙丢了"（梁小斌，发表于 1980 年）"我正步走过广场/剃光了头/为了寻找太阳"（北岛，创作于"文革"后期），曾经被批判的"朦胧诗"，今天看，明白如话，哪里"朦胧"，而当初的忤逆不过是对于政治教条的怀疑与不屑。这一回余秀华写诗，即便是"穿过大半个中国去睡你"，不过是鲁直一点，并没有跳出诗人前辈拱出的天地，没有冒犯诗歌先贤，只是撩搔了网民。

余秀华生于 1976 年，是湖北省钟祥市石牌镇横店村村民。她出生时逆产，造成脑瘫，是行动不便的残疾人。《诗刊》编辑刘年在余秀华博客上发现了她的诗，惊艳于诗中深刻的生命体验、痛感，于 2014 年第九期刊发了她的诗。11 月 10 日诗刊微信号从中选发了几首，于是，农民、残疾人、诗人，三种标签引爆了对她的热议。有人说她的诗写得很棒；有人说如果不是残疾人，她的诗不会那么让人感动；她的农民身份，也引发人们的好奇心。

如果不是诗人的农民身份，估计不会激惹起网民注意。如果余秀华的诗不是挂在网上，尽管已经在中国顶级诗歌杂志《诗刊》上登载，也不过像许多优秀诗人那样在诗歌界以外不被人知。"功夫在诗外"有新解。这也是诗坛的无奈，颇有悲剧感，当然换个角度看也有喜感——毕竟获得成功。除了《诗刊》刊登她的诗，其他的诗歌杂志也一拥而上，将她的诗像玉米棒子一样摊开来晒，出版社蜂拥而至，又被请到中国人民大学参加诗歌朗诵会，见到形形色色的诗人、诗评论者以及热情的大学生，她的诗刷爆微信朋友圈……

看诗人照片，纯然一三十来岁朴素农村妇女，脸上有风吹沙土的粗糙感。这个"村里人"的诗，却并不"农民"。

而此前的农民诗，又是怎样的？曲有源老汉"东方红，太阳升，中国出了个毛泽东"之比兴，或者小靳庄赛诗会上小脚老妪的顺口溜之趣味？太老的皇历了。余秀华的诗早已完成诗学美学的更新换代。任选一首她的诗都可以看清楚这种变化：

> 在打谷场上赶鸡
>
> 然后看见一群麻雀落下来，它们东张西望
>
> 在任何一粒谷面前停下来都不合适
>
> 它们的眼睛透明，有光
>
> 八哥也是成群结队的，慌慌张张
>
> 翅膀扑腾出明晃晃的风声
>
> 它们都离开以后，天空的蓝就矮了一些
>
> 在这鄂中深处的村庄里
>
> 天空逼着我们注视它的蓝
>
> 如同祖辈逼着我们注视内心的狭窄和虚无
>
> 也逼着我们深入九月的丰盈
>
> 我们被渺小安慰，也被渺小伤害
>
> 这样活着叫人放心
>
> 那么多的谷子从哪里而来
>
> 那样的金黄色从哪里来
>
> 我年复一年地被赠予，被掏出
>
> 当幸福和忧伤同呈一色，我乐于被如此搁下
>
> 不知道与谁相隔遥远

却与日子没有隔阂

　　这首诗除了打谷场的场景是农村的，蕴含其中的情绪、思想却并不囿于这个村庄，其诗艺技巧与任何当下写诗的城市诗人、学院派诗人比，不存在城乡差别。如果她不是已然从所谓"农民诗人"的窠臼中突破而出——也许她压根没听说过曾有那样的农民诗人，就是我们该从对农民的传统理解中跳出来、重新得出一个接近中国农民实际的结论。

　　都在说，乡土中国消失了，其实，这一代看电视、上网、玩手机的农民，也早就不是以往我们印象中的传统农民了。余秀华虽然是农民，却是高中毕业生，对中外诗歌有过不少涉猎。而且她也不是没有走出过她的村庄，诗人身份以外，她还是参加湖北省运动会的象棋运动员。所以，由"农民诗人"而生出的关于底层的悲催想象，与余秀华诗人的实际情形之间的确存在较大反差。

　　她的诗很现代，且有女性自觉——某女权网站已贴出她很多诗。虽然诗里还摊着一院子黄色玉米棒子，但那"穿过大半个中国"所获得的开阔眼界，已超越了乡村，看见火山、河流、不被关心的政治犯和流民、枪口下的麋鹿和丹顶鹤、与横店类似的故乡——这哪里还是村姑农妇的识见？这首最广为人知的诗，甚至超越了个人生活，去关心公共事务，已然是宏大叙事了。

　　果然有人把她比作中国的艾米莉·狄金森（Emily Dickinson）。这样遥远的比附，是基于两人都有石破天惊的意象和比喻、都不受规范约束，还是祝福她像艾米莉·狄金森虽一生囿于小镇、诗歌却早已飞遍全世界？

　　这样宽泛比附，目前还不足以带她"穿过大半个中国"、走向世界。倒让人瞬间误以为艾米莉·狄金森也是身体残疾的诗人呢。也许，如果她健康，她就不会写诗了，早"穿过大半个中国"去打工了。残障将她留在村子里。她之所以写诗，是因为她写每一个字都要克服残障带来的困难，她要用最大的力气保持身体平衡，还要用最大的力气用左手压住右腕，而诗的表达可以最简约、字数最少。身体的残疾，对精神的影响，对诗歌的影响，不言而喻，也早有学者做过科学的探讨。余秀华说，因为写诗，她才感到完整、不再残疾。病蚌成珠。受伤的生物，出于本能，分泌愈合的汁液。诗是诗人的分泌物。诗是情绪的宣泄。读她的诗，能感受到沉潜的阴鸷和压抑不住的狂暴，被重重击打的痛感。残疾亦是力量。余秀华不是个逆来顺受的好脾气的人，她的诗的力道即由此生成。

她写诗，也会泼妇骂街，当所有努力抗争都落空的时候。她说自己本身是农妇——"我没有理由完全脱离它的劣根性"（余秀华，《摇摇晃晃的人间》）——这也许刚好匹配她诗中的某些赤裸的粗鄙。这里"粗鄙"非关道德，仅指一种美学风格，风格是特色。一部《诗经》，是中国诗的原典，也同时保存着"昔我往矣，杨柳依依"的优雅风致、"时日何丧，吾与汝偕亡"的切齿激愤和"硕鼠硕鼠，无食我黍"的小民碎碎念絮絮叨叨。具体到余秀华的"粗鄙"，或者"农民诗人"桂冠的意味，也许说的是她的诗直见性命，是生命歌哭，是生活必需品而非装饰品。那仿佛也是用了最大的力气呼喊出的"睡你"，粗鄙而力道十足，也许就将成为她永久的徽章、诨号和旗帜。

脑瘫而能成为诗人，诗人还是农民，这是双份的励志正能量"心灵鸡汤"。只是，如果人们卸掉了基于优越感和怜悯心生出的审美宽容，这个诗人的诗还会被激赏吗？但余秀华已经不耐烦，她说："我希望我写出的诗歌只是余秀华的，而不是脑瘫者余秀华，或者农民余秀华的。"（余秀华，《想拥抱每一个你——北京之行略记》）

祝她好好写诗。

文学沙龙里的女人

一

我忽然想起那些散落于遥远年代不同国家文学沙龙里的女人。她们是多么精致的一群，像轻丽流亮镶着银边儿的云朵漫然飘过天空，在我的回望中，成为一道优美的风景。

这些沙龙里的女人，她们艺术天赋极高，才华横溢，大都出身名门望族，接受她们那个时代所能提供的最完善的教育，同时得天独厚地饱享家学小作坊世代书香的熏陶——她们的父亲或兄长也许就是后世文学史家以无限的崇敬加以追怀的大师级人物，至少也是和那时代的文学尊长亲密往来的腻友。从这一点来说，这些幸运的女人也应该为文学做出贡献。

事实上，她们确曾对文学有所贡献，有几位的贡献还很大，说她们曾影响了那个时代文学的品质并非夸大其词。你只要回想一下法国的流亡作家都集结在斯塔尔夫人的周围，德国浪漫派聚集在卡洛林·施莱格尔的周围，而以诗意与虔诚充分表达法国宗教重建时期精神的是那位结束了放荡生活的克里德内夫人。还有伍尔芙与意识流作家……

但是她们文学上的成就往往被另一些资质遮蔽：她们可以说是个个美貌绝伦，这是她们引以自炫的天然条件，也使她们注定要被一大堆男人追逐。而她们自己天生就擅于在绅士名媛的聚会中穿梭周旋如鱼得水。她们是交际花，无疑。那些表面上的浮华，那些觥筹交错与声色犬马，浮光掠影炫惑人眼，使我们隔着时代的人乍看上去，只看见她们在华丽典雅的客厅里用她们智慧的小零碎轻声慢语地让男作家们严肃坚硬的辩论缓和下来，变得轻松愉快；或者坐在钢琴边，独自或邀请一位男士与她合作弹奏一支维多利亚风格的情歌；或者与某作家隔着摇曳的烛火调情而同时向另一个飞媚眼，让丈夫看在眼里大口吃醋……这些沙龙里的女人的确曾经如此这般或那般地风情万种过。

　　沙龙女人的万种风情与吹拉弹唱的各色技艺不仅征服了男性，而且赢得同类的青睐。斯塔尔夫人就曾在她的小说《黛尔芬》中描写女主人公以富于异国情调的披巾舞迷倒众人。而这个场面的真实一幕是出现在克里德内男爵家的客厅里：年轻迷人的克里德内夫人以她优美的舞蹈出名。小说这样写道："这个外国舞蹈有一种特别迷人之处，是通常我们习惯看到的东西无法比拟的。这是一种纯粹亚洲式的懒散和活泼、忧郁和轻快的混合体……有时当音乐变得柔和起来，黛尔芬低着头、双臂交叉地往前走了几步，仿佛有某种回忆或懊悔的情绪突然渗入到节日欢快的情绪中去，但不久她又开始轻快地舞蹈，把一块印度披巾围在自己身上，显出她身体的轮廓，她垂着长发往后仰，使自己构成一幅十分媚人的画面。"

　　这个跳披巾舞的克里德内夫人生于一七六四年法国贵族之家，受的是半法国式半德国式教育。十八岁，她嫁给俄国外交官。在伴随外交官出使各国和更多的独自漫游旅行中，她始终出入于十八世纪欧洲的上流社会，结识名流显贵，获得崇拜，不断坠入爱河演出罗曼史，而后向其夫忏悔。在一次次得到宽恕之后，她将自己的形象设计定位于"迷人的罪人"而不无沾沾自喜。在巴黎，她忽然对作家发生兴趣，于是设法结识一大批作家：包括《青年安纳夏尔思》的作者巴尔泰勃米和《保罗与维尔日妮》的作者圣彼埃尔，她到科贝访问斯塔尔夫人，后来又认识了文名赫赫的夏多布里安。夏多布里安将他新出版的《基督教的真谛》第一个送给她，连斯塔尔夫人还是在她那里初见这本书。

这位热情冲动的妇人忽然要当作家。她埋头写作，写出一些短篇和一部长篇，其内容来自她的许多次恋爱，而形式受她的作家朋友影响。她的长篇小说《瓦勒丽》被后世文学史提及。但值得一提的是她为自己的小说策划广告的滑稽喜剧：她授意朋友写颂诗，不是直接献给她，而是献给西多妮——她的短篇小说里的人物，她请朋友在诗中提到她因丈夫去世而隐居，提到著名的斯塔尔夫人赞美她的披巾舞，还要称赞她对宗教的虔诚。当《瓦勒丽》于一八〇三年刚一出版，她精心炮制的给自己的颂词就经由朋友之口嘹亮地唱响了。然后，她亲自登场，她隐匿真实身份，衣轻裘乘宝马一家一家地逛时髦商店，购买所谓瓦勒丽式帽子、披巾、丝带、花边。当困惑的店员说不知道这些东西，她就和蔼地笑了，对这种赶不上时尚的孤陋寡闻深表同情。很快，这些商店就争相销售各种瓦勒丽式的小东西了。而她众多的男朋女友在她的怂恿下去购买这些东西时就糊里糊涂成为《瓦勒丽》大获成功的见证人。混杂着虚伪与谎言，她的聪明机巧实在让人啼笑皆非，叹为观止。

但是这个跳披肩舞的克里德内夫人给予她的时代的影响还不是她写的几部小说。她突然皈依宗教。她将过去清算为错误和傻事。而现在她一心一意狂热地爱她的救世主，积极行善。你无法怀疑她虔诚的宗教情怀。有一天，她在街上看到一个女仆因为主人让她出来扫地而哭泣，这位高贵的夫人便拿过扫帚替她扫起人行道来。她奔走全国劝人信教，下至贫苦百姓，上达国王、王后。她得意的大手笔是未经通报直闯沙皇亚历山大的皇宫，三小时之后当她离开时，沙皇眼含热泪成为上帝的选民。

　　当时的欧洲在革命与战争中动荡不安，历史的反动集中表现为宗教重建。人们相信神迹，天使，相信克里德内夫人这个女先知的一些预言被证实是与拿破仑从埃尔巴岛归来、与路易十八的逃跑相合的。荒唐的社会普遍心理，正寻到一位内心狂热、盲目而不安分的女人作为代表。这个女人一向是十足的女人，有艺术天赋，却没有头脑，在走向生活时没有严肃的目的，行事全凭热情驱使，她并不是有意识地成为那个时代宗教重建精神的代表。她曾经亲眼看见了巴士底狱陷落，而同时欠了女帽店两万法郎的账，是她的天赋——赛得过两个人的活力和热情，使她扮演了时代的重要角色。她的新小说成为宣教的道德经，她同时期的作家们一本正经谈论各级天使和神迹降临。

　　另一位更重要的沙龙女人是卡洛琳。在她周围聚集着当时德国最优秀的人物，她和歌德同吃早餐，和费希德一起吃午餐，她打趣黑格尔，说他"像一个对妇人殷勤的陪小心的色情男子"。她先是嫁给施莱盖尔兄弟中的兄，后来嫁给谢林。两次婚姻把她放在浪漫派的中心，那团体自然地围着她形成了。但并不是因为嫁人使她成为德国浪漫派的女神，她的因成功翻译了莎士比亚而享誉德国的丈夫施莱格尔承认：在他缓慢而艰苦的翻译过程中，卡洛琳的帮助与校正是不可或缺的。她能敏锐地体察到他的《哈姆雷特》新译本的风格过于拟古的缺点，并认为这是由于他不久前翻译但丁的缘故，因为"那工作使他的耳朵惯于听取那古老的词句与表现了"。而施莱格尔关于莎剧的评论，其中被视为可与歌德的莎剧评论媲美的几篇是由他们夫妇二人合作的。她的哲学家丈夫谢林在她死后痛悼"这个优秀的思想者之不再存在"，他写道："这个杰出的女性，在男性的灵魂的力与最敏锐的精神之上，结合了最温柔的、最女性的、最可爱的心。我们将永看不到这样的人了。"

卡洛琳对浪漫派有很大的贡献。她充满热情与他们一同努力，她匿名地做着校正与批评，自己也写作，直接或间接地给作家们以影响。她的做法有时很有趣。如她匿名发表对施莱格尔的"JON"毫无容赦的批评，而后者也用匿名反批评，于是卡洛琳求助谢林，谢林就像她的武士一样，立即以匿名更严厉地批评施莱格尔——同时又以私人身份给施写信，请他不要误会。事实上席勒与施莱格尔之间的误解及绝交就是缘于卡洛琳；她以对席勒风格极端机智而欠公平的嘲弄，使施莱格尔背离了席勒；而席勒也不是完全无咎，毕竟他在施氏兄弟文艺生涯开始之时，对他们太傲慢无礼了。但席勒给卡洛琳起了一个"女魔王"的外号。可见她的批评影响有多大。

卡洛琳的才华与兴趣，不仅仅限于文学。她对政治革命怀有比同时期的男人更高的热情。在她嫁给施莱格尔之前，她想把法国共和主义引向莱茵河畔，并因帮助她那些革命者朋友而坐了六个月牢狱。但是渐渐的，她陷于沙龙文艺的小圈子，这对文学不啻为一件幸事，可她本人那些高贵的、自由思想的、社会的和政治的热情却就此消磨尽了。她成了一个浪漫文艺女人，而时光遮盖之后，她仅作为一个沙龙里的女人从历史的那端浮现出模糊的影像。应该感谢勃兰兑斯在他的《十九世纪文学主潮》中不仅以堪称"奢侈"的篇幅详尽地评述这个女人，而且还为我们提供一封卡洛琳写给女儿的信——在报告一大套关于家庭和文学圈子的消息之后，她叫道："但这些是怎样的琐事啊！拿破仑是在巴黎了！孩子，想着这件事吧！一切都将再好起来。俄罗斯人被赶出瑞士了；俄罗斯人和英国人将屈辱地在荷兰定条约吧；法兰西军队正在向斯威比亚突进；可是现在拿破仑来了。和我一同欢喜吧，否则我将认为你完全为一些轻狂的事情所占有，而一点都没有严重的思想了。"

至此我已无意再将斯塔尔夫人放进文学沙龙里，沙龙对她来说是太狭小了。尽管她在那汇聚了欧洲最著名的政治家、文学家、哲学家的沙龙里，以魅力四射的谈话倾倒众人，留下无数"语录"至今传颂；然而她是作为一名政治家从一个国家流放到另一个国家，她的人生舞台是整个欧洲。我觉得她不是因为写过文学作品而进入文学史的，她是作为著名政治人物弄过文学而为文学史家所重视。她比那些文学沙龙里的女人幸运，也比那些女人承受更大的痛苦，她的人生自然厚重得多。

二

当我试图将目光投向我们中国，我感到更大的兴趣。我在上下五千年搜索，找中国的文学沙龙里的女人。楚辞汉赋，唐诗宋词，元曲以及明清小说，骚客诗人写作这些优美篇章不会没有女人以美貌，以才情温润他们的笔端与心灵。

与欧洲的情形相对照，根据中国国情，我们的沙龙该是那些舞榭歌台，秦楼楚馆，勾栏瓦肆。可是遗憾，那里寻不见一个有真名实姓的女人。我遍览诗书——

"红袖添香夜读书"——这里我拉住那个女人的一只手臂。

"执红牙板，歌'杨柳岸晓风残月'"的那个女人，我只听见她咿咿呀呀的浅吟低唱。

苏小妹跟着家兄苏轼，该与一帮文人混得很熟，但她只留下几首诗显示了聪慧，而诗和聪慧只是为了择婿，要难倒秦少游。

李清照颇负文名，才气逼人，但限于闺阁，夫妻唱和，不能算。

好不容易进了大观园，宝哥哥宝姐姐林妹妹史姑娘……纷纷变成潇湘妃子蘅芜君……菊花诗，螃蟹咏，海棠结社，连丫鬟做梦也想着作诗，好不热闹。但这还算不上是所谓的沙龙。大观园虽大，社会仍在园子外头；诗社的姐妹兄弟虽多，毕竟还是家族聚会。沙龙应是小社会，沙龙里的人是南来北往的客。大观园里，林黛玉是个才华横溢的书呆子，她熟读诗书而了解历史，但不懂社会。宝玉从外边得了稀罕物拿回来送她，她嫌腌臜。她与园子外的世界不通消息，出一次大观园也只是去尼姑庵铁槛寺——大观园注定就是她的世界了，出去，不是出家入空门，就是死。世事洞明人情练达的薛宝钗，懂的不过是姑嫂妯娌的亲疏远近，太太、老太太跟前的眉眼高低；她对社会的了解，大概只有她的呆霸王哥哥惹了事，她知道要拿银子去贿赂衙门。宝玉作为男子，出入方便，应该给姐妹们带来外面世界的信息，可他却早已厌弃了充斥着禄蠹昏官的污秽社会，一心躲进大观园女儿国，在水做的女儿中间安妥自己高洁的灵魂。所以他们对于社会实在知之甚少。朝廷里的事只知道元妃带回来的宫花的别致，下层百姓的情形有刘姥姥现过一次眼，对于皇土以外的事，只听宝琴讲过一个金发碧眼的洋人会作汉诗。这比起卡洛琳、斯塔尔夫人、克里德内夫人，眼界与生涯都是多么狭窄而单调。

更重要的是，这些让曹雪芹刻骨铭心的姐妹们，这些才华横溢风流灵巧的红颜知己，在史传中不见一丝踪迹。迄今"红学"已把大观园的食谱都整理出版了，可是有谁说得出她们的姓名与生平？

终于来了五四。

五四解放了男人，同时也解放了女人。如果把那些大大小小的文学社团看作准沙龙，那么其间出没着几个女人的姿影了。冰心，庐隐之于茅盾、郑振铎的文学研究会；石评梅、陆晶清、苏雪林、许广平之于女高师自然形成的包括周氏兄弟在内的师生关系的松散交游；白薇之于郭沫若、郁达夫的创造社；欧美留学生中有陈衡哲之于胡适、任叔永等人形成的讨论白话文的小圈子……五四之后这批女性比以往历史上所有朝代的女性都要幸运得多。她们几乎在同一个时期约好了似的一齐跃上中国新文艺序幕刚刚拉开的舞台，郑重其事而又挥洒自如地演出亘古未有的女性文学繁荣的大戏。

但是中国社会没能给这些女人足够的闲适，如国外那些沙龙女人所享有的。中国黑暗动荡的现代史无法提供一间安稳的客厅。这些女作家由于贫困，社会压迫，羁于封建势力的强大，囿于自己的闺阁淑女观念，终于风流云散，在文学史上昙花一现即夭亡了。较幸运的如冰心，在其后的文学生涯中也不断被战争和生计问题所搅扰，根本不会有坐沙龙的心情。

丁玲在投身革命之前还是无名文学青年时，曾与同样无名的沈从文、胡也频一起组织红黑社，他们勤奋写作，讨论问题，互相鼓励，一同出入，甚至同住一室——这一半出于五四个性解放潮流之下冲出封建牢笼的文学青年狂放不羁的生活姿态，更多的是由于贫困的胁迫，他们付不起更多的房租。意味深长的是，几十年后，人们旧事重提，不是去考察这个小小红黑沙龙为中国推出了两位具有世界影响的大作家，而是对于所谓"三人同居"喊喊喳喳。更沉痛的是，在这种氛围下，丁玲这位五四精神孕育的桀骜泼辣的女作家，一再向世人解释表明自己的清白，并很不公道地指责沈从文，说他"从来就是胆小鬼"，暗示自己从来看不上他。两个大文人至死都互不原谅。这个现象只能说明，经过"文革"封建专制主义施虐的中国社会思想意识，甚至倒退到五四之前的水平。而封建旧道德大概正是中国自古以来少有那样的文学沙龙的一个很重要的原因。

从欧美回来的留学生，受到欧风美雨的沐浴，比较开化：学做绅士，也懂得"女士优先"了；学做 MISS OR MADAM，终于做出传统的大家闺秀或小家碧玉以外的境界上去。在这批人中曾有一个很西化的沙龙，沙龙的主人是那位"一身诗意千寻瀑，万古人间四月天"的才女美人林徽因女士。

无论是二十世纪三十年代的东总布胡同，还是四十年代末的清华园，在林徽因女士的沙龙集结了一批著名的作家、学者。费慰梅，美国著名中国问题专家费正清的夫人，也是一位研究中国古代艺术的学者，曾经这样写到林徽因："老朋友会记得她是怎样滔滔不绝地垄断了整个谈话。……话题从诙谐的轶事到敏锐的分析，从明智的忠告到突发的愤怒，从发狂的热情到深刻的蔑视，几乎无所不包。她总是聚会的中心和领袖人物，当她侃侃而谈的时候，爱慕者们总是为她那天马行空般的灵感中所迸发出来的精辟警句而倾倒。"而为她倾倒的都是谁呢？从沈从文、杨振声、俞平伯、朱光潜……到金岳霖、张奚若夫妇、周培源夫妇、陈岱孙……这些文化精英有时探讨艺术，有时争论学理，无论谈什么话题，林徽因总能出语惊人，凭着才学也借着灵气。他们还定期组织读诗会，朱光潜用安徽腔吟，俞平伯用浙江土腔吟，林徽因就用福建土腔吟，真是好不热闹。

那时的文学新秀以进入这个沙龙为荣幸。而林徽因是个热情的人，或者说，是个性情中人。当萧乾发表他第一篇小说《蚕》，林徽因欣赏他的才华，即请陌生的他到家里面谈。当林徽因流利背诵小说里精彩段落的时候，萧乾激动极了，从此开始奋力写小说。类似的事情还发生在写新诗的卞之琳与写出《福楼拜研究》的李健吾身上。她甚至还到南开大学帮助曹禺设计话剧布景，而那时的曹禺还是个年轻学生。有谁的鼓励可以比得上得到一位才华惊人、美貌惊人的女士的由衷欣赏更能煽动起作家的创作欲？

林徽因系出名门，又嫁进名门，她自幼受到传统文化熏陶，同时又在教会学校读书。十六岁时和父亲林长民遍游欧洲，婚后又与丈夫梁思成一道在国外考察建筑。她讲英语能让英国人羡慕，但在加拿大自己的婚礼上坚持穿自己临时设计的中式礼服而令外国记者们很感兴趣——这一举动后来被她儿子风趣地说成是她后来一生所执著追求的"民族形式"的第一次幼稚的创作。泰戈尔访华，即由林徽因与徐志摩任翻译。像她这样在中西地域之间，文化之间来去自如的人，一定不乏见识与见地，同时，她的风度气质也自然呈现一派潇洒大方，再加上她艺术家的澎湃激情与惊人的美貌，又出身名门，不倾倒众人才怪。诗人徐志摩的追求，哲学家金岳霖的崇拜，都是人所共知的。

作为中国第一代建筑学家，林徽因还是国徽和人民英雄纪念碑的设计者，她对挽救景泰蓝工艺做出了重要贡献。但人们推测，如果这位女士不是过早逝去，反右那一关肯定躲不过去。她也一定会同她的丈夫一样顶着"反动学术权威"的大帽子死去。而沙龙这一节也一定会招来非议，毕竟这玩意儿在中国少见。

出名或"出风头"与女作家的"女"

　　女作家比男作家易出名吗？乍看似乎是的，其实是，出了名的女作家更容易成为茶余饭后助兴的谈资，被人议论、被人津津乐道。所谓"更容易"，自然是同另一性——男作家相比较而得来的印象。

　　女人一向是"更容易"成为舆论中心，只要她的"三寸金莲"改了"解放脚"，辫子剪成短发，或当众吸一支香烟……她都会轻而易举地引人侧目。封建中国的男人，又总是把女人藏在他们自家的金屋银屋或草屋当中，不肯让她出来抛头露面；这样人人不肯，时间久了，男人就只看见自己的女人，这时街上忽然走来一个别人家的女人，男人怎能不惊怪不已，看直了眼？

　　文坛虽是公共场所，没有"女人不得入内"的牌子，却一直是男人的领地。几个女作家闯进去，自然惹眼。还是女作家太少的缘故。

　　在古代文学史上留下文名的女人就少得可怜。仅存的凤毛麟角，分为两类：一是"闺阁派"，一是"名妓派"。

　　闺阁作家得天独厚，有优越的生活环境，受良好的教育。班昭的幸运在于两汉是个恢宏宽放的时代，男人做的事，女人有能力的话也可以做去。班昭于是继父兄之后续写《汉书》；蔡文姬的幸运在于她虽经丧乱，最终遇上曹操这位文治武功的明主，才得以施展才华；李清照的幸运在于嫁了个可以一道舞文弄墨、诗词唱和，并且在那年代堪称支持"女权"的"模范丈夫"赵明诚。试想这位赵相公如果一味命妻子谨守妇道，上奉高堂，下和姑嫜，相夫教子，只做女红，不做诗篇，哪里还有《漱玉词》呢？可见即便是闺阁，要成就一名女作家也是不容易的，需要多种幸运。

名妓作家实在是为谋生而艺术，她们为了介入高层次文人圈，除了姿色以外，还要刻苦学习并掌握琴棋书画诸般技艺，以附庸风雅。在与文人宴乐冶游的交往中，她们亲耳聆听文人们对于诗词歌赋的真知灼见，亲眼看到一首也许将流传百代的助兴诗作被一挥而就，习见习闻，耳濡目染，待她们出手，下笔生花，写出好诗好词，又经风流才子文人们传播流布，名妓更加声名远扬，诗作居然流传下来。有名的如严蕊、朱淑真、柳如是等。

查一部古代文学史，就只有那三五闺阁，若干名妓。

总觉得那些众多的"无名氏"都是被忽略、被匿名、被埋没的另一些才华横溢的蔡文姬、李清照。但是永远没人知道她们，她们在一首首美丽、忧伤、泼辣、婉约的"无名氏"诗作背后，从字里行间隐约凸现她们在遥远年代的灵魂之舞。

英国女作家伍尔芙就曾经假设莎士比亚有一个妹妹叫裘力丝，她和她哥哥一样有文学天赋，她大胆，富想象力，渴望外面的世界。可是父母不准她上学。她没有机会学习文法和修辞。她偶尔拿起一本书，父母就叫她去补袜子，去看炖菜的锅，不要瞎翻书本，白费工夫。他们说这话时很严厉又很慈爱：女儿是他们的掌珠，但他们知道女孩子该过什么样的生活。裘力丝一定躲在储藏室里偷偷写过几页诗文，她小心藏起来，自己悄悄读出声，后来还是烧掉了。十几岁她就订婚了，是父母择的好姻缘。她说她还不想结婚，便遭父亲一顿毒打。母亲又来哭求她别在婚事上让她丢脸，伤她的心——大多数有可能成为莎士比亚的女孩就此屈服了；然而裘力丝被她的天才的力量驱使，离家出走了。她和哥哥一样，跑到伦敦，站在剧院门口，说她想演戏。剧院经理，一个肥胖饶舌的家伙，哈哈大笑：女人演戏就像小狗跳舞。他将她奚落一顿，打发她开路。她在伦敦深夜的街上孤零零走，肚子饿了，买一点吃食，她没有多少钱。她举目无亲，又不肯回家。最后一个戏子兼经纪人可怜她，她因他怀孕了。因此——伍尔芙写道："谁能测量出一个诗人的心，当它关在一个女人身体里而至纠缠不清的时候，会有多少激昂、愤怒？——她在冬天的一个夜里自杀了。"——或者她还想挣扎，她忍辱含垢坚韧地活着，在十六世纪的伦敦，一个女人过她那样自由放荡的生活无疑要承受精神酷刑，外界的压迫与她自身内部的分裂使她失去平衡，流于疯狂。她挣扎写出的诗或剧本，一定是扭曲畸形的。她再无可能做一个女莎士比亚。

有谁还认为女人更容易成名吗？

然而女人不屈不挠，等待时机。

五四对于中国女作家是千载难逢的良机。成就了一批女人，冰心、庐隐、陈衡哲、凌叔华、苏雪林、石评梅、陆晶清、谢冰莹、白薇、丁玲……

萧红的成名是感人的佳话。鲁迅用他那颗伟大善良的爱心温暖着两个不甘做亡国奴的无名的流浪青年。萧红曾经问鲁迅："您对青年们的感情，是父性的呢，还是母性的？"鲁迅答："我想，是母性的吧！"鲁迅对"二萧"的爱护，正是"母性"般伟大而细腻。他为"奴隶丛书"所付出的是助产士加保姆的精力和爱心的守护。"二萧"为向并不富裕的鲁迅借钱而自责，鲁迅写信安慰道："因出版界上的资格关系，稿费总比青年作家来得容易，里面并没有青年作家的稿费那样的汗水的——用用毫不要紧。"他提醒萧红不要失掉北方农村的"野气"，不要沾染那种扭扭捏捏，没有人气，不像人样的"江南才子"气。同时又叮嘱萧红："装假固然不好，处处坦白，也不成……"足见鲁迅的一颗拳拳之心。萧红倔强孤傲的心在他面前变得软软的，有时是撒娇，她为写不出好文章着急，希望鲁迅来催促她，鲁迅说："文章是打不出来的，从前的塾师，学生背不出书就打手心，但愈打愈背不出，我以为还是不要催促好。"在鲁迅的关爱下，萧红不停地写着。鲁迅对她是满意的，他多次和人欣慰地说，在写作前途上看，萧红是更有希望的。

张爱玲的成名像她小说集的名字——传奇。香港的战争成全了她小说中一对男女的"倾城之恋"，沦陷区"孤岛"上海的文化空档上，张爱玲"横空出世"，乱世交响曲嘈杂、匆促的混响忽然奏出华彩乐章。许多进步人士劝她爱惜羽毛，等待河清海晏，犯不着"在万牲园里跳舞"，客观上为日伪政权歌舞升平。然而张爱玲说，成名要早啊。她在那短短的两三年中写出了她一生中最好的作品，其中包括被傅雷誉为"我们文坛最美的收获"的名篇《金锁记》。张爱玲以后的岁月中，再也没有出现类似的辉煌瞬间。时也？命也？真不知到底是该为她庆幸，还是惋惜。

时光走到世纪末的当下，突然女作家被看好。出版社忙着包装女作家，最醒目刺激的广告热点不是别的，单只一个"女"字。一套又一套女作家丛书风行于世，让男作家眼热，第一次发现"男"这一性也有不占便宜的时候。他们酸溜溜地说，女作家，易成名。女人已受了几千年不公平的坏待遇，这一次终于尝到不公平的甜头与快感，千年等一回，男人不该来破坏情绪。

女人的狂欢节到来了？且慢。

小女人是什么女人？哪儿小？个子小？心眼儿小？力气小？年纪小？那么谁大？——男人大。原来"小女人"的立意在于媚男。

红罂粟美丽而有毒，什么意思？蛊惑又刺激，让人欲做不能，欲罢不忍。是危险的诱惑。诱惑谁？还用问吗？

……

什么时候起，女人写作的归宿变成男人而非人类？

有先觉女人惊醒起来。然而她为世相与内心搅乱，开口说话，语无伦次。她标榜自己从事女性主义写作，抗议男性中心话语对她的粗暴误解，又同时声称千万别把我当女人。对男性社会，她态度暧昧。她看也不看男人一眼，就从容脱衣，开始旁若无人地抚摩自己的裸体，一脸怜惜之情。她当众抚摩的行为艺术，引来围观者无数。最后也并不宣布她是否摸出自己哪儿有病。其实她已摸不着自己的脉了。

一切症结都在这里。如果以往的文明都被定义为男性的，今日女性真正拥有的只有她的肉身。关于女性的灵魂，还是空白，或者充塞着男性的什物。作为招牌的"女"，其所有含义都是"男"的反面，"男"是解释、界定"女"的唯一话语、唯一参照。小女子，你往哪里跑？

说来说去，出尽风头的女作家，连"女"还没找到呢！

这样说，是不是危言耸听呢？

女子"有"才便是什么

中国有句古话："女子无才便是德。"无独有偶，国外也有类似的一句话："有学问的女人是双料愚人。"英国人在别的事情上还讲绅士风度，唯独对有才华的女人冷嘲热讽，说她们不好好做家务，却爱"涂鸦"弄笔墨，并给她们取了个绰号叫"蓝袜子"。

女人在这种讥笑嘲讽中也自怯了，也随着男人的口气告诫自己："女子无才便是德。"

所以，《红楼梦》里一群风雅小姐开诗会搞得热热闹闹，却不是她们的本业，薛宝钗就有言道："究竟这也算不得什么，还是纺绩针线是你我的本等。"而历代有限的几个女诗人，她们的诗集的题名不是"针余"就是"绣余"，大名鼎鼎的陈圆圆过的是那种"舞低杨柳楼心月"的生活，她的词集据说是叫作"舞余词"；还有就是叫作"未焚"或"烬余"，意思是说这些文字本是应该烧掉，毫不可惜的。

国外的情形也好不到哪儿去。拿英国来说，奥斯汀写她那些日后成为世界名著的小说时，怕让用人、客人，或是家庭以外的人知道，她把草稿藏起或用一张吸墨纸盖上，并装作是在写信。据她的侄女回忆，我们可以窥见她写作的情景："她坐在书房的壁炉旁做针线，有时会突然笑出声来，跳起来到屋子另一头一张堆放纸张的桌子上，写下一段，又回来继续她的针线。"看，中国与英国的女人都在做针线。《傲慢与偏见》《爱玛》之流也算是奥斯汀的"针余"了。另一位女作家夏洛蒂·勃朗特在发表她的《简·爱》时，用的竟是男人的名字：柯勒·贝尔。

当然，也不是没有女人表露过她们的不满。唐朝才女鱼玄机在游崇真观南楼，目睹了新及第题名后，作诗抒发感慨："自恨罗衣掩诗句，举头空羡榜中名。"——她自恨女子的罗衣掩盖了女子的才华，只有对那些科举及第的男人空怀羡慕之情。

幸运的是，好歹有那么一些女才子挣扎着露出头角——曹大家班昭的汉书，苏惠的回文，徐淑蔡文姬左九嫔的辞藻，武则天的升仙太子碑，李若兰鱼玄机的诗，李清照朱淑真的词，明文氏的九骚……

然而，才女们的才情写入诗篇不外乎两个主题：一是怨，一是慕——都围绕男人展开。

诗歌盛世的唐朝，就流传着因诗而喜结良缘的佳话。如宫娥题诗红叶上，红叶顺御沟流出，被诗人顾况拾到，诗是这样写的：

一入深宫里，年年不见春。
聊题一片叶，寄与有情人。

顾况此后便也经常在红叶上写诗，扔到御沟里。后来他娶了宫人韩氏，成婚后才发现他们正是在红叶上题诗的人，彼此都保留着对方题诗的红叶。

苏惠织锦为《回文璇玑图诗》，841 个字，可读出 3800 余首诗。这样大费周章地搞文字游戏，一说是因为思念离家在外的其夫窦滔，一说是为其夫别有宠妾而感伤；据说其夫看了这首回文诗大为惭愧，遂将宠妾打发掉。

类似的情形还有卓文君写《白头吟》：

> 皑如山上雪，皎若云间月。
> 闻君有两意，故来相决绝。
> 今日斗酒会，明旦沟水头。
> 躞蹀御沟上，沟水东西流。
> 凄凄复凄凄，嫁娶不须啼。
> 愿得一人心，白头不相离。
> 竹竿何袅袅，鱼尾何簁簁。
> 男儿重意气，何用钱刀为！

据汉刘歆《西京杂记》载："司马相如将聘茂陵人女为妾，卓文君作《白头吟》以自绝，相如乃止。"

毕竟是那个敢于"夜奔"的文君，这样的怨诗也能写得果敢而自尊，丝毫没有弱女子情态。心志高洁，堪比"山上雪""云间月"了。

看来才女写诗可以促使婚姻稳固。而最理想的是像李清照，嫁一位赵明诚那样有学问，有情致的丈夫，过一种"赖有闺房如学舍，一编横放两人看"的风雅生活。

才女们的"才"就这样用来写"情书"了。

也有例外。比如东汉曹大家班昭的博学多才是用来续《汉书》的。然而她的才华也用来作《女诫》，对皇后嫔妃也对天下女子大讲"女德""女言""女工""女容"，不啻为帮着男人束缚女性。才华用得很不是地方。

所以，古代才女的"用才"总带着那么一股"妾妇之道"的味道。

到了近代，才女如秋瑾者才真正有了女子独立的人格。"身不得，男儿列。心却比，男儿烈"的秋瑾，对于自身的"派作蛾眉，殊未屑"，她有诗云："休言女子非英物，夜夜龙泉壁上鸣。"她在《敬告姊妹们》中写道：

> 唉！我的二万万女同胞，还依然黑暗沉沦在十八层地狱，一层也不想爬起来。足儿缠得小小的；头儿梳得光光的；花儿朵儿，扎的镀的，戴着；绸儿缎儿，滚的盘的，穿着；粉儿白白，脂儿红红的擦抹着。一生只晓得依傍男子，穿的吃的全靠男子。身儿是柔柔顺顺地媚着，气虐儿是闷闷地受着，泪珠儿是常常地滴着，生活儿是巴巴结结地做着。一世的囚徒，半生的牛马！……这些花儿朵儿好比玉的锁，金的枷；那些绸儿缎儿好比锦的绳，绣的带；将你束缚得紧紧的……那丈夫，不必说就是问官狱吏了：凡百命令，皆要听他一人喜怒了。

这文章活现出一位女性解放者的凌厉飒爽的英姿。这才女远不是那些抒写情诗怨诗的古代才女了。原来李清照一个闺阁作家写出豪迈沉雄的《绝句》"生当作人杰，死亦为鬼雄"已然不容易了，而"鉴湖女侠"秋瑾用自己的鲜血和生命达到了这样的境界。

现在的妇女要比以往时代的女人幸运得多了。文学上的才女比以往历代才女的数目总和还要多。没人敢说"女子无才便是德"了。然而，"阴盛阳衰"的惊呼，"女强人"的绰号，文学作品中戴深度近视眼镜的行事乖僻滑稽的女知识分子，以及女博士找不到对象的社会新闻，仍然透露出对于有才女人的不满与奚落。

　　那个以叛逆形象走红的台湾作家李敖，一向是激烈的反传统。不知受了什么刺激，写了一篇题为《呜呼新女性》，竟直译"女子无才便是德"为"女人没有好条件才不是混蛋"。因为据他考察，凡具有好条件的女人，都不会处理，或自恃才高，或固执己见，与男人虚荣争胜，全不把丈夫放眼里，因此下场都悲惨，所以不如没有好条件。对于这种论调，女人大概只有说声："呜呼李敖。"

　　当然，现在的才女也并不是无可挑剔的完美。虽说总体上看，现代才女较之古代才女不知要进步多少倍，但是各种情形都存在。就文学才女而言，不是没有以才华自炫或自鄙者，比如用才华行"妾妇之道"的文学似乎还很"火"很流行，只是现在的才女写作并不是为了自己的丈夫，而是为了男性读者，或为了畅销——毕竟是现代社会了，才女的眼界的确要比古代才女的眼界宽泛多了。对于这样的才女，也不禁要"呜呼"一声了。

辑二

女人与散文

　　也许没有哪一种文体会比散文更适于女人了。散漫与自说自话，难道不是女人与散文的共同特点？冰心最著名的散文是寄小读者的通信，张爱玲有一篇散文题目就叫"私语"，她的散文集的名字叫"流言"——不是飞短流长的流言，它是英文 WRITTEN ON WATER，"写在水上"，意象是慈济的，这书名透着不经意的散漫。

　　如果说所有文体都是供我们表达自己用的，那么细分起来，还有种种差异——

　　小说需要经营，人物啊情节啊，结构啊，都要你策划，等着你呵一口仙气让这个小世界活转来，虽然写小说有时让你像造人时期的上帝一样感觉良好，但也未尝不感到很麻烦。如果不必经营策划，直接吐了那口仙气岂不更痛快？

　　诗歌是可以直抒胸臆的，它喷射感情犹如机枪扫射，但是它过于激烈，近似于凶猛，似乎与女人惯常的情感状态不大相符，当然诗歌也有柔曼舒缓的，但是女人又大抵会嫌它太短。众所周知，女人唠叨起来没完没了，除了政治演讲和恋爱求婚不及男人脸皮角质层厚，其他时候总是女人滔滔不绝，喋喋不休。

　　而依着"三个女人一台戏"的说法，女人应该是天生的剧作家，只可惜女人太喜欢自说自话，戏剧却不能从头到尾只是独白。

所以，看来看去，只有散文让女人用起来格外顺手。难怪现在会有那么多的女人都在写散文，而且小说与诗都散文化了……

然而，现代以前却好像没有女人写散文。

散文一度是男人专用的文体。原来散文叫作古文，也叫文、策论……提起"唐宋八大家""桐城派"，俨俨然堂皇正大，提起"竟陵派"，邈邈兮风致蕴藉。这感觉不是无端产生的。现代以前，各种文体中，散文的地位最高。在那时的文人心目中，小说近乎扯淡，杂剧流于俚俗，词可以轻佻，诗倒是正经——也终不及散文严肃。大概这与散文曾用于议政、用于科举，有很大关系。这种议政、科举文章，属散文中的议论文。这一支，在近代有梁启超振其余脉。不过，对后世影响大的还是散文中的另一支——美文。

遥想当年，五四白话文运动的主将们曾经把能否以白话写出美文当作检验白话这一新的语言形式的一个重要标准。传统中的美文似乎已美到极致，什么《陈情表》《陋室铭》《五柳先生传》《岳阳楼记》《前后赤壁赋》《秋声赋》《卖柑者言》……似乎后人难再超越。现在就看白话如何作散文、美文了。因为用白话作小说，作诗歌已经很有成绩了。当周作人在苦雨斋写出他的冲淡的、性灵的散文时，一帮人终于放下心来。随后，鲁迅、郁达夫、朱自清、徐志摩、许地山、丰子恺、沈从文、老舍、林语堂、何其芳……写出了现代散文的精华之作，这些"永远的"美文，一经写出即成不可超越的。后世作家只能在时代与个人这两方面添补一点新鲜颜色，虽然汪曾祺很冲淡，王蒙更机智，贾平凹返璞归真得语言都木讷了……又能怎么样呢？这些美学范畴都是五四那一代人手中把玩够了的。——而这些美学范畴，如沉郁、平实、浓丽、性灵、幽默……也并不是由五四那代人创制，实在是在那以前历代文人在"太上老君炼丹炉"里反复炼制出来的，经历代文人握在手中不停地"揣摩"，如老人手中那两粒磨得温润发亮的核桃。一切早已成熟。五四后美文除了时代与个人的新亮色，最大的贡献在于成功地将原来古文中生出的那些美学范畴转译为白话。

散文的美学范畴如一锅散发醇香的百年老汤，后世文人烹制他们自己的佳肴总要情不自禁地勾兑一点老汤，这就是中国散文的传统。

然而这传统始终是男人的。女人在传统之外，未经浸渍，她之于散文，散文之于她，都是新鲜的。她一开口便语惊四座。

冰心散文的清丽与美与爱，都是好的，古典的，诗意的。但她的创制却是在于第一次把孩子当作"人"来爱。这是以往文学中所没有的现代文明观念。她的《寄小读者》哺育一代又一代孩子成长。萧红的散文像野地里生出一株玉米秆，没有规范，自成一派。她自创的几近孩子一般稚拙若有语病的语言，新鲜得像小时候的味觉与视觉，甜就是甜，红就是红。她用这样的语言说她商市街的家。她观察鲁迅的那种独特的视角，在那么多回忆鲁迅的文章中显示了与众不同的质素。张爱玲是前所未有的时髦女郎，在中西文化之间，她像一个舞蹈着的佻达的精灵，尽享现代文明在物质、精神两方面的丰足与缺失，欢笑转即落下眼泪，而最终归结到这样的态度："如得其情，哀矜而勿喜。"……这些女人是新的女性，注定她们的散文是新的。

新时期出现的"散文热"让女人过足了一把瘾。一方面她们重拾五四以降现代散文精华，另一方面，她们随意表达她们在变革时代纷乱的心情。她们成为文坛上的一道风景。

相对于老名人们咳唾都成珠玉，打嗝挠痒既是美文，靠的是一个"名"字，女人散文包容了穿衣打扮婚姻恋爱读书旅行中国世界形上形下丈夫孩子锅碗瓢盆一切大事小情，没有什么是散文不能表现的，散文在女人手中被使用得风里来雨里去，散漫极了，而统于一个"女"字。所谓"形散而神不散"，一个"女人的心情"的题目就可以疏而不漏地将所有女性散文一网打尽。与五四时代的女性作家一样，今日女作家仍然因性别而备受关注——男人表达自己的历史已有几千年了，女人却没有机会开口诉说自己，现在她开口了，自说自话，引来听众无数。男人现在反而好像没什么可说的，说出的都可能是历史上有人说过了的。于是当今文坛似乎只听见女人的喧哗。

女人的声音也不尽相同——

千娇百媚、燕语莺声地表达女人的妻性母性女儿性，恐怕仍然是主旋律，温柔敦厚、贤妻良母的角色轮到二十世纪九十年代的妇女来扮演，现代与传统的冲突与调和在生活的细枝末节之上演绎着委曲婉转的感伤，欢笑与泪水几乎是同时的，而潇洒是她们喜欢的姿态。

冷不丁也会响起女权主义的一声尖叫，现代派的几声怪叫，这是超前高蹈的女人在为女性的未来勇敢地蹚路；不论她们的尖叫引起惊喜还是恐慌，她们都应该得到祝福。

小女人的嗲声嗲气与老旦的妖声恶气出于同样的心理；可爱或可笑并不重要，出于真心便好。

捧场的叫好是用散文搞商业赞助，调笑与挑逗是原来散文还可以"三陪"……不过这是散文中的末流。

　　女人散文从总体上看，是轻音乐，不是交响乐。因为缺少那种大气魄，没有沉重的分量，偶尔有一两声重音沉响也淹没了。然而对于女人，也许那"轻"已是她们"生命中不能承受之轻"了。所以她们才在散文中喃喃低语，叙说不已。

　　女人与散文真正不可分离。因为女人无法抑制自己的倾诉欲，女人若是常有知己听她倾诉，就一定连散文都不要写了。如果近在咫尺的人却其实远在天涯，女人只好写散文——什么人，在不知地名的远方，听到了你的倾诉并走向你……

女人与小说

有一种刻薄女人的说法是：当你就某事询问女人，她的回答第一句是事实，第二句就是小说了——女人被看成爱说瞎话，说谎话。

说这话的多是男人，他们就不曾想一想，世界上，历史上，男人撒了多少谎？而且男人的说谎，都是弥天大谎。诸如三十六计，计计是谎；一部《三国》，处处骗人。改朝换代，哪一次不是弄虚作假搞出种种名堂的所谓"天意"，用以惑众，用以正名。极而言之，上下五千年的历史就是男人撒着谎创造的。

相比之下，女人撒一点小谎，搬弄张家李家是非，瞒着丈夫攒私房钱，捏造男女某某的桃色新闻之类，简直是小巫见大巫。

又有男人辩解说：男人说谎是为了现实的目的，女人却是无端地空口说白话。这仿佛是说女人天生爱说谎，王尔德"为艺术而艺术"，她们则"为说谎而说谎"。其实世界上没有无缘无故的说谎，女人撒谎造谣也都事出有因，或为仇，或为怨，或为妒，只是因为不牵扯经国大业而被男人所忽略。当然，女人因为在现实中受各种限制，所以有时格外好幻想，爱浪漫，不切实际，也是有的。但这并不是缺点。男人的野心不就是实现他们的梦想吗？世界上的几次战争、几大发明不都是起于某一些人的狂想？

就算女人的这一特点没能用来像男人那样创造世界，至少可以用来创作小说。小说最初不就是被叫作白话、话本、瞎话、传奇、演义？

然而，不可思议，中国历史上竟没能产生一位女小说家。如果说女人确实善于编排瞎话，那就是因为中国的小说太偏于写实了，因此不适合女人。实际情况也大致如此。

中国的小说，最初是由神话和历史衍生出来的，初民的神话其实也还是他们的历史，准确地说，是他们无法解释的现实中的神秘部分。六朝志怪，也并不是六朝人在有意作小说，他们所记种种鬼事，是通通当作事实。所以《旧唐书·艺文志》一直把志怪的书归入历史传记类，直到后人观念转变了，分清楚历史与虚幻了，才把它划归小说。

而历史，对于大门不出二门不迈的女人来说实在是太不搭界了。历史对她们而言是个什么东西，有什么用，她们难以理解，难以把握，不那么亲切可感。

后来说书人于闹市通衢的勾栏瓦肆讲书，又不是女人能抛头露面前去听讲的地方。女人没有受到过小说的熏陶，你怎能期望她作出小说来呢？

再则，小说在中国一直地位不高，诗、词、文是正道，是阳春白雪，小说却是旁门左道，不够高雅。所以在宋代的钟鸣鼎食之家可以产生李清照这样的女词人，却不会出一位女小说家。

欧洲的小说却是在一开始就独立于历史之外，独立于哲学之外。它是一种非真实的，立足个人的，探寻和追问人生意义的新的文字组织形式。讲个性的欧洲人，在小说中投入大量的个性。写自己的事，从自己开始。私人特色与虚幻性，使欧洲的妇女在十九世纪就能够以写小说赚钱，并写出了世界名著，诸如《傲慢与偏见》《简·爱》《呼啸山庄》。而中国妇女拿起笔写小说还要过一百年之后。并不是欧洲这些女人就比中国女人聪明，甚至也并不是因为欧洲妇女的处境比中国女人好到哪儿去，实在只是因为欧洲的小说比较适合女人。

诸如《爱玛》《呼啸山庄》《维莱特》这些小说都是毫无人生经验的女人所作，夏洛蒂·勃朗特三姐妹没有旅行过，她们至多可以走进一位为人尊敬的教士的家做客。而贞·奥斯汀几乎没离开过家庭公共起居室。所以十九世纪的女小说家都是以描写家庭或邻里范围内的人物的性格与相互关系见长。

女人几千年一直坐在家中，她最善于察言观色，谙熟人与人之间各种隐的显的关系；她又是最富于感情，哪怕是情绪的一丝波动也被她体察到……而在此基础上，她发挥她的想象，虚拟一个小说里的世界。

如果说，欧洲小说的私人化特色成全了奥斯汀的写作，那么它的虚幻性又让艾米莉肆意地"无中生有"，在《呼啸山庄》中，足足过了一把杜撰的瘾。

而中国的女性小说家的出现一定要等到五四后。五四后，社会的进步允许女人走出家庭融入社会；张扬个性，倡导平民意识，使得平民的个人成为小说中的人物，替代了以往历史演义中的帝王将相。这样丁玲才可以写出她的《莎菲女士的日记》，萧红可以写作她的《呼兰河传》，张爱玲可以写她的《倾城之恋》……都是普通人的故事。如若没有五四后普遍形成的平民意识改造了小说，也许有一些女作家就根本不会出现，因为她们的视野中见到的都是自己身边的普通人和普通的自己，若叫她们去写历史上的大人物，她们一定感到无所适从，也无兴趣。

然而冰心最初的小说是所谓的"社会问题小说"，中国小说传统的写实特征又一次得到继承。写实主义，现实主义，一直是中国小说的主流。关注社会，关心政治，一直是中国小说立意负载的重要内容。中国人也总是爱把小说当真事，读《红楼梦》也读出一个颇有影响的"索隐派"；又太把小说当一回事，本来应该是游戏的玩意却偏让它载道，弄不好就是"用小说反党"。当然，这也许正是中国小说很宝贵的品质。只是这个品质仍然于女人作小说不利。政治小说，社会问题，重大题材，对于女人来说，还是难于把握的。所以女人小说一直被视为非主流的，琐屑小器的，而这也实在怪不得女人。女人基本是无辜的。因为她的生活中压根儿没有这些重大的内容。什么时候女人参政和女人逛商店一样成为她们日常生活的一项内容，女性小说家就一定会在作品中举重若轻地谈起那些重大的事情。

女人的游戏的心情、想象的翅膀是无奈地纷纷收敛了。

然而女性特有品质在小说中依然展现出才华。比如细腻。细腻的观察，细腻的情感，细腻的描画，往往是男性作家不及的。比如唯美倾向，让女性小说家在作品中构建理想的诗意的"美的结构"。还有女性富有的感性，使她的作品特别富于生活质感，让读者感到亲切。比如语言天赋——女人的"喋喋不休"在小说中得到发挥。比如女性情感丰富，使她的小说充溢着情感的张力，特别容易打动人……

自然，任何特点都不免既是优点也是缺点。细腻排斥恢宏，容易流于纤巧，女小说家常被讥嘲为"鼠目寸光"，缺少历史的全球的国家民族的视野。唯美过了头，失了现实的底色，往往变为矫情与做作，不诚实，即使不是故意的，对于作家而言也是不可宽恕的。而感性的东西太多，作品会显得雾气沼沼一片迷蒙，不够清晰。感情太强烈，容易冲决理性的堤防，激动中难免偏激，女人本来在男人眼里就是不可理喻的。而过于修饰语言，一任语言泛滥，作品就会轻浮，并真的像男人所说的女人那样饶舌却不得要领、不知所云……

其实如果仔细想想，男人用以傲视女人的他们小说的全部优点也无一例外地可以成为缺点。也许男女小说家之间差异，也还是那句话说的：你做不了我的梦，我做不了你的诗。英国女小说家弗吉尼亚·伍尔芙有一个形象的比喻：人的后脑勺有一个点，和一个先令那样大，是一个人自己永远看不见的。去发现并形容这个点是男女两性之间能互惠的任务之一。而即如香港的战争，男性作家多半会写炮火炸弹下的"倾城"，张爱玲的兴趣却在于"之恋"，谁的好谁的坏？标准又是谁的？事实上两者都是我们需要的。

其实，女人并不是一成不变的，而小说在中国、在世界各种语言中，自古到今又已起了多么大的变化？女人已经更广泛地走进以往是男人的地盘，女人已不再困守家中，娜拉早已出走，并且不断传来"外面的世界很精彩"的消息，女人不仅可以细细描写她的家，家乡，而且可以描画她的城市、国家，乃至世界，甚至是南极北极。而现代小说更加关注个人、更加偏好于向内心深处挖掘，这似乎更为女性一向所擅长的。并且重要的是，此时已经走到世界上的女人，她的内心会比以往更加丰富而有深度。也许女人会变得更适于写小说，小说变得更适合于女人。

什么时候会有那样一个日暖玉生烟的静静午后，女人收敛已久的彩翼轻轻展开，在梦与现实之间，实有与虚空之间，终极与无限之间，恬静无为地飞舞？

女人与诗

女人常常成为诗的一部分，古今中外多少诗人在他们的诗歌里赞美女人。

女人一生中也会读许多诗，至少在她们动荡幻想的青春期。

青春期的少女个个都像诗人一般多愁善感，然而女诗人很少。

诗人的别号是疯子。因为诗起源于感情的迷狂与燃烧。被感情灼伤的诗人，或疯狂，或自杀，不计其数。女人惯常很难产生如此强烈的感情，她比较平和、散漫。女人的"哭丧"，一边哀号一边数落死者生前的种种好处和未实现的心愿，很像一首悲痛的抒情诗。再有就是厉害的泼妇"河东狮子吼"，也有几分像是"愤怒出诗人"。然而这都不是女人的常态。

常态下的蔡文姬怎么也写不出《胡笳十八拍》：那"为天有眼兮何不见我独漂流？为神有灵兮何事处我天南海北头？我不负天兮天何配我殊匹？我不负神兮神何殛我越荒州"的指斥天地的悲愤狂怒，是近乎疯癫的女人才会有的情感大爆炸。

好在蔡文姬将自己沉潜在整理父亲蔡邕著作的工作之中，将这泼天的怨怒悲愤冲淡一些。然而文姬归汉后没过几年还是死掉了。

十九世纪美国女诗人狄金森，在破坏英国诗歌古老传统、奠基美国诗歌方面所做的贡献，可以同惠特曼媲美。她一生写下一千七百多首诗，生前却很少发表。死去四十年后，她的诗才被人们视为珍宝。

男人也并不是天生感情激烈，命定作诗的材料。社会规范一方面给了男人较女人多的自由与方便，另一方面却也约定俗成了某些禁忌。男人既是强者，他就不能表露出软弱。"男儿有泪不轻弹，只是未到伤心处"——其实到了伤心处也未必好意思哭天抹泪。于是只好长歌当哭，借酒消愁——成了诗人和酒徒。所以自古诗酒不分家。什么"对酒当歌，人生几何"，什么"抽刀断水水更流，举杯消愁愁更愁"，什么"今朝酒醒何处？杨柳岸晓风残月"，什么"明月几时有，把酒问青天"……关于酒的诗句很可能比写女人的诗句还要多些。

女人一流眼泪，悲伤与诗也一道流走了。林黛玉悲悲啼啼，暗撒闲抛，眼泪都流干了，居然还作了《葬花词》、菊花诗，想想总不大相信。当然，是曹雪芹帮她作的。

流泪是女人唯一的情感大放纵了。除此之外，她不知道作诗与饮酒也是放纵。李清照是大家闺秀，又嫁到名门，可是因为她是诗人，所以她懂酒，自己也喝酒。有她的词为证："三杯两盏淡酒，怎敌它、晚来风急？"看来历经丧乱的女诗人，她心中的痛苦要换了烈酒才能浇灭。

现在的女文人痛苦了，好像都要抽烟。抽烟似乎与诗无关，烟是一种舒缓的麻醉，像镇静剂，一丝丝地瓦解人的兴奋。烟的云山雾罩有助于编小说，吞云吐雾之间可以写散文。难怪近年来诗不景气，而小说繁荣散文兴旺。不知道吸白面，扎吗啡能刺激哪一种文体？

恋爱中的女人喜欢读诗，也喜欢临时做一回诗人。诗最适于表白爱情。热烈的句子写在明白晓畅的散文里就容易肉麻，写在诗里，用节奏、韵律一包装，像赤裸的野蛮人穿上草皮裙，文雅了许多；又仿佛躲在外文里叫 DEAR，热情未减而又比较没有心理障碍。比如李商隐的"春蚕到死丝方尽，蜡炬成灰泪始干"如果用白话散文说，效果如何？李商隐很明戏，知道"直道相思了无益，未妨惆怅是轻狂"。

如果是一段隐秘的私情，就更需要诗来帮忙。散文必须写真事，没法用它；小说虽可以曲折经营，但太费事不说，国人的考据癖厉害着呢。只有诗，热情而抽象，如一支暗箭直直射中对方，而其他人茫然难解。"记得绿罗裙，处处怜芳草"——深情脉脉，那个穿绿裙子的女人一定暗暗感动了。也还是李商隐，一生作了大量的《无题》诗，什么"扇裁月魂羞难掩，车走雷音语未通。曾是寂寥金烬暗，断无消息石榴红"，什么"来是空言去绝踪……麝熏微度绣芙蓉……"，什么"楼响将登怯，帘烘欲过难"，什么"芭蕉不展丁香结，同向春风各自愁"——他可以写这样晦涩的情诗，是因为相信"身无彩凤双飞翼，心有灵犀一点通"。

诗对于女人，困难处还是在诗的抽象。诗是纯粹的感情，是感情的抽象之舞。诗的晦涩，全因为情感的纯粹抽象的跳动，不规则跳动。诗因此有时很像梦呓，像疯话，像咒语。诗是蠢动的，不及散文安稳。而即便虚荣的女人，骨子里也是实在的。

诗这种文体篇幅不长，讲究精练。然而女人一般都比较啰嗦。

让女人用诗说话，她一定感到说得不尽兴。刚开口，却必须戛然而止了。女人表达自己一定不用诗歌。不过，要刻意训练女人简洁，倒可以教她们作诗。

诗艺的掌握比小说做法要难，因为小说做法有迹可循，小说做法再高明，也跳不出生活的手心；诗艺诉诸心灵——迷狂的心，诗艺有那么一点不可理喻的地方。诗人是天生的，若要后天成诗人，难学不说，学成学不成也不一定。"功夫在诗外"，用在这里，是说学诗艺的徒劳。女人与其说畏于难而不学，不如说对诗这种"带着镣铐跳舞"的艺术觉着别扭——尽管女人跳舞一定要穿高跟鞋。

有些女人写诗，分着行写了，却不是诗，因为没有诗意；像有的女人虽然五官归位，却还是不美……

说起来，中国是诗歌大国，然而几千年诗歌的繁华，却没有女人什么事。中国古诗主要由男人独吟，女人只是无言端坐，倾听男人的吟诵，进入男人的诗篇。

李白有一首《怨情》似乎就是写这个无言端坐的女人：

美人卷珠帘，深坐颦蛾眉。
但见泪痕湿，不知心恨谁？

女人与诗，注定无缘吗？

文学与征婚

许多女青年在她们的征婚广告中都写上"爱好文学"这一条。这里透露出的信息是，文学在大众生活中也像日用品那样被消费。用文学来征婚可说是文学的实用功能之一。

用文学征婚的女青年，大都属于浪漫梦未醒的一类人。她们是各色爱情书刊的忠实读者。她们理想中的恋人都是文学作品中的"白马王子"——有的柔情蜜意，有的冷面冷心，有的如父亲，有的是浪子……不过最终都因爱情而成为幸福的伴侣。

这类女青年的爱情理想都很"高蹈"，常常痛感生活中满眼只见些俗人，她们抱怨现实生活的平庸乏味，活得痛苦，因此她们一般都是大龄青年，至今未婚。

她们之中的一些人固执于心里爱情的理想，激烈到可以死的程度，像德国青年身穿"维特"装自杀。而温和一些的，即使结婚了也总感觉情感生活不如意。

从这些现象看，文学误人婚姻。

但是征婚广告上，还是有许多人写上"爱好文学"这一条。想必文学也一定助人婚姻。

"爱好文学"的女人，大体上会是那种感情丰富、细腻的女人。感情当然是恋爱、婚姻中起决定作用的因素。

爱好文学的女人，一般都浪漫。浪漫会使爱情绮丽，多少能为平凡生活添点脱俗的新鲜感受。而且浪漫的女人是风情万种的女人。

爱好文学的女人，至少比不爱文学的女人多一分情趣，多一分修养。因为文学张扬的是美与善，灵与智。可陶冶性情。

爱好文学的女人，多一个人生视角。毕竟，文学在社会学意义上是"人学"，在生活中阅人，同时又在文学里读人，两相对照着看人看人生，足以长一些见识。

正因为有这样不同的两种结果，男人们对于"爱好文学"的女人心怀矛盾：既欣赏她们高于生活的艺术气质，又担心她们与此相伴的高于生活的要求。

有足够实力的男人，不怕女人浪漫到天上去。所谓实力，也许是金钱，也许用不着钱。爱好文学的女人都浪漫脱俗，只要满足她们的幻想，穷光蛋也嫁——不过婚后主持柴米油盐是否会"贫贱夫妻百事哀"，就很难料。所以，大概还是既有钱又浪漫的男人敢找爱好文学的女人。在征婚广告上也写"爱好文学"的男人，就是这类男人。

女青年"爱好文学"的征婚广告一度使那些被商品大潮冲掉自信的文学家受到鼓舞，感到欣慰。毕竟今日女性还没有公然写出"爱好洋房""爱好汽车""爱好股票""爱好逛商店"……可是后来他们才想明白，爱好只是爱好，附带的，并不是必要条件。必要条件都写在"爱好文学"这一条之前，房子、钱——含蓄的说法是"经济条件良好"。

但这也没什么好指责的，衣食住行当然要放在首位。文学当然是吃饱喝足之后才会想到的事，尽管对文学家来说，有时候是穷而后工。

用"爱好文学"征婚的那些女性，多半只是爱上文学的一点皮毛，她们算是文学的"票友"。不过，票友多了，于文学也是好事呀。

又简单又美好

——王小妮《一走路，我就觉得我还算伟大》

与一首诗相遇并喜欢它，是一件美好的事。去年夏天得到一本诗集，因为是远方友人的馈赠，很久不读诗的我，于是，在微风清凉的黄昏，在空闲的时候，翻翻读读；也挑出一两首简单的诗，教我正放暑假的小学生女儿念一念。

所谓简单的诗，当然是从便于女儿理解接受的角度讲；而简单不等于简易或简陋，汉语世界里简单的诗和复杂的诗都有上品佳作。比如"采菊东篱下，悠然见南山"与"沧海月明珠有泪，蓝田日暖玉生烟"两句，一简单，一复杂，却都是上好诗句。其他如"白日依山尽，黄河入海流""好雨知时节，当春乃发生""春眠不觉晓，处处闻啼鸟""慈母手中线，游子身上衣"……这些传唱千载的诗篇，都是又简单又美好。

现代诗也一样。比如——

走上了路
我就觉得我还算伟大。

我和我的头发
鼓舞起来。

世界被我的节奏吹拂。

一走路

阳光就凑上来照耀。

我身上

顿然生长出自己的温暖。

走路的姿势

是人类最优美的姿势。

我看见宇宙因此

一节一节

变成真的蔚蓝

　　这首诗无须讲解，它自然而然形成了诗行，很流畅，读着它，感受到走在路上的愉悦心情；诗的节奏应和了行走的步调，行走的姿态从里向外洋溢着自信、恬适和洒脱。

　　我和女儿曾在郊区空旷少人的大道上行走，也曾在田野小径上游逛，对于诗中轻快的行走节奏，一读之下，心领神会。后来在家门口散步，想起这首诗，一时来了兴致，边走边朗读它。诗也不全是束之高阁的高雅玩意儿，诗也是平常生活，或者说，匆促庸凡人生中，总会有一些"诗意的栖居"时刻。

　　行走，走路的姿势，的确是人类最优美的姿势。直立行走的第一个人，从自然界、爬行类中走出来，走向人的世界，那行走的姿态有着生物进化意义上的优越与优美。行走，一个行走的人，无疑是一个生动的人，充满生机，蕴藏力量，拒绝停滞、死受、呆木。行走的人，一上路就有目标和方向，不似可怜的彷徨者那般茫然；行走者自信，情不自禁地喜悦，甚至有点得意扬扬。行走者是世界的主体，世界被行走者的节奏吹拂，阳光也欣赏行走的人，凑过来照耀，于是行走者在行走中生长出自己的温暖，并且看见宇宙因此蔚蓝——阿芙罗蒂娜从蔚蓝中冉冉诞生。

这首诗的主角——行走者无疑是一个女人，她飘动的头发因行走而"鼓舞起来"，她行走的姿态，因为她的性别，在自信、潇洒之外多了一份轻盈与优雅，甚至诗中骄傲的"伟大"一句，也因此显得亲昵、娇憨，行走者与阳光、风以及一节一节变得蔚蓝的宇宙也因此更加和谐，这是完美景象、美丽新世界。

我不能不坦白，这首诗还有下半段。因为我不欣赏，所以既没教我女儿念，也不准备引在这儿，更不想陈述不欣赏的理由。既然从根本上说，阅读欣赏纯然是主观审美行为，索性就主观到底吧。如果我们都能背诵"春蚕到死丝方尽，蜡炬成灰泪始干"，"野火烧不尽，春风吹又生"……而忘了它们的"前言后语"，那么一定不介意半首诗还是整首诗。往往，一个美丽的句子足以成就一位诗人了。

王小妮早已是有名的诗人，属于著名的"朦胧诗"作者群，与北岛、舒婷、顾城等是同时期的——30 年前，她的丈夫也是她的大学同学徐敬亚以著名的《崛起的诗群》为他们正名、加冕。但王小妮的诗却不那么朦胧，也不激烈，很少风发踔立的姿态，一直在写平易的诗，一种安静、稳重的诗歌意象。所以乍见这首诗，我觉得一丝异样，但想一想，又恍然悟出她的那份淡定，正源于内心的自足自信。

我不是诗歌的饕餮者，与诗随缘相遇。记得多年前还偶然读到王小妮写于厨房、客厅的诗作，她写看人拿水果刀削梨皮，优雅的动作下，梨的汁液在刀锋削割梨的肌肤时无声涌出——平静的暴虐，令人惊心动魄！她写厨房里煮饭的主妇瞥见窗外一树桃花，心思在白米饭的香气中游移……简静的句子中隐隐地有雷霆电火！当下为之倾倒。以后阅读中遇见王小妮的诗、文，都要留意看一看。

据那本诗集介绍，王小妮还有一些好诗是我还没读过，像《我的纸里包着我的火》《不认识的就不想再认识了》，等等，有机会一定找来读读。

三位女性小说家

　　许多年前，读完长篇小说《洗澡》，就毫不犹豫地撇下钱锺书，成为杨绛的粉丝。那世事洞明、人情练达的功力，那不疾不徐、淡定从容的清明，那穿了"隐身衣"于红尘中游走而又跳出三界外的超然，已令人啧啧称赞；谁承想，除此学者理性、智者聪明外，《洗澡》还写出一种理智与情感平衡得那么好的爱情。许彦成和姚宓，是杨绛为中国文学情爱画廊增添的新形象。如果没有这两人，《洗澡》中那些形形色色的知识分子可以看作是《围城》人物的"后传"，笔调也有些相似，只是钱锺书玩他的英式幽默玩得酣畅淋漓，顽童少年似的不计后果搞恶作剧，有把人逼至犄角的尖利；而杨绛对于那些人物的讥诮，是留有余地、也保持距离的掩口嗤笑，态度温婉。当然嘲讽的笔调是与钱锺书一致的冷色系。然而杨绛写了许彦成与姚宓，笔下就有了热度。或可说，许彦成是方鸿渐的另一个兄弟，姚宓是长大了的唐晓芙吧？姚宓小时面对未婚夫的非礼，拿着小剪子要剪他铰他，性格真的有些像呢。只不过后来遭逢家事变故、体味世态炎凉，变得谨慎低调，把小女孩子傲娇的一面藏起来，就像她把华丽的缎子袄掩藏在灰制服下面一般。唐晓芙是"围城"灰世界里唯一的亮色，是方鸿渐渴望抓住而必不会抓到的"惊鸿一瞥"，是多少年过去忽听人提起，心上也要狠痛一下子的。唐晓芙也要被世事磨洗，变成那个温朴妩媚的姚宓，等着许彦成的到来。许彦成虽然也有方鸿渐似的书生意气和几分愚痴，但他于关节处不糊涂、不苟且，学问方面是货真价实的专家，而方鸿渐仅是个聪明的半吊子，其综合素质较许彦成低不止一格，长大了的唐晓芙——姚宓，不会看上他。

《洗澡》的题名出于《诗经》，所谓"如匪浣衣"，一种沾湿不爽的状态。体现在许彦成与姚宓的爱情中，就是还有一个"标准美人"杜丽琳——许的夫人夹缠其间，于是多了磨折，少了简净。无论是那些图书馆大书架下的爱情场景、夹在书中传递的字条，还是许彦成短情书中"我要对你说的话很长，至少比一只蚕吐的丝要长，请允许我慢慢吐"那样动人的情话，终究无法跨越许彦成与杜丽琳虽无爱亦无大问题的婚姻。于是发乎情，止乎礼，小说结束于有情人各自天涯。把我等读者惆怅得没着落，更有人憋着劲要续写"红楼"。

怕别人唐突了自己心爱的两个人物，百岁作者终于续写了许姚情事，让两人终成眷属。这就是2014年出版的《洗澡之后》。五万字之内，匆匆跨越了反右、下干校，让主要人物活转起来，还有新人登场（给热心人罗厚安排了小美女未婚妻），又不忘交代了朱千里、老河马一干人的下落，这个"敲钉转角"的续作可谓严丝合缝地结束了。百岁老人，笔力了得。

硬要挑剔，续作也有不合我意之处。一开篇，姚宓母亲谈旧时她们家的四合院，有几个男佣女佣，颇有几分炫富，似乎变俗气了。此其一也。好在随后故事发展中渐渐还原了好性情——乐善好施，有主见又藏而不露——虽然最后在婚宴上又异乎寻常地张罗起来，但大龄女儿有了好归宿，也的确让当妈妈的格外高兴，一时变成佘太君，也还不算离谱。其二，作者的婚恋观依然如故，不让她心爱的人物去做破坏人家家庭的事，于是就安排杜丽琳也有了恋爱对象，还先提出离婚，这样，许姚结合就没有一丁点道德瑕疵了。可是，一个丈夫不爱的女人，又被打成右派，下放干校劳动，那是怎样的心情呢？还会有心思谈恋爱？回想看过的干校回忆种种，似乎没有这样浪漫的事——不好意思，又来历史实证，打住，转折——然而小说中，杜丽琳是个"标准美人"，自会有男右派注目，且她又是个要强的人，许彦成既已无爱于她，几年伤心心也冷了，况且也是随丈夫留过洋的人，于男女情爱不会太过拘泥，政治风浪下尤其需要温暖，所以，这样的情节也合乎情理。只是觉得杜丽琳有点太倒霉——她政治上一向乖觉，又为人圆通，似不应该被划成右派。况且作者也交代，她这个右派是组织上为完成右派指标凑数凑上的。也或许竟是夫妻二人抽一丁、替许彦成顶了右派的名呢。于嗟！世上有倾城、倾国之恋，许、姚情事却是反右运动成全的。思之不禁凛然而怃然。

如果考虑到我等粉丝对续作的期待多半是为了看许姚爱情故事，而续作中偏偏许姚很少直接接触，也不谈情——只有一次许彦成在教师阅览室对姚宓说了句"阿宓，我好想你"。这应该算是令读者很有些失望的地方。杨绛先生急着要给许、姚一个好结局，必须安排好各种情节，指挥罗厚、杜丽琳等人走到各自位置。热心人罗厚简直忙得上下翻飞，都快成续作主角了，而许姚爱情却停在原处，等着，等着一切水到渠成。不过，尽管如此，许、姚两人性情、关系还是续得上，对得味儿。姚宓婚前的可爱窘状，非常靠谱而传神，让人感到那正是姚宓！这是续作最令我满意的地方。还有一点，就是作者对杜丽琳，始终下笔有度：毕竟她只是没有姚宓那样的仙气，有几分俗气而已。作者不肯把她写成一个讨厌的人，这很不容易，由此鲜活地展现了生活中、特别是知识女性中某一类人的样貌，堪称塑造成功的典型人物，可以获"最佳女配角奖"了。这分寸，还是得益于作者对世事人情的洞明练达。

如此，百岁老人完成了她的穿针引线，我等围观者感佩惊叹，点赞，必须！

今年我读的第二本小说，是韦君宜旧作《露沙的路》。知识女性露沙为追求自由民主而投奔革命，却于圣地延安遭遇了荒唐残酷的"抢救运动"。小说带有明显的自叙传风格。作者那部著名的反思纪实力作《思痛录》，开篇第一章就写了"抢救运动"，所以《露沙的路》可以当作"小说版《思痛录》"来读，其中大量细节以及心理刻画不啻为那段历史的必要补充和互文参照。此次再版这部小说，还附录了韦君宜奔赴延安之前的1938年日记，又附了相关的三篇小说《洗礼》《功罪之间》《旧梦难温》，这就构成了"露沙"故事的前情与后传，真实与虚构相参照、相融合，完整展示了露沙之路的坎坷曲折。李锐曾为小说题诗云："露沙之路向延安，大砭沟头去又还，抢救过关多少劫？追求自由民主难。"顺便提一句，韦君宜有一部小说集，题名《老干部别传》，可以与后来王跃文等所作"官场小说"联系着看，是"前'官场小说'"，反映的是二十世纪五六十年代乃至八十年代前期的情形——身在中国，看中国小说还是要不断触碰现实。欲求虚构而不得，去看外国小说吧。

多年前看南非作家库切的长篇《耻》，颇有好感。今年遇到他的《福》，却是与《耻》完全不同类型的另一种尝试。《福》是对于英语世界经典小说《鲁滨逊漂流记》的解构之作，是小说家进行文本实验、哲学探寻、女性主义言说的后现代作品。故事封闭在一个岛上，让鲁滨逊和星期五的孤岛生活增加一个女人，更像是一个充满歧义的寓言，能指所指语焉不详。若没有对于英语文化深厚的理解，对形而上的思考不感到有乐趣，最好放下这本小说。老实讲，我读之茫然，无所会心。

在库切那里失望，在门罗这里得到补偿。简直是惊喜。那些雕琢得珠圆玉润的长短篇或短中篇，的确达到了往昔大师如契诃夫、莫泊桑的水准，而对于人性幽微的探寻比之前辈更加深入而精致。《逃离》中那些冗长乏味的日子，令人疲倦无望，那个想要逃离、终于出走却最终还是回来的主妇，那样迷狂又迷茫；那草丛遮蔽下的羊头骨——那是一度跑掉又归来的小羊，真真成为替罪羊了。就在一切恢复到从前（包括夫妻二人关系）的温馨时刻，这突兀的残酷，是灵魂的隐秘的伤！还有《拨弄》中那个在每年戏剧节乘火车去看莎翁戏剧的女孩，吸引她的生活在别处啊！这是庸凡艰难的生活中仅有的一点别致、一点卓尔不群。偏偏，生活对她的捉弄也是如此戏剧化，像蹩脚剧情中不可信的偶发事件。然而，有多少人生就毁于这样那样的"偶然"！那残酷竟那样轻忽！还有《机缘》中火车上的邂逅，是难得的浪漫爱情故事了，然而在女作家不疾不徐的叙述中，你看到所谓浪漫传奇，其光鲜的背面布满生活的粗粝质地，让人想到张爱玲之譬喻——生活是一袭华美的袍，爬满了虱子。纵使如此，你还是要感恩那一点点有如神助的运气，你仍感谢作者在不作伪生活之际仍心怀悲悯地给你一个好结局，给你一个尖锐的刺伤之后又温柔地给你敷上聊胜于无的草药膏，让你叹口气、出会儿神，然后……起身做饭，带着扎在灵魂深处的那根刺，也带着星光微茫的希望，生活在继续。

穿牛仔裤的鲁迅

——话剧《大先生》

2016 年 3 月 31 日晚 7 点半，话剧《大先生》首演开始。剧开始于鲁迅的死——弥留之际，日医须藤五百三打完最后两针，对病人已不抱希望，许广平强抑悲痛，以谎言安慰着先生并装作放心地下去料理家务，留下一个孤独的鲁迅在暗黑的舞台上。这是后来让许广平追悔不已的时刻，在这最后时刻，当她为鲁迅揩拭手汗时，鲁迅曾无言地紧握她的手，以回应她"病似乎轻松些了"的爱的谎言，而她，没有勇气回握他的手，怕刺激他难过而装作不知道，轻轻放松他的手，给他盖好棉被。在写于先生死后两星期又四天的《最后的一天》一文中，她写道："后来回想：我不知道，应不应该也紧握他的手，甚至紧紧地拥抱住他，在死神的手里把我敬爱的人夺过来。如今是迟了！死神奏凯歌了。我那追不回来的后悔呀。"这最后时刻的孤独的鲁迅，这个一生刚强勇毅而又敏感克制、冷峻沉默而又炽烈爆发的鲁迅，没有死在爱的拥抱中，在李静心中成为一个痛彻的伤口，一个灼热的井，在许广平因爱而闪失的空白处，李静扑上去，跳下去，奋不顾身。此后三年，生命系于一剧，卷帙浩繁地读资料，昼与夜流连沉溺于鲁迅的悲喜，冷血地偷窥他的迷误、悔愧与软肋，苦苦寻思恰切的戏剧形式，由生到熟鼓捣戏剧的各个细部——这于她是第一次上手的新玩具，还三番五次地"骚扰"孙郁、王得后等鲁研界专家，中间还一度特别怕自己剧作未完就突然死去……不疯魔不成活，终于，蹚过留在电脑中的十几万字阵亡的遗骸，诞生了她的《大先生》。鲁迅说过：创作，总源于爱。

近两个小时的演出结束，掌声中，台上导演和主演在叫编剧上台。昏暗的过道浮动一大捧花束，抱花女子不是李静，李静跟在后面，瘦削的身躯套在一件暗红色长裙袍下，随靴子大踏步迈动而显出劲道，上台，张开双臂，给主演、导演一个大大拥抱，慷慨有力。忽然就看见了李静的勇敢。

敢担下写鲁迅的剧本这件事，李静胆儿大。有资深前辈告诉李静：鲁迅题材可是个百慕大三角，搞创作的没有不在他这儿翻船的。在鲁迅题材的创演史上，电影表演艺术家赵丹半辈子想演鲁迅却最终没有实现。那是一次集体创作，国家行为，预备1961年为建党40周年献礼的一部电影。周总理指示，要符合时代要求，按照毛主席在《新民主主义论》中对鲁迅的评价写。主创人员多次开会征求意见，几易其稿，层层审核，总是定不下来。为了政治正确，突出鲁迅高大形象，许多人不准出现在鲁迅身边，比如原配朱安、二弟周作人、右倾的陈独秀，而突出了李大钊作为党的代表对鲁迅的"指引"，不惜篡改历史将钱玄同为《新青年》向鲁迅约稿的荣光硬安在李大钊头上……结果鲁迅面目全非，剧本却还是不能一致通过。后来也有人说，当时文化部主政的周扬等人正是曾与鲁迅发生冲突龃龉的"四条汉子"，那一段历史该怎样编呢？棘手。"文革"搁置了这个剧。"文革"中鲁迅更是被粗暴地简化为打人的棒子，以至于后来很长时期一提鲁迅，人们就想到骂人。到二十世纪八十年代，壮心不已的赵丹仍跃跃欲试，可原来编剧执笔的陈白尘却表示已无力重新修改剧本，恢复鲁迅的真实面目了。

即便没有为了政治正确而对史实进行的篡改，也会因为时代的主题变化而影响到对于鲁迅的不同塑造。比如萧红创作于1940年的默剧《民族魂鲁迅》，在挽救民族危亡的抗日烽火映照下，突出的是伟大的民族魂；张广天在21世纪初搞的活报剧式的话剧，突出的是以鲁迅语录批判美帝国主义对中国的戕害；2005年著名演员濮存昕饰演的电影版鲁迅，据说演得不错，像，一方面横眉冷对，一方面菩萨低眉，却引不起圈外人的广泛关注，与此相关的是票房可以想见的惨淡。在今天这个多元的时代，关于鲁迅的各式言说已很难构成时代主题式的关注。李静此剧与当下的关联处，她在创作札记中概括为：一、知识分子与权力的紧张关系；二、古道热肠与自由意志的矛盾。所以这是一部关于知识分子精英如何自处的剧作。相对于社会底层，知识阶层因拥有知识而有了选择的意识和选择的余地，因此也有了如何选择的纠结。

回顾鲁迅同时代知识分子的选择，也是多种多样的，不只有剧中露了脸的胡适、周作人，还有陈寅恪、郭沫若或张道藩、张爱玲、林徽因……郭沫若、张道藩是完全投身政党政治，成为组织中人；陈寅恪、张爱玲、林徽因与现实社会政治无涉，是书斋里纯然的学者、作家；胡适、周作人走出知识分子边界，越界发声，不同的是胡适用拷贝来的美国民主的政治模式，来套中国彼时的现实政治，戴着白手套搞自上而下的顶层设计方略，从云端看不见底层民众的泪痕血迹；周作人是看见的，他同情大众，一面却怕那血污腌臜了自己的园地。鲁迅与他们不同，就在于他对闰土、祥林嫂、华老栓、夏瑜乃至阿Q们的不能忘情，他不能转过身去，不看他们辛苦麻木、泪痕悲色，不听他们呼号哀告。看看他的杂文，特别是上海时期的杂文，几乎都是对现实人物事件的即时发声，是匕首投枪的短兵相接、贴身肉搏！反应之迅速、工作之勤奋持久、见解之正确透辟，都是那时乃至后来的知识分子无人能及的。就在病中，于暗夜醒来，听着窗外隐隐传来的市声，心里想到的是无穷的远方、无穷的人们都与我有关！心事浩茫，人间大爱。是谁说过，因为有鲁迅，我们知识阶层的智识水准、道德水准大大提高了。所以，鲁迅的高度来自他的智识与德行的高度，为他一生严肃而有效的工作所定义，为领受过他的温暖的大众所抬举，与权力无关。

综观鲁迅一生，他更像一个武功高强的游侠，扶危济困，抱打不平。为了心中的正义，他早年甘于听将令、为新文化运动热情呐喊，晚年不惜为帐中的元帅、奴隶总管所驱遣——冯雪峰那时就经常给鲁迅说：先生，你应该这样做、那样做，鲁迅或欣然接受，或因为那要求的幼稚不切实际而一边摇头一边还是勉为其难完成，就像剧中表现的那样，被要求齐步走、抬左脚，抬右脚……但是，鲁迅从来不会为任何权力绑架和束缚，从来不惮于众数的威压而动摇自己的原则，他忠实自己，毫不含糊。对于李立三的盲动煽惑、错判形势，他当面表示怀疑，对李立三给他布置的任务，极为"世故"地嗯啊过去；他虽被推为"左联"盟主，却清醒地在信中要胡风转告萧红萧军不要急于加入，"酱"在里面，写不出好作品；当徐懋庸"打上门来"，虽在病中他也披挂上阵迎战，不怕撕破脸面，并且捎带着将早就看着不顺眼的几个头目加上"四条汉子"的绰号，恶搞了一下，公开表明自己的态度。那态度是：你不能规置我！这就是鲁迅不可让度的自由，没有什么好纠结的。至于他死后的被封神、被篡改利用、被当作打人的棒子，与他有什么相干！

假如鲁迅活着会怎样？不如扪心自问，我们会怎样？就像话剧演出中突然全场灯光亮起，一直跟拍鲁迅的摄像机对准台下观众并将即时的影像投射到舞台屏幕上——全场看客，面面相觑。

看演出前，我在朋友圈转发了这个剧的宣传海报，有朋友留言：有点儿不敢去看，深怕演俗了。观剧后，我回复：不俗，学者剧，有诚意，下了气力，象征抽象，都是思想。

都是思想，对于话剧编剧是很可怕的——思想怎么演，在舞台上？作家笔下生花，而自身却是大部分时间都在伏案枯坐，最猛烈的动作也不过奋笔疾书。女作家，如萧红、林徽因等人还可以写写她们的恋爱，国外的乔治·桑可以女扮男装同缪塞、肖邦激情汹涌一番，但那也只是表现了女作家的私生活，相当于片尾花絮。鲁迅怎么演？演他接受了母亲的"礼物"，与朱安的新婚之夜，眼泪打湿了蓝布枕巾，染蓝了脸腮？这要给个特写镜头，像这个剧，时时有一部摄像机跟拍，同步将演员的面目表情播放在舞台的屏幕上。演他和二弟的决裂？这是鲁迅平生一大伤心，倒是有争吵，而且还有少量肢体冲突，倒是有台词和动作了，但这兄弟失和是一桩悬案，有各种推测，演哪一版本呢？或者可以仿效日本电影《罗生门》，将各版本都表演一回，其中羽田信子版的窥浴情节还颇具日本私小说色情趣味……和许广平的师生恋，前后起伏更可以大大表演一番，其中他在厦门想念在广州的"害马"，想得不得了，路遇一头猪在啃食相思树叶子，他气得上前与猪决斗，这一节也蛮傻气可爱的。其中还要穿插刘和珍君，为他的名篇出世打下伏笔。还有他去"革命咖啡馆"会见周扬，他是怎样一副名士派头？西装革履的周扬又是如何不够尊重老作家的？他去见萧伯纳如何应答，见孙夫人什么态度，和瞿秋白一起谈些什么，用什么样的眼神打量柔石带来的女朋友或冯雪峰带来的丁玲？和郁达夫在一起时会谈到郭沫若吗？还是向那一度川流不息来他家里腻着的萧红开玩笑，转过椅子点头客气道：好久不见！好久不见！并且胃口大开地举着筷子问夫人：我再吃一个萧红做的菜盒子如何？还有他常去的内山书店如何布置，与内山老板以及山本初枝、增田涉等太多的日本人的会面场面也是要表现的呢……鲁迅是一部中国现代史，太丰富，人物、事件涉及太多了。短短的两小时，话剧形式本身的限制，如何表现鲁迅这位大先生？

　　李静最终选择了象征的现代主义表现形式。甩掉沉重的肉身，人物浓缩为最本质的意象。除了鲁迅，其他人物都举着、戴着面具，这是借用了傀儡戏的形式，于是人物内涵高度概括，抽象化为一个个针对鲁迅的应激因素。鲁迅虽然没有面具，却是一开始就被粗暴地剥去长衫——当时令我大吃一惊并暗自期待，以为接下来要暴露我还没有发现的鲁迅有哪些阴暗面呢——却没有，只是换上了牛仔裤，这样的陌生化处理之后，鲁迅变身为活在当下的一个小青年，整场戏都在热情地表白、呼号、宣谕，直抒胸臆，台词时有漂亮的语句，没有违背鲁迅思想和经典的鲁迅形象。道具的运用也时时令人眼睛一亮。那个本想关住权力却反将胡适关进去的铁笼子，虽然有点过于写实，却也比喻到位；那像海浪涌动覆盖了整个舞台的淡蓝色绸子，如名画《维纳斯的诞生》中海水与天空的晴蓝，包围着恋爱中的鲁迅和密斯许，让人心情大好，特别是在鲁迅被灰色布幔缠裹在一个逼仄的空间、不得不面对朱安，还被朱安纠缠索要了一个勉强的笑脸，声称回家挂墙上之后；还有那象征牺牲者的惨白的骷髅骨，数量之巨大，也足以让观众与鲁迅一道感受"艰于呼吸"的压迫而"出离愤怒"的情绪；而鲁迅他娘站在舞台一角，一边哀怨地数落着，一边甩出一只又一只红色小球，砸向惶恐地左右奔跑、试图接住小红球的鲁迅——原来小红球象征母亲的带血之泪，这场景体现了盲目的母爱的颠顸和儿子趔趄于新旧道德、屈从于母爱后的无奈、伤心。与小红球一样有创意的还有周作人舞弄于手中、须臾不肯放下的那把精致美丽的日本伞，那是情调、意蕴，是闲适、雅致、高级的人生境界，周作人一生成名于此、也败毁于此——为了苦苦保住他的一方园地，不惜脱下袈裟，换上日本军装，在大是大非、紧要处拎不清，正应了他长兄曾经批他的一字：昏。而最为牵情的道具是那根长长的血绳，那是鲁迅一生不断地对苦难的中国和人民竭诚付出心血的真实写照，"我以我血荐轩辕"，那血绳令人惊心而痛惜先生，甚至让人产生亏欠感、负疚的心情，当然更加敬仰先生之忘我大爱。

有一辆装置车开上舞台，样子怪得拉风，估计造出来还很费劲的，我没看懂它起什么作用；而始终矗立在舞台中央的、穿着带四个兜的灰色干部服的无面目的巨人，像一座山似的堡垒，给人威压，也许就是李静感受到的权力。权力的宝座正安放在上面——李静让大先生拼尽最后的力气，吃力地爬上去，将那宝座掀翻下来。我为这胜利发笑了。其实看演员向上攀爬时，着实替他捏把汗——连续近两小时在台上倾力表演，一定很累了，那山也还是蛮"巍峨"的，而且，真的鲁迅也一定不会这样从正面进攻，他会给那道貌岸然、笔挺的衣服上捅个窟窿，或者绕到背后、掀起衣角看看内里是些什么货色，他会选择保护自己的堑壕战，他不是笑过三国时期那个赤膊上阵而中了箭的许褚吗？所以，穿牛仔裤的鲁迅，年轻的李静，年轻的勇敢。

但勇敢的李静还是有些伤感，这当然源于爱，爱生出痛惜。她望向鲁迅的目光一定常含泪水。正如有一千个观众就有一千个哈姆雷特，熟读鲁迅的人也心存了自己的鲁迅。李静的鲁迅，穿牛仔裤的鲁迅，洋溢着热烈的情绪，缺一点儿沉着，一种主意已定的刚健。呼风唤雨，撒豆成兵，于万人军中取上将首级如探囊取物——这是萧红描述的鲁迅，也正合乎鲁迅自况——于飞沙走石的大漠中战斗，乐则大笑，悲则大叫，愤则大骂，即使被砂砾打得头破血流、遍身粗糙，而抚看自己的凝血，竟似有花纹，而且战士也休息、娱乐，风云也风月——当是时，大夜弥天，璧月澄照，饕蚊遥叹，余在——神州！这样的鲁迅合我的意。

多些读鲁迅、敬仰鲁迅的人，则国人之自觉至，个性张，人生意义致于深邃，沙聚之邦也会转为人国。也基于此，我敬佩李静三年闭关的努力。

二寸象牙雕

　　英国著名女作家贞·奥斯汀曾把自己的创作称作"二寸象牙雕"，的确，奥斯汀最为得心应手的小说材料是乡村里的三四个人家。她的小说都可称为"室内小说"——现在电视台喜欢拍摄"室内剧"，还喜欢搞"情景喜剧"，除了节省下拍外景的巨大费用的制片商的打算，观众这一方面也似乎很满足于发生在一间房子里的故事。然而奥斯汀的"二寸牙雕"却是曾经遭受到指责和挑剔的。而且，这似乎也是所有女作家的遭遇。

　　这实际上就是创作题材问题。女作家一向被指责为创作题材狭窄。她们因作品所反映的生活面不宽而时常受到批评。这样的批评至今不绝于耳。

　　在奥斯汀写作的时代，女人还是待在家里。旅行简直就是一件大事，不可多得。外面的世界很精彩，然而女人待在家里很无奈。贞·奥斯汀的室外活动就像她小说展示的那样，到附近访亲会友，参加地方上的舞会。《简·爱》的作者夏洛蒂·勃朗特和她天才的妹妹们所有的交游也不过是拜访一位当地受人尊敬的牧师。难怪夏洛蒂要让她的女主人公简·爱爬三道楼梯，掀开阁楼天窗，到铅皮屋顶上去极目远眺——

　　"每当这时候，我总是渴望我的目力能够超出这个极限，能一直望见那繁华的世界，那些我只听说却从没见到过的生气蓬勃的城镇和地区。这时候，我总祈望自己能有比现在更多的实际经历，能比现在有更多的机会既接触跟我同样的人，也结识各种不同的性格……"

然而，那个时代的女人还是坐在家里，家里的人生，观察着家里的亲戚往来，邻里交往，奥斯汀甚至是在家里的一间公共起居室里进行写作的。所以这个时代女作家的全部经验是观察人的性格，分析人的情感。人与人的关系一定是她小说里最主要的东西。

女作家们当然不会写她们不熟悉的外面的世界。

指责女作家没有写出探险家的冒险、游侠的奇遇是不公正的。

奥斯汀虽然写得不广，但她写得很深。她的创作的确像是"二寸牙雕"，精刻细磨，意味无穷。

中国作家张爱玲在一篇题为《写什么》的文章中，也探讨了女作家创作的题材问题。她说，初学写文章的时候，以为自己可以写各种题材的小说，历史小说、普罗文学、新感觉派、家庭伦理、武侠言情、海阔天空，要怎样就怎样。可是越写越拘束，即使人物与故事有了轮廓，甚至对白都齐备了，就因为小说的背景是她所不熟悉的地方，所以暂时还写不出。

张爱玲是"洋派"的现代女作家，四处旅行对她来说已不再是一件难事，这是她比一个世纪以前的奥斯汀幸运的地方。然而她说，像一个旅行者那样"到此一游"，走马观花得来的印象即使很深，也还是旅行者的观感，不是小说人物的。即使住下，三月两月，放眼搜集地方色彩，也无用。因为生活空气的浸润感染，往往是有意无意中的，不能先有个存心。存心便做作。

事实上，奥斯汀虽然足不出户，但在她一生中，外面的世界发生着翻天覆地的变化，印度归属英帝国，而美国宣告独立。她的两个兄弟在皇家海军中任要职，还有一位亲戚在法国大革命中上了断头台，这些国际国内的大事她不会不知道，她之所以不曾把它们写进小说，大概也是出于像张爱玲那样的考虑。她曾给侄女的小说稿提修改意见，劝她"最好不要离开英国……否则就会在描绘中违背实情"。

有时候，女作家写作题材狭窄，是由男性眼光看出来的。事实上，即使现在，社会上也总有一些场合是女作家无法涉足其中的。如果男性因此而挑剔女作家，那么女作家的创作就永远是有缺陷的。

电视中"室内剧""情景喜剧"的大受欢迎，似乎从旁证明了题材狭窄并不一定就是缺点。也许，现在的读者或观众已经可以天南海北地在世界上旅行，电视进入生活让人们可以那么直观地感受外面的世界，所以他们不再要求作家告诉他们关于外面世界的消息，相反，他们期望于文学的是对于人心的探险，对于人的精神流浪的表述。这样，题材的狭窄将不再成为一个问题。

但是，有一些女作家在听到批评时，自己也惶惑了。于是寻求改变。多半改不好。在这一点上，奥斯汀是非常有主见的。当时，一位不大不小的人物，摄政王卡尔顿王府图书总管两次写信给奥斯汀，建议她应该怎样写和写什么，奥斯汀回信说："不，我必须保持自己的风格，按自己的方式写，即使这样写不成功，换一种写法也肯定要失败。"

倒是有作家，不论男女，曾在他们的写作生涯中改变以往的写法，去写他们不熟悉的题材，他们自觉这样做，是因为在原来的题材上再也挖掘不到新意，但换了别的作家也许还能写出新意来。这说明什么？或许只能说明，作品的新意与深度并不取决于题材是什么，一个题材可以有种种不同的写法，挖掘出种种不同的意义，题材不会过时，也没有狭窄与宽泛之分，有的只是作家本人思想的落后与褊狭。所以，正像张爱玲所估计的那样，这样的作家即使去写新的更宽泛更重大的题材，也可能还是陈词滥调的老一套。

女人们与"情人"们

　　大多数女性作家在写到男人的时候是把男人写成情人的。这并不意味女性作家的浪漫脾性是天生的较男性作家更多一些风花雪月，实在是取决于这样的现实：女性与社会的关系往往就仅仅是她们与男人的关系，而在她们与男人的种种关系中，爱情关系是最主要的。十八、十九世纪，中国女人还是足不出户，她的世界不过就是她的家庭；而英、法上流社会的舞会与沙龙就是女人最大的天地了。像贞·奥斯汀在她几乎所有的小说中表现的那样，那个时代的女人的全部生存奋斗就是抓住一个称心如意的男人，嫁给他。所以贞·奥斯汀的小说与其说它是爱情小说，倒不如将它归入世情小说更合适些。

　　实际上，在爱情中写男人写女人往往使女作家的作品更为深刻。张爱玲有一个观点：战争与爱情状态下的人性常常有更为生动、更为尖锐、更为复杂的表现。这是不错的。想一想，全世界范围的文学名著几乎可以概括为"战争"与"爱情"这两大主题。然而，战争让女人走开，女人熟悉的只有爱情。女作家当然要时常写到爱情了，当然要在爱情中写男人与女人了。而且，除了像琼瑶言情小说那样过于简单化的通俗文学，女作家们在爱情中的确写出了人性的复杂。毕竟，生活中最让女人殚精竭虑的不就是爱情吗？女人在爱情中学会思考，思考的女作家自然要深刻一些。

与男作家喜欢将爱情中的女人理想化这一倾向相对应，女性作家甚而至于将男人神化。即使是提倡女性自尊自立的夏洛蒂·勃朗特，在她的小说《简·爱》中依然搜寻得到男人的"神迹"。虽然夏洛蒂·勃朗特避免了傻里傻气地将爱情男主角写成一位美貌男子，像传统爱情故事的"完美"俗套那样，但她一再称罗切斯特为参孙、赫克里斯、伏尔坎——前两位是大力神，后一位是火和锻冶之神。尽管她也没有忘记借罗切斯特之口称简为绿衣仙子、小天使。但简拒绝了这恭维，她说"我就是我"。的确，在自尊而敏感的简看来，金钱、地位、美貌都不具备的她根本不是那种高高飞在云端的角色。而她显然是将罗切斯特摆在神龛上了。后来，在简获得罗切斯特的爱情表白之后，夏洛蒂·勃朗特几乎是充满了夸张的虔诚为简写下一段内心独白："我未来的丈夫愈来愈成为我的整个世界，甚至不仅是世界，几乎成了我进入天堂的希望了。……在那些日子里，我眼里简直看不到上帝，而只看到上帝的造物，我把他当成了我的偶像。"

然而，《简·爱》这部爱情名著的独特魅力在于，一面将恋爱的男子奉为神和偶像，一面让女人高擎着自尊接近了他又离开了他。——简凭着自尊跨过金钱、地位的鸿沟，赢得了爱情，而为了这份自尊，她不能苟且于不道德的爱情。《简·爱》整部书的支点就是简·爱的自尊。然而，如果没有罗切斯特的爱情，简·爱的自尊只能冷傲孤独地护卫着自己，或许能从主人那里赢得一点尊重。小说将无法深入下去。正是在爱情中，夏洛蒂·勃朗特可以很高蹈地让自尊凌驾于金钱、地位之上，又让自尊因道德而抛弃爱情。所以这部书是旨在讨论自尊的，书的名字是可以换作："自尊与爱情"。

强调自尊无比重要的夏洛蒂·勃朗特小姐，最终还是不放心地为她高蹈的自尊缀上了两个现实的注脚：让简·爱突然继承了一笔遗产，有了钱和地位；让桑费尔德起火，烧掉阻挡爱情的道德障碍——罗切斯特的疯妻。这表明自尊在现实中无法一味地清高，同时也反映了作者在自尊、道德与爱情之关系的探索中没能得出令她自己也满意的答案。

爱米丽·勃朗特显然比她的姐姐更在意女人在与男人关系中所处的位置，因为她干脆将现实中男女位置在小说里彻底颠倒了。《呼啸山庄》中的爱情男主角希斯克利夫是个弃儿，他爱的对象却是主人的女儿凯瑟琳。不平等的地位阻碍了他们。然而爱情是这部小说的支点：它像狂风一样呼啸着扫荡一切。它是那样神秘、超自然的一种力量。它凌驾于人间的一切，包括金钱、地位、道德、文化……总之，爱米丽·勃朗特是这样超越现实地在小说中过足了爱情瘾。与她姐姐夏洛蒂同中有异：夏洛蒂信仰男人女人是生而平等的，而爱米丽借凯瑟琳的口说："我是希斯克利夫，他比我更像是我自己。"

二十世纪的女作家在写爱情的时候所关注的已不是男女的平等，这个时候的女作家已经对男人有了进一步认识，男人不再会像十九世纪女作家所描写的那样具有隐隐约约的"神性"。爱情中的男主人公此时都变为普通人，有各种毛病和问题。所以二十世纪的爱情不再具有古典时期那种完美无瑕的品质。爱情不再展示人的力量，而是暴露人的疲弱。二十世纪的爱情，令人尴尬与惆怅。

在玛格丽特·杜拉斯的《情人》中，那一场发生在殖民地的异国爱情是一种带着感伤的自虐与受虐。爱情中的女主角既厌恶自己，也瞧不起情人，虽说法国白人女孩的贫穷与中国富家子弟在法属殖民地受到的歧视之间可以画等号。爱情在法国女孩这一方最初是由渴望堕落产生的，作为对命运多舛的无能为力的报复，向自己报复。同时，因为中国男人爱上了这个自虐的一心要做妓女的法国女孩，自己也受到伤害。这一对爱情中的男女，面对外部世界都有深深的无力感，女孩因此而憎恨，男人则忧郁伤感。两人的关系中，女孩始终掌握主动，她因不爱而主动，男人因爱而被动听命。女孩为要堕落而投身情欲，为要报复命运而报复自己。然而，二人之间最终产生了爱情——两个弱者彼此安慰的需要，借爱情暂时逃避外部世界的损伤与压迫。这爱情是苦涩的，充满了末世与死亡的气息。

　　同是二十世纪，另一位女作家张爱玲在她的小说《倾城之恋》中写到爱情时，爱情已成为男女之间很不容易把握，很难让人动情，常常沦为游戏的一种稀有的东西了。男女之间以及男女与爱情之间不知道已被什么东西隔开了，人人戴有假面，人与人的交往成为矫饰与作伪，意图的隐藏与意图的猜测，耗尽人们心智，人的意图的不确定性使爱情无着落。人们的情感都是游移的瞬间的，不再具有以往时代中那样的坚定性，流苏与范柳原的一点点爱情，竟是香港的"倾城"激发起的，而且依然不具有天长地久的那种永恒。也许维持十年八年。而这"倾城"的爱情，内容不过是两个人彼此之间有一点真心——人性越来越复杂，爱情越来越变得苍白。

当代中国爱情小说在经历了十年"文革"封闭之后，从"被爱情遗忘的角落"走出原始的情欲，又经过《风筝飘带》的超功利，《爱，是不能忘记的》的超肉体的纯粹的爱，走到今天，终于给人一种同世界接了轨的印象。

张欣对她笔下那一群奔波于大城市商海中的现代红颜终难彻底放弃罗曼蒂克情调，她让现代的"白马王子"不时出没一下，制造都市新浪漫。然而，现实的严酷是一步步逼到眼前了。商海无情，是到了夫妻也要相互欺骗，金钱的魔力已足以毁掉爱情的地步。女人在爱情与婚姻动荡飘摇之际，或是堕落，或是苦苦守住一份十九世纪简·爱那样的自尊自立。

王安忆的新作《我爱比尔》是可以同玛格丽特·杜拉斯的《情人》对照着读的。这样的对照让人感慨。《情人》中的法国女孩在与那个中国男人的关系中，即使是开始时的自甘堕落，也是强烈意识到是她自己要堕落，她用堕落反抗命运，她通过自虐认定自己，后来通过中国男人的爱情肯定她自己。而在《我爱比尔》中，那个中国女孩是使出全身解数变幻自己以期嫁给任何一个外国人。她为此真是不辞辛苦不畏艰难不怕牺牲愈挫愈奋无怨无悔，她把嫁给外国人当成伟大事业而为之奋斗。她像一个"存在"苦苦地追逐她的"本质"，她必须借助与某个老外结婚才能实现她的本质。老外的一切都是至高无上的绝对的正确，她手里空空，她没有自己的理由、道德、习惯……或者说她是以老外的理由、道德、习惯……为最高标准的。法国女孩在自虐的堕落中肯定自己，中国女孩却在高攀中始终找不到自己——想不明白她这是为了什么？

陈染的越来越诉诸哲学的写作日益抽象化，凡俗的一切，包括爱情，都被她提炼得只剩下人影。爱情中人与人的关系呈现出现代主义作品中常见的人的冷漠孤独，不仅如此，陈染的爱情关系中的男人女人，还具有女权主义写作中分别代表两性的意义。男人与女人之间似乎已经无爱情可言，女人在观望男性这一性时，眼里有看见异类的慌张。女人为什么要如此慌张？

为什么越是到了现代，爱情的空气越是稀薄？是人的复杂使爱情神话被戳得千疮百孔吗？是人的"神性"的消弭让爱情的神光也随之黯淡下去了吗？

也许以往那些动人的爱情佳话只有向老年人的旧梦里去寻：宗璞在她两年前写的一篇小说《长相思》中写了一段关于一个女人对爱情的痴迷。那个女人痴迷的爱情是在几十年前一棵美丽的树下见到了那个他，他向她注目。后来世事阻隔，天各一方。而女人为了那个注目的眼神，一辈子独身。其实，那个男人只是不经意地瞟了一眼，根本不记得她，他与他爱的人结婚，一直很幸福。

这样的痴情让人感动，也有一些让人恐惧的东西。

现代人是宁愿不要这种爱情佳话。现代人太精明太实际，怎么可以被一骗几十年呢？现代人知道自己太渺小太脆弱，怎么承受得起地老天荒呢？

现代人宁愿要现代的爱情，即便这爱情不再是完美的。接受这一点就像安于宿命一样不要挑剔，要沉着地微笑，毕竟一切都变得更加真实了。当然，道德总要像个脚步迟缓的老太婆跟在现代之后不满地絮絮叨叨——设法让她改变，或根本不必理她。

评断当代爱情小说优劣，有一个标准还是有用的：看它是做作的，还是真实的。

女人写"性"

一

中国人一向不敢坦然言性。

孔夫子说了一句："饮食男女，人之大欲焉"，很了不起，但他意在用纲常伦理的君臣父子以及五服内外的七姑八姨将人之"大欲"消解了去。这点意思到了宋大儒那里，就衍化成"存天理，灭人欲"，哪管你是什么大欲小欲。久而久之，中国人一说到性就含含糊糊的，终于噤口。

然而，性既是人之大欲，灭又如何能灭掉？于是遮遮掩掩地弄春宫画。中国人对于性的所有观念都是在暗窥春宫画的时候形成的。性，中国人只能暗窥。暗窥之下的性，是猥亵不洁之事。

所以中国人爱而不言性，爱甚至排斥性，中国的爱情故事都是写到"有情人终成眷属"就戛然而止了。夫妻生活只写"举案齐眉""相敬如宾"这类佳话。另一方面，就是用暗窥的心理将性写得低俗下贱。

西方对于性的态度截然不同。希腊神话中的诸神，无论男女，都是性欲狂人。他们对待性这档子事公然而严重。因性引发的大规模战争不可计数，而且都是正剧。事实上，在希腊神话中，创世，被讲述为诸神一系列狂野而辉煌的性繁殖。这一特征在惠特曼讴歌美洲新大陆的诗歌里明显保留着——《我歌唱带电的肉体》……当然西方历史上也不是没有过禁欲的年代，但中世纪之后就有文艺复兴，每一次理性到了极致，又总要回归自然。

而中国是到了近代，到了五四，才算是有了西方文艺复兴式的启蒙运动。

郭沫若的《女神》可谓狂放恣肆，学的也是惠特曼——别的都学得像，唯独对性，仍然放不开。写到性，总有一种病态。郁达夫的小说可做旁证。这说明几千年封建道统对人压抑之深重。再则，五四后的中国社会动荡不息，根本无法建筑遗世忘忧的伊甸园。鲁迅笔下的"幸福家庭"终于找不到一方无军阀、无盗匪、无水灾……的乐土。性解放自然无从谈起。

但是，五四毕竟启蒙了先进的中国人，尤其是启蒙了女人。几千年来，女人与男人一样承受封建道德的重压，同时她们还要受男人压迫。此时，她们当中竟然有人重新标点孔夫子那句名言作：饮食男，女人之大欲焉。

——由此可以想见她们在五四风潮之下倡扬性解放的狂飙突进的姿态。在女人的笔下终于敢于写性了——

像凌叔华那样身处高门望族，衣食无忧，灵魂精致的女性，在第一篇小说中就写到性，真有些不可思议。《酒后》写女主人在家中接待宴后丈夫的一位微醉的朋友，朋友醉眠的样子非常可爱，以至于惹得女主人想去吻他。她征求丈夫，丈夫笑眯眯地表示同意……她是爱她丈夫的，然而同时感到异性的吸引，这种吸引与爱无关，是纯然的性吸引。在酒意的游戏的梦似的氛围中，在爱与美的融融情感中，性，第一次被写得很美好。

丁玲的《莎菲女士的日记》没有《酒后》那种浪漫，是女性狂热躁动的性心理的赤裸裸的表白。莎菲内心最大的冲突是理智已将凌吉士卑丑的灵魂看得一清二楚，偏偏情感上受他风流仪表诱惑而不能自拔——"呀，我看见那两个鲜红的，嫩腻的，深深凹进的嘴角了。我能告诉人吗，我是用一种小儿要糖果的心情在望着那惹人的两个小东西。但我知道在这个社会里面是不会准许任我去取得我所要的来满足我的冲动，我的欲望，无论这是于人并不损害的事，所以我只得忍耐着……"还有："唉！无论他的思想是怎样坏，而他使我如此癫狂地动情……假使他能把我紧紧地拥抱着，让我吻遍他全身，然后他把我丢下海去，丢下火去，我都会快乐地闭着眼等待……"也许正因为爱与性如此分裂，方能坦露出那个几千年来被遮掩、被压抑的人之大欲。

但是无论如何，五四后敢于如此大胆写性的女作家还是极少的，大多数女作家还刚刚在大胆地追求恋爱的自由。性在那时还是很前卫的。

经过"文革"十年的禁锢，性已消灭殆尽。样板戏中的高大全式的英雄，江水英、方海珍……都不见其有配偶。那真是灭人欲灭得很彻底的年代。女英雄的衣着扮相，举止言动毫无一丝女性味，她们与男人只谈革命大事，不谈终身大事。

新时期文学重又与五四传统接上血脉。

只要想想那次中国美术馆人体画展的空前盛况，就知道人们在禁欲时代受到怎样的压抑。如一位评论家所说，看画展的人中，有许多人是来看"裸体"的。而文学界的情形也是如此。最初写性的作家一边冒着风险，一边也收获着性带来的轰动效应。

从张贤亮《男人的一半是女人》，到苏童的《妻妾成群》，再到贾平凹的《废都》，男作家们在作品中写性已达到百无禁忌的地步，然而性在这些作品中仍然带有暗窥的印记，首先作为堕落的标志出现，并且让性负载了太多的象征意义。

女作家又开始写性，爱与性仍然分裂。"爱，是不能忘记的"，性就被忽略。王安忆的《小城之恋》把爱放在一边，专门写青春期性骚动，仿佛在用小说进行性欲的生理实验。丁玲的莎菲女士与周围环境的关系，在王安忆写性的小说里被简化为人们惊恐暧昧的眼神。

这一时期，"扫黄"运动的开展，说明一定程度上黄色读物的泛滥。整个社会都受到污染。性——色情，其间虽标有界线，但暗中又有隐秘的联系。何况中国人大部分性知识都直接间接地来自黄色读物。

现在女作家写性也几乎与男作家一样到了百无禁忌的地步。

张扬性欲的女作家们，对性的大胆暴露，超过以往任何时代。性的神秘隐晦荡然无存。小说中写性越来越自然随意。也许女作家的社会意识不如男作家那样强烈，她们写性就专注于性本身，至多仅与作为性的对象的男性发生关联。到了林白的笔下，性甚至抛开男性而成为女人自身的一件事，成为"一个人的战争"。在女作家笔下，性本身不再负有道德的善与恶区分，成为人的自然属性。

也许当代女作家大胆写性，不在乎自身处于一种私人的、非历史的、非政治及社会的狭窄位置上，正是让性回到性本身的出于天性或出于计谋的一条途径。这一点是她们对于文学的特殊贡献。虽然与此同时，她们简化了许多关于人的自然属性以外的丰富的人性。

二

女人写性，与男人写性不同。一半出于天性，一半由于传统。

女人写性，着重于写心理，写感觉。这使她们天然地更注意对性进行深层次的心理探寻。不像男作家一开始总要被具体的性描写所纠缠。她们即使写到具体处，也总是虚幻地用美用寓言用象征手法来包裹。

张抗抗的言情小说《情爱画廊》中，写到具体的性都用绘画艺术来包装，正提供了这方面的例子。

其实中国的文化传统也规范着这一点。西方的裸体绘画、雕像到处可见，而中国的塑像、绘画，人都穿着衣服，画家的技巧表现在"吴带当风"的趣味上面。中国男性作家也被限制在这个传统中，只是出于天性，他们还不能忘记衣服下面的人体，但他们受制于传统的强大基因而始终带着暗窥的心理。

在暗窥心理支配下的男作家，他们写性总带着猥亵成分。女作家对于自己的性，一直是没有明显的意识。她们突然感觉到了，她们要让自己"第二性"的性不再沉默，开口说话，这流露在小说中的话语充满兴奋与对抗。兴奋是由于发现，对抗是由于男性几千年对女性的歪曲与误读。所以，女性作家写性是郑重地把性当作关乎自身前途命运的大事来写，而性在男作家那里始终不是最重要的事，因为他们一直掌握着性的话语主动权，有男尊女卑的文化传统所赋予的优越感。特别是二十世纪六十年代后出生的一批"新生代"作家，性对他们而言已不成什么问题，在他们眼里，"男女"，真如"饮食"一样没什么值得惊惊乍乍的。一切都平平常常。

同是女性写性，也有不同的心态。值得注意的一个倾向是，对应于一些男性作家在写性时的某种嫖妓心理，在女性作家笔下也流露出娼妓心理，精神的卖淫是倒退到水平线下，与性解放的理想也是背道而驰的。

应该说，文学承认性是文明的一大进步。女人已经坦然言性，也标志着女性愚昧时代的终结。性是人之大欲，是自然属性，一切精神的花与果都植根其中。没有性的文学是偏枯的，但性也远远不是文学的一切。

拟跨国研究：男人笔下的女人

在我们阅读的感觉中，不同国度的作家对待女人的态度也是不一样的——

英国人讲究绅士风度，凡事女士优先，但在作品中却并不一味恭维女性，褒褒贬贬之间，倒是体现了英国人不温不火的客观精神。

法国人浪漫，似乎毕生致力于追逐女性，享受爱情，然而法国作家写女人却一点也不浪漫，相反地，他们持严格的写实主义态度。

俄国女性给人的印象常常是没有地位、受难的、被侮辱、被损坏的一群，可是俄罗斯文学却始终在崇拜女性，讴歌母亲，有一种将女人理想化的倾向。

日耳曼民族崇尚理性，因此德国文学也体现着理性的精神，德国文学中的女性形象就常常成为各种理念幻化的肉身凡胎。

中国人一向对女性有很矛盾的心态，所谓女子难养，"近之则不逊，远之则怨"。反映到文学中也是一样的暧昧古怪，比为天仙，斥为狐鬼，一会儿节烈得要死，一会儿淫荡得要命，总之，近观远观难得客观。

英国文学有一个伟大的莎士比亚立在那里，在文艺复兴时期就已经奠定了人文主义的理性精神。虽说莎士比亚戏剧中的女性形象明显带有那个时期盛世安详、积极乐观的普遍印记，但莎士比亚是在男女平等的视角位置上观察、研究女性，得天独厚地分享宽松阔大的时代对于人的生命和欲望的充分理解与肯定，不偏激、不狭隘，进而塑造出一大批形形色色的女性形象，确实是为后世作家写女性打下深厚的基础，并且作为一种高度使后世作家至少不会大失水准至水平线下。即使像劳伦斯那样将女性放在性爱拯救的主题中来描写，深而偏的，却终不会偏到背离莎士比亚关于女性的一些最基本的原则。

法国文学写女性的成功，有巴尔扎克、福楼拜、莫泊桑这三位作家的创作足以代表。巴尔扎克那种"编年史"的历史书写式现实主义创作方法，保证了作家写人物的客观性追求。他将《人间喜剧》的大部分作品题为"风俗研究"，透露出他的创作态度的科学意味，写人物，写女人，不会囿于一己的好恶而孟浪下笔，也不会碍于某种观念而放弃丰满的现实真实。巴尔扎克最擅长的是用金钱来实验女人，在金钱支配下的各种关系中让女人表演欲望与道德冲突的戏剧。但是巴尔扎克毕竟是从浪漫主义文学运动中脱胎而出的，他在作品中客观描写人物的同时，也时时刻刻剖析人物的心理，用自己的尺度评判人物的言行，从而在客观描写之上涂了一层自己的主观色彩。比巴尔扎克更为崇尚客观的是福楼拜。显然，十九世纪中叶法国的实证哲学影响不容忽视。福楼拜把小说看作"生活的科学形式"，强调"丧失了真实性，也就丧失了艺术性"。他力求排除一切作家的主观成分，"一行一页，一字一句都不应该有一丁点作者的观点和意图的痕迹。"《包法利夫人》就是这些主张的成功实践。爱玛这个女性形象，她一生的幻想与遭遇在福楼拜笔下生动地活起来。而莫泊桑作为福楼拜的弟子，冷峻地写下如《羊脂球》《一生》那样成功塑造女性形象的小说。

而英法文学又是互相影响的。英国小说家本涅特创作《老妇谭》就是立志要写一本可以与莫泊桑的《一生》相媲美的英国小说。

德国文学中的女性形象大都带有理念色彩。从《浮士德》中的玛甘泪到《奥尔良姑娘》中的贞德，都体现了这一点。恩格斯关于不应该"为了席勒而忘掉莎士比亚"——即为了观念的东西而忘掉现实主义的东西——的论断，也的确适用于德国文学在塑造女性时的特点或弱点的校正。

俄罗斯的文学艺术都宿命般地带有一种感伤抒情的气质。那种抒情的咏叹在小说中作为氛围与情调存在，而女人的塑造也是抒情的诗意的形象。如果说德国文学因为理性与观念牺牲了女性形象的丰满鲜活，那么俄罗斯文学是由于这种难以丢弃的诗性而使得女性形象被幻化所模糊。想一想屠格涅夫笔下初恋的少女，贵族家庭的叶琳娜……就足以了解这个特征。这个特征在托尔斯泰的创作中也可以看到。比如《战争与和平》中的娜达莎，无论是少女时期的她还是做了妻子、母亲的她，在托尔斯泰的描写中时常洋溢着诗意。而像托尔斯泰这样一位宗教气息很浓的作家，又在有意无意之间，让他的女性人物体现宗教精神，这与德国理念化的女性有一点相似。

如果拿客观与真实的尺子衡量中国文学塑造女性形象的成绩，多半会不及格的。因为中国的作家很少用客观的态度研究女性，常见的倒是一任主观臆想来"编派"女性。曾有人认为"男女授受不亲"是造成中国作家写不好女性的原因，因为彼此隔膜，所以无从写好。但是中国古代男子在家可以三妻四妾，在外可以秦楼楚馆，并不是见不到女性。其实为什么写不好女性，关键还是归结于男作家的态度。中国社会的男尊女卑，使得男子高高在上，不具有与女性平等的意识。男性从来不把女人当成一个人来看。从来是在我妻、我妾，或他妻、他妾的附属关系中品评女人，随心所欲地一会儿褒奖女人，一会儿贬抑女人。虽说偏锋文章偏激得有趣，也有文采，但终究没有写出女人的真面目。像《红楼梦》那样伟大的作品，还是在女儿崇拜中失之客观。虽然这只是白璧微瑕。

真正开始以客观写实的态度写女人的中国作家是鲁迅。《补天》大概是他以浪漫主义精神宣告从此以后的中国文学将女性拉至与男人等高的位置上加以表现。后来，他创作的许多小说都是关于女人的。祥林嫂、子君、爱姑，每一个形象都是沉实的。由鲁迅的业绩，中国文学没有好的女性形象的羞耻可以一笔勾销了。

文艺到底

张爱玲小说中的"倾城"，都不过是"之恋"的背景。从腐旧家庭走出来的剩女流苏，不是巴金小说《家》里出走的激进青年，香港战争的洗礼并不曾将她感化成为革命女性，她只是与范柳原结婚了，过上平实的生活。易先生送"鸽子蛋"钻戒，王佳芝在爱情与民族大义的两端一个趔趄，让她放走汉奸、丢了性命——电影《色戒》结尾，黑风吹衰草的行刑场上，在子弹洞穿王佳芝之前，她脑子里闪过的是悔是愧是恨，还是"这个人是真爱我的"？不得而知，但易先生事后是想了的，他认为"她还是爱他的，是他平生第一个红粉知己""他觉得她的影子会永远依傍他，安慰他。……他们是原始的猎人与猎物的关系，虎与伥的关系，最终极的占有。她这才生是他的人，死是他的鬼"。有人撰文批评：反派人物的内心世界有必要写得如此细腻、"简直令人毛骨悚然"吗？张爱玲霸气回应："'毛骨悚然'正是这一段所企图达到的效果，多谢指出，给了我很大的鼓励。"还好张爱玲有这样洞彻人性的尖锐，才让她不至于混同于平庸的爱情小说家。

不是没这种可能。张爱玲中学毕业时填过一份调查表，被她称作"爱憎表"：她最喜欢叉烧饭，最怕死，最恨"一个有天才的女人忽然结婚"，最喜欢爱德华八世——爱美人不爱江山，合乎张爱玲的口味，她在中学校刊上发表《霸王别姬》，这篇被她自嘲为"新文艺腔"的小说，是这样描写霸王身后这个"苍白的忠心的女人"在垓下的心理：霸王若是一统天下，她即使做了贵妃，前途也未可乐观——现在他是她的太阳，她是月亮，反射他的光；他若有了三宫六院，便有无数的流星飞入他们的天宇，因此她私下里是盼望这战一直打下去。这样的调子后来在《小团圆》里、甚至在她与胡兰成热恋时也一而再地表述。为了"之恋"，哪管"倾城"还是"倾国"。还有《少帅》，写政治军事人物却不写西安事变，而是旨在张学良与赵四小姐的小说——这部小说以1925年至1930年军阀混战时期的北京为背景，张学良一生刚开了个头，就在爱情戏里打住了。写《少帅》已经是去美国后的事了，《小团圆》写作时间更晚，可见从青春期到更年期，张爱玲嗜好不变，情爱到底。

张爱玲曾经构思、准备写却最终没有写出的文章还有一些，比如《郑和下西洋》。当时有一本小册子讲郑和船过锡兰时，曾为那里的王位之争打了一仗，还把夺位的人俘虏、带到南京治罪。张爱玲不大明白我大唐天威，觉得这仗、这治罪有点奇怪，于是计划改写成这个样子——

郑和追建文帝至锡兰，建文帝以做和尚掩饰身份。锡兰是信奉佛教的地方，当地一位有势力的公主庇护建文帝，不肯交出，结果就变成政变，最终演变成一场海战。郑和胜，擒公主，拟带回南京治罪，但建文帝逃走了。郑和继续追到东非洲，途中手下侵犯公主，为郑和惩罚。公主因郑和在锡兰大宴后不亲昵舞女，喜欢上郑和，被拒。郑和告知公主，如捉到建文帝，就无须公主回南京，公主不为所动。郑和追到东非，打探不到任何消息，便特意让公主贿赂看守，逃上岸，公主最终靠锡兰商人帮助，到沙漠某地警告建文帝，但被郑和追踪并截获。索马里部落人听说郑和是坐"宝船"到来，于是展开突袭。在战乱中，公主受伤了。郑和抱着公主突围而出。建文帝说他爱公主，但与郑和一样和她无缘，因为他们一个是和尚，一个是太监。公主才知道郑和是阉人，并非无情，相对怆然。最终郑和放了公主与建文帝，空手回国。（摘自宋以朗《宋家客厅——从钱锺书到张爱玲》）

这改写得热闹，颇似好莱坞大片了：大海、航海、海战、宫廷、异域、皇帝、公主、太监，而一切最终成就的还是一部爱情大片。张爱玲将情爱进行到底。然而，即便透过宋以朗草草介绍，也还是感觉得到张爱玲式的苍凉。

倾城，或曰革命、战争，在张爱玲笔下，就是一个大背景，她所关注和表达的，是由革命、战争所激发的人性飞扬的那一面。而且她认为，某种程度上，人在恋爱中，是和在革命、战争中一样放恣的，而且更主动。在探讨、揭示人性这个使命下，爱情也好，倾城也好，都是工具、门径。这是张爱玲写了许多情爱故事却没有被人视为爱情小说家的原因。

张爱玲的小说写得华丽，近乎唯美的繁华意象，颇迷人眼，因为她知道，在这个声光电耀眼喧嚣的现代浮华世界，古典主义、《旧约》那样素朴的写法过时了，所以就如同她将自己的房间布置得艳黄亮烈，必须先来一个感官刺激，先声夺人。而关键在于，她镇得住，她的美有底子。她小说华丽的底子是她对人性与世事的洞穿。

写散文的张爱玲，则显出她素朴的底色，笔触所及，多是寻常巷陌、人性安稳的一面，比如：

"秋凉的薄暮，小菜场上收了摊子，满地的鱼腥和青白色的芦粟的皮和渣。一个小孩骑了自行车冲过来，卖弄本领，大叫一声，放松了扶手，摇摆着，轻倩地掠过。在这一刹那，满街的人都充满了不可理喻的景仰之心。人生最可爱的当儿便在那一撒手吧？"

那年代骑自行车还是时髦的新鲜事，而坐在后座的，多是风姿楚楚的年轻女人或儿童。有天她看见绿衣邮差骑车载着一个小老太太，于是写道：

"那多半是他母亲吧？此情此景，感人至深。然而李逵驮着老妈上路的时代毕竟是过去了。做母亲的不惯受抬举，多少有点窘。她两脚悬空，兢兢业业坐着，满脸的心虚，像红木高椅坐着的告帮穷亲戚，迎着风，张嘴微笑，笑得舌头也发了凉。"

还有附近夜营的喇叭——

那种磕磕绊绊、断断续续的吹奏该是恼人的，她却不嫌烦，因为在不纯熟的手艺里，"有挣扎、有焦愁、有慌乱、有冒险，所以'人的成分'特别地浓厚。我喜欢它，便是因为'此中有人，呼之欲出'"。

是的，此中有人性。这样的片段，竟让人想到汪曾祺，这位与张爱玲风格迥异的作家。在他的小说《职业》中，那个提着篮子沿街叫卖椒盐饼子西洋糕的小孩，小大人似的勤勉懂事，常有放学的孩子追在他后边调皮起哄，学着他叫卖的调子，却改了词：捏着鼻子吹洋号！忽一日，小孩没有提篮卖饼，甩着两手，走在路上，见前后无人，突然喊了一声：捏着鼻子吹洋号！

这篇小说很短，很轻盈，却写出了生活重压和重压下仍然顽强的童真，写出了作家的怜惜、惊喜、释然、惆怅。

像是互文互证，张爱玲也有类似的书写——

"有一天晚上在落荒的马路上走，听见炒白果的歌：'香又香来糯又糯！'是个十几岁的孩子，唱来还有点生疏，未能朗朗上口。我忘不了那条黑沉沉的长街，那孩子守着锅，蹲踞在地上，满怀的火光。"

　　在这个喧嚣而荒寒的世界上，在这个满是争竞、营求的社会中，所谓作家，无论是高冷的张爱玲，还是温文的汪曾祺，他们就是这样一些人性片断的饕餮者，朝饮木兰之坠露，夕餐秋菊之落英，然后抱持一捧人性的火光，有时是取暖，有时是照亮，是警示，为自己，也为别人。

　　穿过政治、爱情的繁华热闹，文艺到底，即见人性。人生的所谓生趣，全在这些地方。

后记

这本书以"女人与文学"为主题，集结了我的部分漫谈式的文章，谈文学作品中的女性形象，也谈中外女作家。

向来不喜欢板正论文。谈文学，应该"文学"一点儿，何况是谈女人与文学。所以一直写这样 essay（散文）式的文艺随笔。后来读到林徽因谈戏剧的第一幕、杨绛谈简·奥斯汀的妙文，超喜欢！更仿佛得到了二位文艺女神仙的加持。

谈女人与文学，其实也是谈女人与世界，也必然谈到男人眼中、笔下的女人。然而我为什么好像只会在文学中谈论女人、男人以及世界？——还在象牙塔中呗。这忽然而至的自问自答，令我亦喜亦忧。

须交代的是，书中部分文章是十几年前的"少作"，曾收在我的随笔集《写在水上》；现在看，其中识见倒不过时，更留恋的是彼时文笔间洋溢的青春烂漫。另一部分"成熟"文章，写于《纸上民国》出版后，特别是获得 2016 年度"腾讯·商报华文好书""《作家文摘》十大非虚构好书"等奖项，受到鼓励和各处约稿的催促。其实《纸上民国》中写到好几位民国女作家，考虑到同一家出版社接连出版的两本书，不应让读者感到内容有重复，本书就没有收那几篇文章。

最后，衷心感谢花城出版社，感谢林贤治、邹蔚昀等师友为本书付出的辛劳！

郭娟